日常で歌うことが何よりもステキ

早川義夫

装幀　仲條正義

二〇〇四年

ミータン

五月一日（土）

ホームページを作ろうと思い、約一ヶ月、いろんな方法を試みた。何度も挫折した。最後にたどり着いたのが、『全部無料でつくるはじめてのホームページ』（浅岡省一著・翔泳社）で、これが一番わかりやすかった。もちろん、まだ全部を把握してないけれど、やっと日記の書き込みまで出来るようになった。この本のおかげである。

五月二日（日）

それにしても頑張った。通常ならあきらめてしまうところだが。何しろ、ホームページを作るために、パソコンを買い替えたのだ。どの機種にするか迷った。わかってないから迷う。もてない男ほど女にうるさい。Mac にしたかったけれど。結局、静音性に優れているという理由だけで、NEC の水冷式パソコンにした。NEC のロゴを見ながら、これで良かったのだろうかと、買ったあとも迷った。でも、だんだん調子良くなってきた。今のところ快適である。

五月三日（月）

日記って、いったい面白いのだろうか。でも、昨日の朝日新聞読書面で紹介されていた、末井昭さんの『絶対毎日スエイ日記』のホームページを開いたら、ああ、いいなと思った。たとえば、落ち込んでいる時、書くことによって、立ち直れるのかも知れない。どこかで誰かが、あっ、同じ気持ちって、思ってくれるかも知れない。まだ見ぬ人にあてて書く。

五月八日（土）

最近、いいなと思った言葉より。

車谷長吉「新潮平成六年八月号に、私は『抜髪』を発表した。その時、白洲正子さまが週刊新潮平成六年七月二十八日号に、車谷長吉さんは神さまに向って言葉を発している、という談話を発表して下さった。私ははっとした。以来、私の中には一つの決意が生れた。（中略）人が人に向って、人の言葉を発している限り、これは必ずや不快感をもよおさせる場合が出て来るであろう。それではいけない。私は神さまに向って自分の言葉を発するのだ。そう思うてから、原稿を書くのである。」（『銭金について』朝日新聞社）

池田晶子「わかるということは、決して、説明によってわかるのではない。言葉自体の力によってわかるのだ」（『新・考えるヒント』講談社）

井上ひさし「本当に強い、いい言葉、真実の言葉は、かならず美しいんです」（毎日新聞 2004.3.2）

荒木経惟「陽子が死んだ後も写真を撮りつづけているんだけど、実はこの『センチメンタルな旅・冬の旅』で、私の写真人生は終わってしまっているのです」（朝日新聞 2004.4.1）

桐野夏生「作家にとって過去の作品は忘却のかなたの存在です。もうネクスト・ワン（次の作品）しかない」（毎日新聞2004.4.12）

五月十四日（金）
パソコンの調子が悪くなる。インターネット、電子メールがつながらない。最初から入っていたウイルス対策ソフト（体験版）を勝手にいじってしまったためらしい。画面にしょっちゅうメッセージが出てくるから、何かしなきゃいけないのかなと思ってしまったのだ。そしたら、案の定。ヘルプを読んでも、ちんぷんかんぷん。会社に電話をしても、まったく電話はつながらない。NECに助けを求め、何とか事なきを得たが結局はわからずじまい。たいしたことではないのだろうけれど、いったん調子が悪くなると、まるで自分の身体が悪くなったみたいに、どっと疲れる。歳のせいだろうか。どうしてパソコンの説明書類は難解なのだろう。見えない心や人生の話をしているのではない。1＋1＝2という話なのに、なぜ難しくなるのだろう。こんなに素晴らしい機械が作れるのならば、なぜ、もっと単純に、わかりやすいものが作れないのだろう。頭の悪い人から言わせれば、頭の悪い人が作っているような気さえしてくる。パソコンを利用しているのに、そんな言い方はないか。性格悪いなー。

五月十八日（火）

妻に「早く、女紹介しろよ」と言ったら、「だって、ヨシオさん好みがむずかしいんだもん」と言う。「何いってんの、俺、女泣かしたことないから」と言うと、「あなたが泣くんでしょ」。

五月二十三日（日）

友だちがいないので、メル友は娘しかいない。娘はどこまで本気かどうか知らないが、子供のように、突然、医者になりたいとか、バレーボール選手になりたいなどと書いてくる。前に「わたし、パリコレに出たい」って言ってきたから、「パリコレは無理じゃないかな、ナニコレ、なら出られると思うよ」と返事しといた。

五月二十五日（火）

たとえば、デシカメやプリンターを買う時、メーカーのホームページ、雑誌での紹介、店頭で実物を見てに加え、価格.com の掲示板を参考にしている。実際に使っている人の生の声が聞けるからだ。そして最終的には、自分の好みに落ち着く。愛はお金では買えないけれど、物はお金さえ出せば何だって買える。だから、そんなむきになることではないのだが。

五月二十六日（水）

ホームページを開設した時、胸騒ぎがした。もちろん意識し過ぎだが、何だか、一日中、窓を開けっ放しのような気がした。感想をもらって少しは落ち着いたが、やはり、何かを見せるということは、普通ではない。飾らないつもりが、もしかすると、ある種のいやらしさが出てしまうかも知れない。それが、胸騒ぎの原因だ。

五月二十九日（土）

「小説を書くために、自分を出来るだけ客観的に見る癖をつけたおかげで、私はあまり人を非難しなくなった。現代は告発がかっこよく思われる時代である。しかし告発する姿勢というのはほんとうは寂しいものである。なぜなら、それは他人と自分を画することだからだ。人のする（悪い）ことは多分自分もする。人のできる（いい）ことは、もしかすると自分にも出来る、と思っている方が、私は心が温かいことを発見したのである」（曽野綾子『悲しくて明るい場所』光文社文庫）

五月三十日（日）

商売を始めるつもりはないのに、『マンガでわかる良い店悪い店の法則』（馬渕哲・南條恵著、日経ビジネス人文庫）をつい読んでしまった。「客は接客すると遠ざかるが、他の客に接客すると近づいて来る」「本当に欲しいモノは商品を買った後に見つかる」「接客サービスが少ない店ほど客がくつろぐ」など、納得することばかりだった。中でも「一番いいのは、感じのいいアルバイト店員がいる店です」にハッとさせられた。つまり、顔見知りの店主が常にいるというのは、案外うっとうしいものなのだ。

六月八日（火）

チャコのあだ名は三つある。一、お稲荷さん（いなりずしそっくり）。二、売れない芸者（子供のころは、顔、こんなに白くなかったのに、十一歳にもなるとまっ白になってしまった。おしろい塗って待ってるんだけど、どこからもお呼びがかからない）。三、甘え上手の床べた（この間、間違って牡犬がチャコに乗ろうとした。チャコ怒ってた）。最近、奥様とも呼んでいる。留守番する時、すごく寂しそうな顔をするので、奥様、行ってきますと声をかける。

六月十二日（土）

鎌倉歐林洞ギャラリーサロンのライブが無事に終わってホッとした。演奏中、八分の六拍子なのに、ずうっと体を揺らしている女の子たちがいた。ちょうど、僕の目の前だったので、いいなーと思いながら歌った。花束をくれた女性は、僕が十八歳ぐらいのころ、ジャックスファンクラブというのがあって、そこに、遊びに来ていた人で、当時、中学生か高校生だった。ひまわりの花をくれた人は、隣りの奥さんだ。

打ち上げで、食べ物の話になった。あまり好きでない食べものが佐久間さんと案外似ていることが判明した。えび、かに、牡蠣。牡蠣は、僕はあたったことがある。「色合いがね」「食感がね」「形がね」。「なまこは？」「あっ絶対駄目」。佐久間さんの可愛い奥さんが「あっ、似てる」って小さな声で言った。

六月十八日（金）

男性より女性の方が、感受性がするどいというか、素直なのではないだろうか。調子のいいことを言うようだが、たとえば、僕の歌をいいと言ってくれる人は、どちらかというと女性の方が多いような気がする。もちろん偏見だ。願望だ。犬好き猫好き女好きだから許して。しかし、僕のまずい歌をいいと認めてくれた男の人がいる。素通り出来なかった人がいる。信じ通してくれている人がいる。だめな時は黙っていて、いい時はいいと言ってくれる人がいる。能力のない僕が、裏切れない、頑張ろうと思う時は、ふとそんな人たちのことを思う時だ。

六月二十二日（火）

初めてカラオケに行った時（今までに一度きり）、桑田佳祐さんの『月』を歌った。そしたら、大笑いされた。演歌になってしまうのだ。自分でもあきれた。桑田さんのあの微妙な節回しは、たぶん、ギターのトレモロ？　じゃなくて、左指で弦をキューンと上下させる、あれみたいなもので、もしくは、都々逸とか端唄の要素も入っているような、それでいてロックになっているところがかっこいいと思うのだが、その良さが出せない。

荒井由実さんの『海を見ていた午後』も好きで、練習したがこれも無理だった。まず、コード（伴奏和音）がわからない。人に教わってびっくりした。まあ複雑なこと。いい音楽は、やさしそうに見えて、中が複雑になっている。みんなこんなものなのだろう。僕が単純すぎる。人の歌を歌おうと試みるたびに、えっ、こんなコードあったの？　と発見がある。やっと弾けるようになっても、今度は、音域が高くて歌えない。仮に歌えたとしても、二番の歌詞に「♪紙ナプキン」というのがあって、それを男が歌うと、すごーく変な感じになるので、今のところ、あきらめている。

六月二十四日（木）

野狐禅のアルバムを聴いたら、一曲目から「オー」って思った。こういうことはめったにない。中に『風』という曲があって、サビの部分「♪僕の大好きな　僕の大好きな　あの娘は胸の中」というところがいい。比較的やさしい歌なのでコードはわかったのだが、情けないことに、一箇所音程がとれない。何度聴いても、首をかしげてしまう。コード上で合っていれば、どう歌ってもかまわないのだが、正しいメロディーを知ろうとすると、僕の場合、えらく時間がかかってしまう。譜面が読めない。ハモられるとなびいてしまう。

六月二十六日（土）

そもそも、人の歌を歌うコピー能力がはなはだしく欠如していたため、それならいっそ、自分で作ろうとしたのが歌作りの始まりだった。ゆえに、人の歌を歌うということは僕にとっては冒険なのである。でも、いい歌だなー、この歌は自分が作りたかったなーという気持ちから、歌いたくなってしまう。鈴木亜紀さんの《金色の砂》というアルバムが素晴らしく、その中に好きな曲があった。しかし、むずかしくて、コードがわからない。勇気を出して、亜紀さんに訊ねた。すると快く教えてくれた。やはり、自分でとったコードと違っていた。今までに、使ったことも見たこともないコードがあった。G#7-9とかC13だ。「ありがとう。練習してみます」と返事はしたものの、このコードどこを押さえるの？　と訊けなかった。「不明なところがありましたらおっしゃって下さい」と言ってくれたにもかかわらず。何とかなるだろうと思った。見栄だろうか。佐久間さんに問い合わせた。問い合わせてから、その夜、落ち込んだ。どうして、亜紀さんに訊ねなかったのだろう。どうして自分は、こんなに歪んでしまったのだろう。翌日、佐久間さんからのメールを見て解決した。「また何かわからない事ありましたら、お気軽にどうぞ」と書かれてあった。

六月二十九日（火）
お酒で失敗する。今までの失敗は、マフラーを無くす。メガネを傷つける。オコノミヤキを作ってしまう。調子に乗るとろくなことはない。翌日、何かを言い過ぎたような気がして後悔する。言葉に助けられることはいっぱいあるのに、いつも言葉で失敗する。メールでも失敗する。表情が伝わらないから、言葉の意味だけが伝わってしまう。

七月一日（木）
このホームページにある写真は、SONY DSC-F55VとCanon IXY DIGITAL 400（どちらも生産終了）で撮ったものである。本当は、僕が撮ったというよりも、アヒルや黒鳥やワンちゃんたちが撮らせてくれたのだが。ポケットカメラが好きだ。新製品が出るとつい欲しくなってしまう。最近、SONY DSC-F88を買った。旧機種と比べると随分かしこくなった感じ。三倍ズームで、なおかつ小さくて軽い。シャッタータイムラグも早い。操作しやすい。レンズを回転すれば、地面すれすれのものも目線で撮れる。気持ちの写った、物語のある一枚を撮りたい。

七月二十日（火）

横浜スタジアムへ。横浜対阪神戦。女の子が多いのをいつも不思議に思う。自分のまわりで野球好きの女の子を見たことがないのに。球場の帰り、自転車で転ぶ。車道から、ほんの少し段差のある歩道へ、勢いをつけて斜めに強引に上ろうとした時だ。肩、腕、ひざをすりむく。擦り傷というより打撲に近い。酔っていた。

七月二十二日（木）

小手鞠るい『オトコのことは猫に訊け』（小学館）に、「愛が終わった男たち＝犬好き。永遠の愛の男＝猫好き」とあったが、当たっているような気がする。

七月二十六日（月）

荒木経惟さんのホームページをひらく。本の表紙をクリックすると、写真がいっぱい出てくる。ゆっくり切り替わる。その速度がいやらしくて良かった。

八月四日（水）

フジ・ロック・フェスティバルがどういうものなのか、二十数年僕は音楽を離れていたため、よくわかっていない。人から出演おめでとうとか、うらやましいと言われてはじめて、ああそうなのかと思ったくらいなのだった。そして、知らないということが、かえって、自然体でやれるような、いい作用を及ぼすような気がしてならなかった。

会場は四万人収容できるグリーンステージ、一万人のホワイトステージ、五千人のレッドマーキーなど、ステージが六箇所から九箇所もあって、同じ時間帯に、いろんな場所で誰かしらがやっているのだ。僕らがやるところは、フィールド・オブ・ヘブンというところで、やはり五千人収容のところだ。

お客さんは、近くのホテルに宿泊したり、キャンプ場でテントを張ったりして、七月三十日から八月一日までの三日間、スケジュール表を見ながら、目当ての会場に移動する。

ひとつのバンドと次のバンドの転換に約四十分の間がある。その日、僕らの前にやるバンドの音を僕は聴いたことがなかったので、出来れば聴きたいなと思った。しかし、楽屋から会場に行く送迎車の関係で見に行くことは出来なかった。ちょうど、そのバンドが終わった頃に、僕らはマイクロバスに乗って会場に向かった。途中、会場付近で車は立ち往生した。ものすごい数の人がどーっと逆流して来たからだ。次に僕らがやることは、もちろん、パンフレットなどで知っているはずだと思うのだが、潮が引いたかのように、ほとんどの人が移動してしまった。

セッティングの時、ステージから客席を見渡すと、みごとにがらんとしていた。まるで、小学校の校庭のように、土が剥き出ていた。それでも、幾人かの人が前の方にかたまっていた。言葉が出なかった。みじめだった。申し訳なく思った。仲間もスタッフも何も言わない。触れたところでどうにもならない。

演奏をし出すと、いつもより音が散らばって聴こえた。屋内と野外の違いだ。一番調子の悪かったことは、思いもよらぬことだったが、ステージの後ろ、幕のうしろにもうひとつ、転換用のステージがあって、そこで次のバンドのセッティングのかけ声や物音が、曲間や静かな演奏時に、無神経な雑音として聞こえてきたことだ。気が散った。一箇所、歌詞が飛んだ。しかし、すべての言い訳は醜い。

それでも、ステージが終わる頃には、何百人かのお客さんがいた。笑顔で手を振ってくれた人がいた。知っている曲が始まると拍手をして、しーんと聴いてくれた。曲が終われば拍手をいただいた。ありがとう。目の前は、緑の山、青い空、時折、強い風が吹き、白い雲が流れていた。

八月十二日（木）

事務所あてに、東京都のHさんとNさんから手紙が届いた。言葉につまった。お客さんの数ばかりを気にした自分が恥ずかしかった。了解を得て載せさせてもらう。

早川義夫さんへ

突然のお手紙お許しください。早川さんのホームページを見てどうしても手紙を書きたいと思いました。僕ら二人はフジ・ロック・フェスティバルで早川さんのライヴを観た一ファンです。フジロックが終ってからホームページの日記を見せてもらいましたが、早川さんがあの場でそんなこと（そんなこととは失礼ですね）を思っていたなんて考えてもいなかったんで何とも言えない気分になりました。

僕らはフジロックへ五年にわたり参加しています。好きな時に起き、好きなものを食べ、好きな音楽を聴くという自由なフジロックの空間を愛して毎年行っています。

今年、早川さんが出演すると聞いて何ヶ月も前から楽しみにしていました。そして実際にミトさん、佐久間さんの演奏と早川さんの唄と演奏を目の当たりにして深い感動に襲われたのは僕らだけではなくあの場にいたたくさんの人達が泣いていたのを記憶しています。僕らの隣に立っていた、若い女性も、最前列に陣取っていたおじさんもその隣のお兄さんも目を必死で押さえていました。僕らもです。早川さんにはただ真っ直ぐな唄を聴かせていただきました。

フジロックではステージ間の大きな移動や隣のステージの演奏も聞こえてくるのはしばしばで、早川さんの出演したフィールド・オブ・ヘブンは毎年まったりとしながらアーティストを楽しむ空間だと思っていて早川さんはとてもその雰囲気に合っていると感じました。僕らの中ではバーのようなくつろげる演奏場のように思っていたので。そんな感じが当たり前だと思っていた僕らが逆に申し訳ないと思いました…。五年も行ってたのに初めてアーティストがヘブンに立ってそういったことを思っていたことを知りました。見る側は全く思いもしなかったことで、本当に複雑な気分です。

今、思えば今年からフジロックはチケットが一日券とかバラで売っていたのを三日間通し券のみになり、高いチケットを買えなかった方、休みが取れないで行けなかった方、いろんなファンの方がたくさんいたはずですし、確かに短い時間でのセットチェンジ等を考えると雑音とかは仕方がないのかもしれません。演奏する側が集中できずに（一瞬でも）いたことなど思いもよらず、ただこんな大自然の中の素敵な空間で早川さんたちの演奏を見れたことに胸一杯でした。もし会場ですれ違ったら絶対に、「いい唄をありがとうございます」と伝えるつもりでした。本当に…言葉も出ないくらい素敵なライヴでしたから。

このようなことを一ファンである僕らが言うと『ラブ・ゼネレーション』で書かれてました「ファンの心理」のように嫌われてしまいそうですが本当にいいライヴでした。僕らはつげ義春さんの『山椒魚』のようです。都会の中でめまぐるしく生きています。これからも心に響く唄を聴かせてください。簡潔でお許しください。

八月十四日（土）

十三日、ライジング・サン・ロック・フェスティバル2004 in EZOは、ちょうど日が沈む頃、ステージに立った。雨も上がり、西の空はオレンジ色に染まった。

クラムボンのライブをはじめて袖で聴いた。リズムが心地よかった。ドラムの大助さんは正しく、ベースのミトさんは色っぽく、ヴォーカルとキーボードの郁子さんは才能が弾けていた。

打ち上げは楽しかった。男ばっかり。

翌朝、ホテルを出てコンビニへおにぎりと飲み物と新聞を買いに行った。気持ちいい朝だった。歩きながら『海の風景』（堀口大學作詞、原田郁子作曲）を口ずさんだ。

八月十五日（日）
僕が留守中の二日間、チャコは食欲がなくて何も食べなかったという。犬は愛情だけで生きている。そういえば、犬仲間からもよく聞く。下痢をしてしまうらしい。旅行など行く時は、下痢止めと精神安定剤を飲ませてから、出かけるお家もあるらしい。犬のことは言えない。僕も精神安定剤を毎日飲んでいる。効き目があるのかどうかよくわからないけれど。

八月十六日（月）
長野のMさんから野菜をいただいた。箱を開けるとあまりのキレイさにびっくりした。ここ数年、僕はトマトなど全然味がしなくて、サラダを食べるということは、つまり、ドレッシングを食べているようなものだった。ところが、なす、ジャガイモ、ピーマン、トマトなど、みんな美味しかった。やはり、いいものは特別な料理をしなくても美味しい、音楽と似ている。

八月二十五日（水）
二歳上の兄夫婦（忠ちゃんと秀子さん）が遊びに来た。兄たちは昔チャコと暮らしていたことがあるので、懐かしいのだ。焼肉を食べに行った。朝鮮人参酒が美味しかった。おみやげに骨を持って帰った。チャコ大喜び。

八月二十七日（金）

兄との会話を思い出した。「よしお、太ったなー」「忠ちゃんに言われたくないよ」。兄は大関クラスのお腹をしている。すると弟は関脇か。久しぶりに体重計に乗った。そういえば、しばらく運動をさぼっていた。油断してた。恋をし忘れたからだ。食べて飲んで、ため息をついては酔っ払っていた。初めて見る数字にあわてた。これからは毎日、体重計だけには乗ることにしよう。

八月二十八日（土）

目が一段と悪くなった。細かい文字はもちろん、普通の文字まで見づらくなった。大村昆や桃屋の三木のり平みたいに、メガネをほんの少し前にずらすと、はっきりする。右眼は時折、黒い蚊が飛んでいる。

九月一日（水）

次女からメール。「ゆっくり温泉にでも行ってきたら?」「行く女がいない。みんなきっと男がいるし」「男のいる女が、おすすめです。お互い好都合」。うーむ、ものごとすべて明るく考えよう。

九月二日（木）

最近、いいなと思った言葉より。

岩井志麻子「セックス自慢は、聞いても『あーそうですか』だけど、オナニーの自慢でおもしろい

人は尊敬するよ。最近は、それで人を見てますよ」（『女のオカズ』河出書房）
　吉本隆明「普通に生きている人、あるいはそういう生き方を既にやっている人の生き方が、一番価値ある生き方だと、理想としています」（糸井重里『智慧の実を食べよう。』ぴあ）
　養老孟司「人のことが分かる人ほど、周囲には個性がないように見せていますよ」（朝日新聞2004.5.16）

九月四日（土）
　隣の家から、幼稚園生のてっちゃんの大きな泣き声が聴こえてきた。急にチャコがオロオロしだし二階に上がってしまった。抱いて一階に戻すと、今度は庭に出たがる。しょうがないので庭に出すと、どういうわけか狂ったように土をほじくりだし、顔をうめて泥だらけになってしまった。「てっちゃん、泣かさないで！」と言わんばかりにだ。いや、真意はわからない。とにかく、顔が泥だらけになってしまった。

九月六日（月）
　ポーちゃんという名の犬を写したのだが、その後、出会えないので写真を渡せない。お父さんがサーフィンをしている間、男の子を抱いたお母さんとポーちゃんが波打ち際で待っている。その姿を写真に撮ったのだ。カメラを向けるだけでも失礼なのに、まさか連絡先まで聞くわけにも行かず……。そのように、一度しか会えなくて、渡したくても渡せない写真がいっぱいある。ホームページに勝手に載せるわけにも行かず。おーい、ポーちゃーん。

九月七日（火）

朝、天気雨で海にうすく虹がかかった。台風の影響だろうか、浜辺に海草がたくさん流れ着いている。そこに小さなハエみたいな虫がうわーっとたかっている。バッチイ。でも今日は、桜貝と宝貝を見つけた。宝貝が好きだ。夏の間は全然なかったが、これからはきっともっと流れて来るだろう。拾っていると、河原で石を拾っている『無能の人』を思い出す。

九月十二日（日）

十一日のライブで鈴木亜紀さんの『方舟』を歌わせてもらった。原曲を聴く分にはさほどむずかしく思えなかったのだが、いざ歌ってみるととてもむずかしかった。サビのところなど棒読みになってしまうのだ。キーが低かったかも知れない。気が回らなかった。そういえば、途中でピアノの椅子がやけに低いなと感じた。これじゃ、ますますちっこく見えてしまうではないか。どうしてリハーサルで気づかなかったのだろう。そういえば、マラソンの松野明美が言っていた。沿道で応援の旗を振っているその旗が一瞬、腕に触れただけでも走るリズムが狂うって。一流のふりをするわけではないが、僕も異様に神経が過敏になる。ビル・エヴァンス《ワルツ・フォー・デビイ》のように、お客さんのグラスや食器の自然な音は平気なのだが、何の音だかわからない、たぶんカメラの音だと思うが、静かな曲の時に「カシャーカシャッ」という音が何回か耳に入り気が散った。歌いながら別なことを考えているなんて、僕だけだろうか。太い神経になりたい。でも、あったかい拍手をいただいた。僕と同じように緊張感を持って聴いてくれているお客さんにいつも感謝している。ライブは戦いだ。十八日も頑張ろう。全曲、歌に集中できますように。

九月十三日（月）
　ポーちゃんから連絡が入った。写真ＯＫとのこと。バンザーイ。五郎ちゃんからも、佐久間さんからも、亜紀さんからも返事をもらい、他にも女性二人から、NECからは二通、リアルニュースから一通、出会い系サイトからも（利用していません）メールがあり、『東京人』のＴさんからはファックスが入り、今日はなんか久しぶりにもてたなー。

九月十九日（日）
　二夜にわたっての Ces Chiens Live が四十一曲入りの DVD になる予定で、選曲などについて佐久間氏とメールで打ち合わせ。でもまだタイトルが決まらない。ライブの朝、思いついたのは、「あの子にワンワンワン」だった。提案すると、賛成してくれたのはＨ氏だけで、あとはみんなから首をかしげられてしまった。この間、久しぶりにレコード屋さんに行ったら、棚がすっかり変わっていた。ＣＤより DVD が前面に並んでいる。やはり、ライブ録音は映像があった方が楽しい。《アンプラグド～エリック・クラプトン》《キース・ジャレット》なんて良かったものなー。それしか見たことないけど（あっ、僕が観たのはビデオテープだ）。いいものが出来るといい。

九月二十五日（土）
何か気のきいた言葉がないかなといつも思っている。それさえあれば歌詞が出来るような気がするからだ。毎日新聞の朝刊に「儲けるは信ずる者と書くんだね」という川柳があってうまいなと思った。「♪明日という字は明るい日と書くのね、若いという字は苦しい字に似てるわね」という昔の歌を思い出した。ところが、どうしても題名が思い出せない。

九月二十六日（日）
彼女とプールに行った。彼女といっても彼女ではなく、彼女になってくれたらいいなーと思っている人だ。その彼女がふわりふわりと僕におんぶするような形で泳いでいる。僕はおそるおそる、でもしごく自然に彼女のお尻に手を添える。彼女は逃げない。おんぶしながら水の中を歩くのだが、いつのまにか水はくるぶしまで減っている。あまりキレイな水ではない。さっきまで、いろんな動物が泳いでいたからフンも混じっている。おんぶしながら「キスしたいな」と言うと（ダサい）、彼女はうなずく。キスしたとたん、カチンカチンになる。中学生みたいにだ。触れさせようとすると、むしろ彼女が積極的になった。僕はホッとする。これまでの距離が一気に縮まったからだ。プールを出ようと更衣室から受付を見ると係員が睨んでいる。ふしだらなことをしたからだろうか。「睨んでいるわよ」と彼女が僕に言う。「平気だよ」と僕は答える。そこを通らなければ帰れない。靴をあずけている。受付に並ぶと睨んでいた男がやって来て、「ご注文の本はこちらでしょうか」と新聞の切抜きを見せる。『声に出して読みたい日本語』の広告だ。「いや違う」と返答するが頼んだ本を思い出せない。そこで目が覚めた。妙な展開だった。でも、久しぶりに色っぽい夢を見た。こんなのが毎日見れたら、楽しい。夢の中では夢ではないからだ。

十月二日（土）
月刊誌『東京人』（十一月号）にエッセイを書いた。ホームページのことを書いたのだが、他のページに比べるとそこだけ浮いてる感じがした。母の言葉を思い出した。「あんたは変り者だから」「子供みたいな文章を書くね」

十月六日（水）
渋谷クラブクアトロにて、柴草玲さん、野狐禅、カルメン・マキさんとライブ。柴草さんの「♪これからも好きでいます」と歌う『川辺』を聴いて不覚にも涙。いや、別に僕に歌ったわけではないけれど。野孤禅はすごかった。あんなに迫力のあるステージを観たのは久しぶりだ。一人だったら一人の良さ。二人だったら二倍の良さ。十人だったら十倍の良さがなくちゃいけないと僕は思っているので、なのに、野孤禅は二人なのに三倍四倍の良さがあった。強弱の付け方、間の取り方、勢い、スピード、そして何よりも、誠実さが一流であった。マキさんはステキだった。黒縁のめがねが色っぽかった。僕も頑張らなくちゃ。

十月九日（土）

夕飯は手作りコロッケとスパゲッティだった。飲みたりなかったので、何かない？　と言ったら、ワインを飲んでいるのに、梅干が出てきた。外は嵐。

十月十八日（月）

旭川アーリータイムズにてライブ。レンガ造りの蔵は築百年だそうだ。店内に昔のフォークやロックの人たちのアルバムジャケットや色紙がいっぱい飾られていた。アマチュア時代、野狐禅はここで歌わせてもらっていたらしい。しかし今やもうスカイパーフェクトテレビが野狐禅を追っかけている。店主の野澤さんは、昔の僕の歌だけでなく、今の『嵐のキッス』なども知っていて、それが嬉しかった。北海道をツアー中のリクオさんが聴きに来てくれた。ひさしぶりの再会。

十月十九日（火）

旭川から北見まで車で移動。走行中、鹿を三頭見た。紅葉の中、鹿が絵のようであった。北見オニオンスタジオに到着。かつて、たまねぎの倉庫だったらしい。機材は立派で野狐禅の歌がよりクリアに聴こえた。汗は飛び散り、曲間での喋り、ギターとピアノの勢い、繊細な音。十月六日付の日記にも書いたが、野狐禅はすごい。「ものすごく売れそうだね」と言ったら、H氏「サザンオールスターズぐらいいくんじゃない」と言う。あれっ、僕は？

十月二十一日（木）
札幌 KRAPS HALL。本番中、ふと上手を見たら、袖で竹原ピストルさんが、僕の歌を聴いてくれている。思わずニコッとしてしまった。

十月二十二日（金）
札幌から飛行機で青森へ。バスを待つ間、りんごをかじる。バスで弘前へ。昼食、みんなはカツカレーランチ・セットだったが、僕はもたれそうなのでキノコそばにした。ホテルに戻る。チャコが恋しい。

十月二十三日（土）
弘前萬燈籠もお客さんがいっぱい。演奏中、モニタースピーカーがトラブル。ＰＡの人が直している間、間を持たせるために一曲多く歌った。終わってから、ＰＡの人が「すいませんでした」と僕に二度も頭を下げた。プロであった。終演後、お店でお鍋をご馳走になった。中身は、鶏肉、うどん、野菜。美味しかった。思わず、これどういうダシなんですかと訊いたら、鶏がらと醤油と砂糖だと言う。うーん、それだけでこんなに美味しいなんて不思議に思った。途中、ハイロウズの真島昌利さんと甲本ヒロトさんが合流。別なところでツアー中だったようだ。握手。

十月二十四日（日）

野狐禅とのツアー最終日。仙台。打ち上げのビールと餃子が美味しかった。濱埜さんは、疲労のため、大事をとって欠席。竹原さんと喋る。一週間の旅だったが、野狐禅とは、あまり喋らなかった。歳が三十近く離れているせいだろうか。それでも、今日はちょっと打ち解けた。「早川さんは、グランドピアノで歌うより、電子ピアノの方が、いや、ボクはピアノの細かい音のことはよくわかりませんが、電子ピアノの方が、お客さんに近いし、正面を向いているので、メッセージがより伝わると思うんですが」と言われた。そして、遠慮がちに、「サングラスよりも、ふつうの眼鏡の方がいいような……」とも言われた。

十月二十五日（月）

一週間ぶりにチャコと再会。チャコ笑う。海辺を歩くと、ウサギのように飛び跳ねた。

十月三十一日（日）

文は人なり。音も人なり。いい音楽は汚れてない。はったりがない。ふたりは仲がいい。野狐禅ツアーに参加して思った。いい歌をありがとう。

十一月一日（月）

東京キネマ倶楽部は、かつてキャバレー（？）だったらしく、せり舞台があったり、円形の二階席はソファーがあり、近代建築ではないけれど、デビット・リンチの映画に出てくるようなステージであった。

十一月四日（木）
NHK-FMライブビート。Ces Chiens Live。佐久間さんとは一ヶ月ぶり。辻香織さんがお父さんと一緒に聴きに来てくれた。お父さんは昔、僕のファンで、僕が再び歌い出した時、お嬢さんを連れてコンサートに来た。その時、彼女は十五歳。十五歳といえば、谷崎潤一郎『痴人の愛』、M・デュラス『愛人（ラマン）』、高橋咲『素敵なあいつ』だ。（関係ないか）。あれから九年。香織さんは幼い顔のままである。

十一月七日（日）
遠藤ミチロウさんから『ザ・スターリン伝説』（マガジン・ファイブ）というDVD付の本が届いた。ミチロウさんのスターリン時代を僕は全然知らない。裸で歌っていたなんてびっくり。「完全に無防備になりたいからなんだ」と書いてあった。

十一月二十八日（日）
橋の上に小学生が四、五人いた。チリンチリンとそこを自転車で通った。道をあけてくれた子が

「バイバイ」と手を振る。あれっ、知っている子かなと思ったが、知らない。ニコニコしながら自転車をこいだ。「ヨン様みたい」という声が後ろから聞こえてきた。内心ニヤリとする。その話を家人にしたら「最近の小学生も口がうまくなったわねー」と言う。えっ、からかわれたのかな。

十一月二十九日（月）

昼間、プールに行く途中、バイクに乗った警官に呼び止められた。「ちょっと、いいですか」「えっ、何ですか」「自転車に鍵が付いてないように見えたんだけど……」「えっ？」「あっ、ありますね。失礼しました」。感じわるー。そういえば、さっき、交番にいた警官と一瞬目が合ったんだけど、信号が青になったので、あわてて発進したのがまずかったのかも知れない。昨日はヨン様だったけど、今日は泥棒に間違えられてしまった。不快。

十一月三十日（火）

初台ドアーズでライブ。ROCCO、ネクラポップと共演。ネクラポップのドラムは女の子だった。かっこよかった。打ち上げで差し入れのワインを飲んだ。佐久間正英さんといろんな話をした。女の子にもてる秘訣を知りたくて、どんな時にもてて、どんな時にふられるかを訊ねてみた。すると、ふられたことがないという。どひゃー。佐久間さんは結婚四回。前の奥さんたちとも仲が良い。今の奥さんは息子さんより若い。違いすぎて参考にならず。

十二月四日（土）
何度も断っているのに「外国行こうよ」と長女が僕を誘う。学校に行っている間は勉強などしたことがないのに今ごろ勉強してる。聞き流しているだけだと思うが、テレビだかラジオかの中国語講座を聴いている。電話してくる時、うしろから「チャンポンメン」みたいな発音が聞こえて来る。英会話教室にも通ったらしい。クラス分けのため、先生が英語で質問する。しかし全然わからない。そこで日本語で質問された。「あなたは何月生まれですか?」。すると娘、「エイト」と答えたそうだ。大笑いしたが、まあ、僕も似たようなものだ。だから外国に行きたいと思わない。長女の母親はもっとひどい。最近のことだ。団塊の世代を「だんこん」と読んだ。思わず、「もう人と喋っちゃだめ」と言った。
あとで怒られると困るのでこの日記ＯＫかどうか娘にメールで訊ねてみた。返事が来た。「すごく考えた末。エイトイズエイトって答えたの。それと先生日本語しゃべらない。それにしても恥ずかしいからちょっと待って（・ε・;)（;・ε・)」

十二月十一日（土）
金沢もっきりやにてライブ。僕と同年代の方もいれば若い女の子たちもいた。途中で一人帰られた方もいたらしいが、暖かい拍手をいっぱいいただいた。姉妹店なのだろうか、すぐ近くのバーを控室に使わせてもらった。猫が二匹いた。猫嫌いの人は駄目かも知れないが、僕は猫好きなのでいいなーと思った。終わって、もっきりやのご主人平賀さんと美味しいお刺身などを食べながらお話した。もつきりやは開店して三十四、五年経つらしい。やはり、店名はつげさんの『もっきりやの少女』からだ。トム・ウェイツもここで歌ったことがあるという。

十二月十二日（日）

中越地震の影響で、金沢から新潟までの電車は、六時四十八分発しかなく、途中徐行運転もあり、新潟に着いたのは十一時五分。新潟ライブ実行委員二村さんの車で会場のJazz Spot coffee shop「器」へ。コーヒーをいただいてからリハーサル。いい店だ。もっきりやもそうだったが、窓から外の景色が見える。こういう店で、ピアノを弾けて歌えるのは嬉しい。かつて新宿にあった風月堂もそうだが、僕は昔から、誤解されがちだが歌のイメージとは違い、たとえば、地下にもぐって行くような暗い喫茶店より、庭が見えたり、天窓があったり、あるいは天井が高い、広々とした明るい店が好きなのである。終演後、H氏がアンケートを書いてほしいこと、アルバムとTシャツを販売してまーすと声をかけたので、アンケートの回収率がとても良かった。アンケートを読むのが僕は好きだ。お客さんの息遣いが伝わってくるからだ。買っていただいたアルバムにサインをしながら、お客さんからいろいろ声をかけられた。「また、来て下さいね」って、明るい人が多かった。嬉しかった。打ち上げでは、ビール、お客さんからいただいた焼酎、日本酒麒麟山を飲んだ。銀だら、たらこ、すじこ、自家製ハム、ごはん二杯、大根の味噌汁二杯、美味しかった。初めて金沢、新潟で歌わせてもらった。ありがとう。

十二月十九日（日）
来年二月頃発売予定である《いい人はいいね、Ces Chiens Live》の映像確認のため、撮影の渡辺一仁氏の仕事場へ。合計四十一曲、時間にして三時間強である。見終わって「いい」と思った。作り手はみんなそう思う。問題はいかに見知らぬ多くの人に届けられるかだ。
渡辺さんは、好きな歌い手を撮っている。打ち合わせ後、友川かずきさん、三上寛さん、灰野敬二さん、遠藤ミチロウさん、原マスミさんのライブ映像をほんのちょっと見せてもらった。ミチロウさんとは二度、原マスミさんとも一度共演させてもらったことがあるが、他の方の歌声ははじめて聴いた。うーん、どうたとえたらよいだろう、すごいというか、壊れているというか、純粋というか、いろんな人がいるものだ。天才と狂気、美しさと醜さ、ニセモノとホンモノはいつも隣り合わせにある。

十二月二十九日（水）
東京キネマ倶楽部にてクラムボンとライブ。朝、雪が降って来たので急遽『雪』を歌うことにした。佐久間さんは風邪気味で体調は万全でなかったがいい音だった。気持ちよく歌えた。クラムボンは声がいい。音がいい。リズムがいい。みんないい人たちだ。打ち上げで原田郁子さんとほんの少し立ち話をした。喋り方が一瞬歌っているように聴こえたのでびっくりした。終電車に間に合わず横浜からタクシー。降りて柄にもなく空を見上げると星が輝いていた。

二〇〇五年

福岡 Jazz&Cafe BACKSTAGE のグランドピアノ

一月一日（土）

これまで日記など一度も付けたことのない人間がこうして去年の五月から続けられているのは、きっとどこかで誰かがこのホームページを開いてくれているだろうという思いがあるからである。ありがとう。

二〇〇四年十二月三十一日は、COUNTDOWN JAPAN 04/05 に出演した。渋谷陽一さんの紹介でステージへ。たぶんほとんどのお客さんは僕の歌を一度も聴いたことのない若い人たちばかりだ。歌い出した時、予想をはるかに超えたピアノとギターの爆音にびっくり。焦る。こういうイベントは演奏者のサウンドチェックが無いのが普通だ。出音はいいのだろうと信じ、音に負けじと声を張り上げた。会場の雰囲気はとても良かった。なのに自分としては（もちろん頑張ったのだが）最高の達成感にはいたらず、佐久間さんも同じ気持ちなのだろう「うーん」とうなりながら控室へ。ビールを飲みながら反省会。「でも、お客さん、『H』の時、手拍子してくれたよね」とか、「後半お客さんも増えた感じだし」などと、スタッフの方たちと元気づけのためにいいことばかり話す。中田さん（佐久間さんの楽器担当）が言うには、「いや僕はいつもより良かったと思いますよ」という意見に、だんだん「ああ、良かったんだ」という結論に達した。歌いやすいに越したことはないけれど、多少の歌いづらさや演奏しづらさの中で戦っている姿は、それはそれで（すべてが無難に収まるよりは）格闘技のようで良かったのかも知れない。いつまでも慣れないことが大事なのだから。

一月十日（月）

山口瞳「私が世の中でもっとも怖いと思っている人はモノを書かない人である。それと同じぐらいに怖いのは、書いたものを書物にしない人である。どんなふうに怖いかというと、身の毛のよだつくらいに怖い。そうして絶えず叱責されているように感ずる」（『わたしの読書作法』河出書房新社）

池田晶子「言われていることは、言われていないことによって、言われている」（『新・考えるヒント』講談社）

一月十五日（土）

昨日は「新潟県中越地震義援金ライブ 好きに歌うよ」のイベントだった。企画したTETSUYA（元ドリアン助川）さんと初めてお会いした。スマート、好青年、キチッとしている、清潔感、理知的、背筋真っ直ぐ、背高い、男前。控室に挨拶に来られた時、僕は椅子から急に立ち上がったせいもあるがよろけてしまった。

電撃ネットワークは面白かった。リズムに合わせて手を動かすだけだけど一緒に踊りたくなった。単純明快。体を張ってのパフォーマンス。おすすめ。

浜崎貴司さんは、目パッチリまつ毛長い。うらやましい。俺、目ちっこくてまつ毛なし。出番前だったので写真撮れず。山口洋（HEATWAVE）さんとは、数年前、大阪バナナホールで共演した。新宿日清パワーステーションでも一緒だったかも。記憶が定かでなくなってきた。しかし一つだけ鮮明に憶えている。『サルビアの花』と『堕天使ロック』の間奏をエレキギターで弾いてもらったのだ。その音が独特だった。どう言ったらいいのだろう。いわゆるギタリストの音とは違い、ぎこちなくともヴォーカリストのギターであった。ギターで歌詞を歌っていた。（知久寿焼さんもそうだ。あの独特な歌い回しと同じように奇妙なギターを弾く）

一月二十二日（土）

風邪で病院へ。先生は熱心で優しかった。信じなきゃ治るものも治らない。薬が一杯出て点滴もしてくれた。注射する時、看護婦さんは「チクッとします。ごめんなさいね」とか「失礼します」と言う。そのセリフが好きだ。

一月二十四日（月）

『カバー、おかけしますか？　本屋さんのブックカバー集』という本が朝日新聞（一月二十二日付夕刊）に写真入りで紹介されていた。早川書店のブックカバーもあった。藤原マキさんの絵だ。デザインは平野甲賀さん。袋としおりも作った。一九八二年『ぼくは本屋のおやじさん』が出版された後だ。懐かしい。本屋は大変だったが『読書手帖』や『本の新聞』を作ったりして結構楽しんでいた。

一月二十七日（木）

録画しておいた映画『8 Mile』を観る。これまで、ラップは（僕の耳がおかしかったのだが）みな同じように聴こえ、正直好きになれなかったのだが、思ったことを即興で歌にするのがラップだとわかり、すごいと思った。主人公のエミネムはかっこ良かった。モデルを目指しているブリタニーは色っぽかった。

二月十三日（日）
新藤兼人×新藤風　祖父 孫娘の対談（毎日新聞PLATA 2/13 vol.9）。新藤兼人の言葉より。
「だれかをけ落としたいと思っているような人は、もう心が汚れているからいいものはできません。それはね、絶対ダメ。いかに世の中が新しくなっても。精神的に純粋じゃなくちゃいかんですよ。『そんなこと言っている間にけ落とされてダメになっちゃう』なんて、そんなことはないんです。ふうちゃん、純粋というのを握っていれば。やっぱり純粋を握ってなきゃいけないです」

二月二十七日（日）
サンドラ・ブロック主演映画『トゥー・ウィークス・ノーティス』を観る。「正反対のものが自分を完全にしてくれる」だって。

三月三日（木）

DVD《いい人はいいね、Ces Chiens Live》のサンプルが届いた。ジャケットがいい。盤のデザインがいい。仲條正義さんの作品である。ほれぼれする。四十一曲収録。三時間二十三分。五千円。三月十六日発売。ライブ会場でも買えます。

三月五日（土）
昨日、整形外科で（受付の女の子可愛いなー）ハリとマッサージの治療を受ける。先生からバランスボールがストレッチにいいですよと言われ、急に欲しくなる。家人に買って来てもらうことにした。今、椅子代わりにしている。背筋が真っ直ぐになるような気がする。いつまで続くだろうか。

三月十日（木）
三月六日銕仙会（てっせんかい）能楽研修所でやったライブ批評が朝日新聞（三月九日付夕刊）に載った。予想もしてなかったことなので嬉しかった。「佐久間のギターはさすが」「しかし、ピアノの音色に変化は乏しい」と書かれてあった。うぬぼれているから一瞬ガクッときたが、たしかにおっしゃる通り。これからも頑張ろう。

三月十二日（土）
高田渡さんから電話。「久しぶりに声を聞きたくなってね」「えっ、まるで恋人みたいじゃない」「そうなんだよ。同性愛じゃないけどさ」「息子さんの高田漣さん評判いいね。いい音出すっていろんな人が言ってるよ」「そうなんだよ、忙しいみたい。今俺がマネージャーやってるの」「アハハハハ」。あとは、くわしく書けない話。「あの人なんでそんなにコンプレックス持ってるかね。やはり人間て変わらないね」「いや歳とともに変わらなきゃ。丸くなるとか」「そうだよね。むきにならないとか」。「○○なんか、態度が変わるからね。人によって」「あっ、そうなの」……。自分を棚に上げ他人の変人ぶりを話題にするのは面白い。

三月二十二日（火）
最近のお笑い芸人ではヒロシが好きだ。東海林さだおの『ショージ君』みたい。真似してみました。
ヨシオです。毎日メールが十件近くも来ます。そのうちのほとんどがわけのわからん未承諾広告とです。ヨシオです。「野鳥よせ」という餌を買ってきました。雀が喜んで食べに来ます。窓からそっとのぞくといっせいに逃げます。可愛くなかとです。ヨシオです。昔モテようと思ってパイプカットをしようと思ったことがあります。でもパイプカットしてオナニーしても意味がないのでやめたとです。ヨシオです。

四月一日（金）
リュックサックを買った。ショルダーバッグより楽だからだ。でも、似合わなーい。吉田カバンなのに完全なおじいさんかオタクになってしまう。中川五郎さんも佐久間正英さんも事務所のH氏もリュックなのにおかしくない。どうしてだろう。

四月四日（月）

昔インターネットで早川義夫というのを検索していたら、あれは何ていうのだろうか（チャットというのだろうか、違っていたらごめんなさい）僕のことについてあれこれ、あいつはああだよこうだよと会話形式で匿名で喋りあっているのを読んでしまったら、気持ちが悪くなってしまい、それ以来もう開かないことにしている。しかし人間というのは弱いもので、どう思われているのか実は気になって、たまにはほんの少し褒められたくて、「ブログ検索 早川義夫」などをこっそり見る時がある。しくみは知らないが、誰かが書いた日記の中に早川義夫という文字が一箇所でも出てくれば、そこに載るようになっているらしい。もちろん、いいことばかりが書かれているわけではない。形に表れたものだけが真実ではないが、あーいいなと思うことがある。わかっている人はわかっているのだ。

四月十日（日）

南こうせつさんの『週末はログハウスで』というFM番組の収録。こうせつさんの話が面白かった。たとえば、ご飯にしようかパンにしようかといつも迷ってしまうと言う。僕も迷う。文章を書く時も「けれど」にしようか「しかし」にしようかで迷う。「である」にしようか「なのだ」にしようかで一日迷ってしまう。もう病気である。

収録が終ってから、新宿のカメラ屋さんへ。レンズを買おうか買うまいか迷う。迷い過ぎてインクとハガキだけにする。次は伊勢丹のコム・デ・ギャルソンへ。洗いざらしの白のYシャツ、真ん中にピンクの線が入っているのが気に入ったのだが、着丈が少し長く感じたので保留。買うべきだったか。後悔。タワーレコード新宿店へ。初めてのインストアイベント。お客さんがいた。嬉しい。一曲目に『風月堂』を歌った。

四月十五日（金）

吉祥寺スター・パインズ・カフェでカルメン・マキさんとライブ。マキさんのサポートメンバーはギター桜井芳樹さん、ベース松永孝義さん、バイオリン太田恵資さん。僕は一人。ベースの松永さんとは十年ぐらい前だろうか一度、バイオリン向島ゆり子さん、アコーディオン近藤達郎さん、ドラム久下恵生さんらとご一緒させてもらったことがある。以来ずうっと気になっている人たちだ。激しかった。聴いた人からすごく良かったと言われたことを憶えている。演奏というのは、合わせるのではなく、それぞれが歌うと、スリリングになるのかも知れない。

マキさんとは、二年ぐらい前、偶然、同じ日に札幌で別々のツアーがあって、マキさんの方の打ち上げに僕とHONZIが合流することになった。でも、その数ヶ月前に渋谷青い部屋の楽屋で会った時、僕が握手をしようとしたら、なんか一瞬ためらったような感じがし、あー嫌われてるんだと、被害妄想の僕は合流するのがちょっと心配だった。そしたら、なんのことはない、あらーっと歓迎してくれ、わー嫌われてなかったんだと単純に嬉しくなり、ビール、お酒をご馳走になった。いつか一緒にやろうねと、その時、話したかどうかは忘れたが、帰ってから僕はCDと本を送り、マキさんからも本とCDが届いた。そんなわけで、やっとマキさんとのライブが実現した。一緒に写真を撮りたいと出かける前から僕は思っていたが、恥ずかしくて切り出せない。帰りがけあわてて、マキさんの事務所の社長に撮っていただいた。マキさんは『かもめ』が良かった。時折見せる笑顔が可愛かった。

四月十六日（土）
高田渡さんが亡くなられた。ご冥福をお祈りします。

四月十八日（月）
高田渡さんの告別ミサに出席した。大勢の方が集まった。いいお葬式だった。いろんなことが思い出される。昨日、中川五郎さんからメールをもらった。「渡ちゃんはギリシアの哲学者のような顔をして眠っています」と書かれてあった。涙が止まらなくなってしまった。朝日新聞四月十八日付夕刊に追悼文を書かせてもらった。

四月二十一日（木）
タイトルやデザインはもちろんだが、帯の文句や見出しによって惹かれる本がある。書評にしても、説明するより引用だけで充分なのではないかと思ったりする。引用する場所によって、ちゃんと引用者の顔が浮かび上がって来ると思うからだ。いかに短い言葉の中に、多く、深く語れるか。

「〈今号の名言〉集」というサイトを開いたら、僕の言葉もあった。

この間、可愛い女の子（たぶん）から手紙をいただいた。「性格のいい女の人だけがいいおまんこを持っている」（『たましいの場所』）という言葉が引用されてあったのでドキッとした。

明日からツアー。名古屋、京都、大阪、山口、小倉、福岡。一週間で六箇所。中川五郎さんから連絡が入った。四月二十八日（木）に「高田渡さんを送る追悼コンサート」が小金井市公会堂であるとのこと。その日僕は福岡なので行かれず。ツアー中、渡ちゃんとの共作『君の亭主』を歌おう。

四月二十二日（金）
名古屋パラダイスカフェ21にて細江祐司さんとライブ。アンコールで『いい娘だね』を一緒に歌った。「いい人がいい音を出す」と言いたくなるバンドだった。
サイン会（といってもそんなたいそうなものではない）の時、女性の方から名古屋のヴィレッジヴァンガードという本屋さん（店舗名は失念した）で、僕の本が二種類平積みされている写真を見せてもらった。彼女が写してきてくれたのだ。『たましいの場所』には、店長の手書きの推薦文が付いている。出版して三年も経っているのに、そして、五千部も達していない本を今もこうして平積みしてくれているなんて、感動ものである。「二十一世紀に入ってから出版されたエッセイの中で一番のデキです。よっぱらうと、好きな人に電話口で朗読してしまいます。涙！涙！」と書かれてあった。ありがとう。

四月二十三日（土）

京都クラブメトロ。京都はイベントという形でryotaroさんが協力してくれた。終了後、DVDを求めていただいた方にサイン。一番最後のお客さん（長身の好青年）が「ちょっとお話させてもらっていいですか」と訊く。「ええ、いいですよ」。「さっき、ここを通った女の子と付き合っていたんですけど、つい最近別れてしまったんです。今日のライブも彼女から知らされていて、一人で来たら、彼女もいて」「えっ、あの可愛い子？　なんか男の子といたみたい」「えー、友達だと思うんですけど」「くやしいね。取り返せばいいのに」「♪自転車に乗って、っていうのがあるでしょ」「えっ、高田渡？　あっ、純愛？」「あれ聴くと幸せになれたんです」「あー、ありがとうございます」と言うと、僕の右手を両手で包み、「ホンマに大好きです」と言って、深々と頭を下げた。思わず涙がこぼれそうになった。がんばれ！

「エルラティーノ」というメキシコ料理店で打ち上げ。ツアー中の松田幸一さんと対面。もちろんお名前は知っているがたぶん初対面である。話によると、同じ音楽事務所（音楽舎）にいたという。中川イサトさんと「愚」というバンドを始めたのが最初で……、あれ？「愚」は知ってるなー。あーでももうそのころ僕は事務所をやめてたのかな？　渡ちゃんとの笑っちゃうような苦労話をしんみりと話してくれた。

四月二十四日（日）

大阪 B-ROXY。天井が高く広々としたいい雰囲気の店である。音も良かった。ただ一点、演奏中、後半だったろうか、カウンターに坐っていた男性二人の話し声が気になった。僕の力不足といえばそれまでなのだが。もちろん気を遣っているらしく、かすかな声なのだが、歌っている僕の耳にはずうっと聞こえて来るのである。内容まではわからないがライブとは全然関係ない話だ。雑音というのは音量ではなく、耳障りか耳障りでないかである。

終わってからマネージャーに「ああいうの、注意できないの」と言ったら、「うーん、……むずかしいですね」とのこと。お金を払っているお客さんだし、他の人なら気にしない程度だから、仕方ない。仮に僕がステージで注意をしたら、かえって嫌なムードになってしまうから、耐えた。

ライブハウスはホールと違い、飲み物を飲みながら歌を聴く、そういうシステムだから、何かしら音がして当たり前だ。調理場での作業の音、コップの音、仕方のないセキ、時には店にかかってくる電話……、その場に合った自然な音ならば、僕だって気にはならない。氷がコロッと溶ける音なんて悪くない。ただし、ライターのパチンと閉じる音は嫌なんだよね。拍手は好きだ。まるで拍手を否定するかのように曲間をつなげて歌うけれど、歌と重なったっていい。掛け声だって、めったにかけてもらえないけれど、僕は大好きなのだ。ただ、出す必要性のない音、出さなくても済むことのできる音、意味のない音は、音楽じゃないと思うのである。

なにせ友人に「神経質でわがまま」と指摘されたくらいだから、自分が異常なのは分かっている。たとえば電車に乗ってもうるさいと席を移動してしまうし、連結部分のドアをバタン！　と閉める人がいるとバカじゃないのと思うし、ホテルの冷蔵庫はもちろんスイッチを切る、時計のカチカチ音、商店の外に向けたBGM、駐車中の車のエンジン、まあ、音と臭いに関しては、僕の方に問題があることは自分でも分かっている。居場所がない。

しかしその日、僕は二十一通のアンケートに救われた。「本日のライブをどこで知りましたか？」の質問に「ホームページを見て」が十八通もあったのが嬉しかった。気に入ったアンケートだけを紹介するのはずるいが、こんな言葉をもらった。「ゆっくり一枚一枚服をぬがされるような時間が心地よかったです」「人前で涙を流すのははずかしいので、足が涙でびっしょりになりました」「早川さんといけない場所でいけないコトをしたいです」。みんな、うまいなあ。

四月二十六日（火）

山口Cafe de DADA。昼過ぎ、ホテルで休んでいたら中川五郎さんから電話。「今日、山口でしょ」「うん」「僕の知り合いの○○さんという女の子がね、今日、早川さんの歌聴きに行くって、訪ねに行くからさ。自由にしていいからね。うふふ」「えー、俺、女にうるさいよー」「あーじゃ駄目かな」「でもあれだよね。会った途端にさ、ポケットに手をつっこんでくれるような女の子だったらいいのにね」「あーそれいいね。じゃー、彼女に伝えておくわ」「うん、それが合図ね」。まったく、五郎ちゃんは冗談なのか、本当なのか、からかっているのか、さっぱりわからない。

「いつでもやり逃げしてかまわないから」という女の子と昔つきあったことがある。好きだった。

四月二十七日（水）

ツアー六日目。疲労。小倉の病院で点滴を打ってもらう。看護婦さんから「水分を補給した方がいいわよ。それも水ではなくて、スポーツ飲料がいい」と教えられた。「あれ、ビールは？」「ビールはよけいに乾燥しちゃう」。そうだったのか。リハーサルも早めに切り上げ、出番までホテルで休む。よって僕の前に歌ったキナコちゃんの歌は聴けなかった。残念。

小倉フォークビレッジのママさんの話では、僕のためにアップライトピアノを入れたと言う。頑張らなくちゃ。しかし、ここでも、一曲目から話し声が気になった。二曲目に入る前に「なんか話し声が聞こえるな」と怒り調子で言ってしまった。その後もカーテンの開け閉めのような音、おしぼりを包んでいるビニールのくしゃくしゃという音（？）、小銭がチャラチャラする音が聞こえてくる。（そういえば、山口では腰に付けているのだろうか鎖のジャラジャラする音が聞こえたきたなー）。せっかく、僕を呼んでくれるライブハウスの方がいて、お客さんが聴きに来てくれているというのに。僕は歌いながら（もちろん集中して歌っているのだが）雑音が頭をかすめる。

ある番組で岩田由記夫氏が佐久間正英氏に「早川さんという人はどういう方なんですか。ここに早川さんがいないと思って、一言で言うと」の問いに、佐久間さんは即座に「神経質でわがまま」と答えた。たしかに僕はおかしい。病気だ。人前で歌うのはやはり向いてないのかも知れない。かといって誰もいないスタジオというのも空気感がなくて。それとも、もっともっとライブをやればなれて来るのだろうか。力が抜けたまま打ち上げ。乾杯したあともしばらくは黙ったままである。
しかし、キナコちゃんが僕を元気づけてくれた。初めて僕の歌を聴いたのだろう。「♪生きて行くのが恥ずかしくなるほど。あれ、ショックだったー」とか、「♪老人のようないやらしさで、ってどういうんだろう」と、屈託のない明るい声がみんなを笑わせ、僕に勇気をくれた。「この衝撃を忘れないように、早く家に帰って、歌をつくりたい」と言ってくれた。嬉しかった。なんのことはない。さっきまでの落ち込みがすっかり消えてしまった。

四月二十八日（木）
ツアー最終日。福岡 BACKSTAGE。ステージの三分の二をグランドピアノが占めている。いい音だった。マスターはきっとこだわりがある人なのだろう、頑固であるはずなのに、ものすごく低姿勢で謙虚な方だった。ああいう人になりたいと思う。
リハーサルで、スタッフらしき人の中にひっきりなしに鼻をすする人がいた。けれど、もう気にしないことにした。キナコちゃんの明るい元気な顔を思い浮かべた。一部が終わった時、マネージャーが「鼻をすする音聞こえますか」と訊く。「もちろん」と言ったが、「でも、このままでいいよ」と答えた。「いや、注意できたらします」という返事。すると二部から、音がしなくなった。どうしたんだろう、帰っちゃったのかな、気を悪くしたかなと思った。
何日も前から、冷たいものを飲みすぎたせいか、お腹が冷える。ホカロンをつけたまま歌ったので、異様に汗をかいた。終了後、屋台「小金ちゃん」で打ち上げ。博多には何度か来たことがあるのに僕は屋台初めて。いい風が吹き、気持ちよかった。アンケートに目を通しながら、芋焼酎お湯割を飲み、どてやき、ニラ玉、焼きラーメン、もやし炒めを食べた。「禁煙にしていただき助かりました」というのが二通あった。

「鼻すする人どうしたの」と訊いたら、やはり、スタッフに近い人らしく「お前、もっと小さい音にしろって言ったんだよ」とイベンターの山内さんが言う。花粉症でもう癖になってしまい、そのひんぱんさと音量がわからなくなってしまっているのだろう。鼻をすする人は、本屋、図書館、電車の中に必ずいる。セキをする人はマスクをせず、マスクをしている人はセキをしない。不思議である。

二十五歳の頃、僕は突然、蓄膿症になり四回手術を受け一ヶ月入院したことがある。ちょうど本屋を開業する時だ。それまで洟垂れ小僧でもなければ、鼻紙を常に持ち歩きしょっちゅう洟をかむような習慣などまったくなかったのに。海水浴で耳に水が入って調子が悪いなと思っていたあたりから、急に鼻がつまりだし息苦しくなってしまった。父も蓄膿症だったから遺伝なのかも知れない。

手術は怖かった。局所麻酔である。脳天を突き破ってしまうのではないかと思うくらいの長い金属の棒が入ってくる。上唇をめくられ、切られる。のどに血がたまる。苦しい。骨を削る音、たたく音。その最中に、医者が看護婦さんに旅行の話なんかをしている。それから二十年経ち、今度は頬が腫れてしまった。再び歌い始めた時である。術後性上顎洞嚢胞といって蓄膿症の手術をした人の何百人に一人かの割合でなってしまう病気らしい。その時は全身麻酔だったから怖くはなかったが、もうこりごりである。その後は定期的に漢方薬を飲み続けている。しかし、疲れや風邪をひいたりお酒を飲みすぎると歯が痛み出し上顎洞が炎症を起こす。そんな病気を僕は持っているので、鼻をひんぱんにする音を聞くと、まるで自分のことのようで気持ちが悪くなってしまうのである。
何に対しても本当は優しく大きな気持ちでありたい。「♪もっと強く生まれたかった　仕方がないねこれが僕だもの」（この世で一番キレイなもの）を歌うたびに自分の弱さともろさをかみしめている。

五月四日（水）
帰宅した時、チャコはいつものように、はしゃがない。……ボケちゃったのかな。散歩も前ほど歩かず止まってしまう。夕飯も食べずに寝てしまう時がある。
ある日、僕は外で不快なことがあった。嫌なことは時間が経てば忘れるだろうと思ったが、なかなか頭から離れない。でも、チャコの頭を撫でていたら、たちまち治ってしまった。チャコは気持ちよさそうに横になり目をつぶっているだけなのに。動物の力はすごい。優しくすると、自分が優しくなれるのだ。

五月七日（土）
HMV 渋谷にて、Ces Chiens インストアイベント。先日のタワーレコード新宿店に続いて二回目だ。佐久間さんと一緒という安心感もあるけれど、楽しかった。店内が明るく、お客さんの顔が真近に見えて。こういうの、好きだ。いわゆるライブ会場で客席を暗くし、一見凝った照明があたるよりも、何でもない普通の明かりの方が好きかも知れない。昔々、八王子サマーランドのみんなが泳いでいるプールの前で『からっぽの世界』を歌ったことがあるけれどあれは嫌だ。
考えてみれば、喫茶店にしても飲み屋にしても僕は昔から暗いところはどちらかというと苦手で、明るいところの方が断然好きなのである。夜のドライブなんてしたくないし（免許持ってないけど）。地下鉄やトンネルの中も長くは乗っていたくない。夜景がキレイというのもあまり感じたことがない（花火は好きだけど）。かりに彼女が出来ても、僕は電気を消さない方が好みだ。つまり、ムードっぽいのが好きじゃないのである。（もちろん一人で寝る時は暗くするけれど）。ライブもできれば昼間の方がいい。「♪青い空　白い雲」（屋上）。室内なら窓から光が入ってくるくらいの。そういう普通のところで普通でないことをしたいのである。

五月二十一日（土）
夢の中に渡ちゃんが出てきた。ライブ前の休憩時間、昼間営業している居酒屋で、勝手に料理が運ばれてくる。「これ、渡さんもよく注文してくれたものです」と、テーブルに置かれたものはキャベツとみかんだった。向こうではお客さんらしき人が「半日かけて作る茶碗蒸しって謳っているのに、これすぐ出来ちゃうのね」と店の人を困らせるようなつまらない冗談を言っている。その人がいつのまにか、目の前にいる。渡ちゃんの顔をしているのだが渡ちゃんではない。「今日のライブ、高田渡に関係する曲をやってもらいたいんですけど」と言う。スタッフの人みたいだ。「ああ、いいですよ」と僕。「今日の出演は、本当は渡さんだったんですよ。あなたがピンチヒッターで」「あっ、そうだったんですか。ということは、渡ちゃん目当てのお客さんが来てるということですね」「ええ、でもそれは気にしなくていいです。ただし『友よ』以外の曲にして下さい」「えっ？『友よ』は渡ちゃんの曲じゃないでしょ。第一俺『友よ』歌えないよ。『君の亭主』にしますよ。二分ぐらいですから……」と必死に説明するのだが、相手はどうみても渡ちゃんだ。昼寝から目が醒めた。

五月二十二日（日）

芸術を観た。第五十八回カンヌ映画祭開会式で行われたパフォーマンス、シルク・ドゥ・ソレイユの五分十五秒ほどの踊りと音楽だ。女性が一人ステージの上から垂れ下がっている赤い布二枚に絡みつきながら空中で舞う。拡声器を持った男が客席からかすれた声で叫び、歌う。息が止まるくらい美しかった。何を歌っているのか何を伝えたかったのかわからない。ただ祈りたくなるような気持ちになった。

六月一日（水）

暗い話はしたくない。浮かれた話は控えたい。毒にも薬にもならない話は面白くない。ならばいったい何を書けばよいのだろう。

六月二日（木）

ひどい女と結婚してしまった。だまされた。「親の顔が見たいよ」と言ったら、「いつでもおいでよ。

まだ生きているから」と言われてしまった。そういえば、自慢じゃないが、三十七年挨拶に行ってない。結婚してから行った時は、義父が亡くなった時の一度だけだ。ひどいのはこっちだった。

六月十二日（日）

昨日は、鎌倉歐林洞ギャラリーサロンにてライブ。ギターの佐久間正英氏とバイオリンのHONZIと。HONZIとは二年半ぶり。HONZIは遅刻せず来てくれた。（昔はじめて一緒にやった時は開演十分前に到着）。

「リハーサル、どういうふうにやりましょうか」と訊ねると、「やったことない曲だけやれば、あとは別に。一番だけやれば、つかめるから」とHONZIが言う。曲によってはギターとバイオリンがぶつかっちゃう場合があるんじゃないかなという僕の心配に、佐久間さん「そんなことない。平気」とのこと。天才は練習しなくて大丈夫なのである。練習しない方がいいらしいのだ。緊張感、スリル、意外という部分を残しておくことが大切のようである。

結果、気持ちよく歌えた。いい感じだったのではないかと思った。でも浮かれてはいけない。打ち上げで反省会。すると歌に駄目だしが出た。「何の曲だか忘れたけど、ぶつぶつ区切って歌って、語り調で、変だった」と言われてしまった。詞を伝えようとするあまり、歌い方に説明臭さが出たのかも知れない。佐久間さんに訊くと「そうね、たとえば『赤色のワンピース』なんか力を入れすぎかな。そんなに力まなくても伝わる歌詞なんだから」と言われた。うーん。普通に歌えばいいところを力み、優しく歌うべきところを怒り調子になったり、わざとすごみをきかせたりしているのかも知れない。

ワー恥ずかしい。打ち上げの帰り、みんなでうちに寄って差し入れのワインをいただく。
そういえば、佐久間さんの奥さんは先に帰られたので「佐久間さんの奥さん、何て言ってた」と訊ねたら「会場の椅子が良かったって」。ありゃま。

六月二十二日（水）
この間、テレビを観て泣きっぱなしになってしまった。長女が十六歳で妊娠してしまう家族のドキュメントである。お父さんは悔しいとこぼすだけで自分を責める。立派だった。とても真似はできない。（お母さんは子供七人を置いてすでに家出している）。妹も弟もいい子。長女はすごくキレイだった。愛があふれていた。

六月二十四日（金）
仲條正義展『四九・八九72歳』を観に行った。仲條さんを知ったのは佐久間さんからの紹介で、一九九五年アルバム『ひまわりの花』の時はじめてお会いした。優しくて熱くて清潔で、かっこいいなー、ステキだなーと思った。ああいうふうに歳を取ることが出来たらなーとつくづく思った（無理だけど）。文字の使い方、空白の部分にいつも美しさを感じる。

七月一日（金）
まだデジカメがなかった頃、写真を撮れば写真屋さんに現像と焼き増しを頼まざるを得なかったわけだが。ある日、多摩川の土手で串団子を食べている恋人の写真を家人に見つけられてしまったことがある。それもわざと下から撮ってスカートの中のパンツが丸見えの写真だ。

どうして、僕が頼んだ写真が家の者に渡ってしまったのかは実に不思議なのだが、向こうの店の人が気を利かして「もう一つ出来てますよ」と渡してしまったようなのだ。

妻は喜んだ。突然「いい詞が出来たんだ」と僕に言う。そんな芸術的（？）なこと、まったく縁がなかったのにどういう風の吹き回しだろう。紙を広げるとそこには「土手の上　パンツを見せて　お団子食べる」と書かれてあった。

もうそんなへまはしない。今はデジカメがある。誰にも内緒でプリントアウトできる。しかし、どうしたことだ。肝心の恋人がいない。

七月三日（日）

朝と夕方、海岸を散歩する犬仲間たちと出会う。同じメンバーとは限らない。知っているのは犬の名前だけで飼い主の名前は知らない。何をしているのかも知らない。訊かない。家が近くても行き来はない。ベタベタしない。適当だ。バラバラだ。話題は何だろう。たわいない話。話さない人もいる。自由だ。犬のようだ。

七月四日（月）

先日、海岸へ遊びにきたご家族を撮らせてもらった。いい雰囲気だったので、写真撮ってもいいですかみたいな顔をしてカメラを向けるとニコッとしてくれた。ムッとされても仕方がないのに、いい人たちだ。遠慮がちに、でも調子にのって撮っていたら、先方もカメラを持っており僕を撮ろうとする。「いや僕はちょっと。でも撮ってるのに撮られるの嫌だなんていうのおかしいしな」とあきらめ被写体に納まる。

七月十一日（月）

髪型を変えたいのだがどうしたら良いのかわからない。伸びるとしかたなく切る。切るとさっぱりするが、なぜかとっちゃん坊やになり、ああ切らなければ良かったと思う。しかし、やっと気づいた。髪型が悪いのではなく、顔が気に入らなかったのだ。

それにしても美容院はどうしてうるさいのだろう。BGMはもちろんだが、喋り声が嫌だ。いくら喋らない人を指名しても、隣りが喋っていたらなんの意味もない。終わるまでつまらない話を聞かされる。

そんな話を犬仲間に話したら、女の人が「そう、あれ、どうして美容院って喋るんだろうね」と言う。男の人は、「僕はそれが嫌だから、十一分で切ってくれる、千百円のところに行っているんだ」と言う。なんだ、僕だけではなかった。静かな方がリラックス出来るのにね。

七月十九日（火）

手紙の最後に「ご自愛下さい」と書かれてあると僕はぐにゃっとしてしまう。「大切にして下さい」

「自重して下さいね」という意味だと思うが、その優しさにほれっとしてしまうのだ。その言葉を僕も使いたいがまだ一度も使ったことがない。「ご自愛下さい」と言えるような人になりたい。

七月二十五日（月）

ぎっくり腰になる。朝、なりそうだなと気配を感じ（一度経験があるので）、コルセットを着けて整形外科に行く。案の定、待合室で待っていることもつらく、診察台に横たわることも出来なくなってしまった。ブロック注射をし、痛み止めの薬をもらい帰宅。三日後ライブを控え平気だろうか。寝ながらならピアノを弾けそうだが、ぴょんぴょん跳ねることはとても出来そうにない。病気になってはじめて健康のありがたさを知る。大事な人を失ってはじめて愚かさに気づく。笑うべきところで怒っていた。泣くべきところで笑っていた。

七月三十日（土）

眠れない時、『小林秀雄講演全六巻』（新潮ＣＤ）を聴く。約十二時間分ある。いつも途中で眠ってしまうから、繰返し聴く。飽きない。子守唄だ。どこを切り取ってもハッとする。

「僕らの一番肝心なことは何ですか。僕らの幸、不幸じゃありませんか。僕らはこの世の中で死ぬまで、たった何十年かの間、幸福でなかったらどうしますか。で僕はこの生きているという意味がわからなかったらどうしますか。そんなことを教えてくれないような学問は、学問ではないね」

八月一日（月）

高田渡さんのCD《ごあいさつ》で、「編曲・早川義夫」となっているが、それは間違いである。（現物は見てなくてインターネット上で知る限りだが）

当時（一九七一年）、僕はURCレコードの社員で、このレコード制作（キングレコード発売）に関わったことは事実だが編曲はしていない。第一編曲なんて出来ない。憶えているのは、ジャケットデザインを頼みに湯村輝彦さんのお宅へ伺った時、奥さんがものすごくキレイだったことぐらいで……。

たとえば本の場合、別の出版社から再版される時など、当然連絡が入るわけだが、音楽業界というのは（昔の契約がいいかげんだったせいなのかよくわからないが）、権利関係が別な会社に移って、再発売されることになっても、何の連絡もなく、何の了解もなく、何のチェックもなく、勝手に出てしまうのである。少なくとも僕の昔のアルバムはそうで、たぶん他の方たちも同じかと思う。

僕などは昔の音源はすべて廃盤にしたいくらいだが、それも潔くないというか、過去にこだわるのは恥ずかしくもあり、それより今いいものを作ればいいわけであって。

けれども、そうやって原盤なり資料が新しい人の手へ渡って動いていくたびに、とらえ方の違いなり、単純なミスが発生し、今回の「編曲」になってしまったのだと思う。

あらゆる印刷物、インターネットの書き込みもそうだが、文字を信じてはいけない。声を信じるのだ。

八月三日（水）

深沢七郎『生きているのはひまつぶし　深沢七郎未発表作品集』（光文社）を読んだ。一九八七年に亡くなって、一九九七年には『深沢七郎集全十巻』（筑摩書房）が刊行され、新刊など出るはずがないと思っていた。

どの本に書かれてあったか忘れたが、「やりたいことが善で、したくないことは悪なんだ」という考え方に僕は影響を受けた。死の直前、育てていた梅の木を切り落としたり、親しかった人たちとも絶縁したらしい。通常の人とは、たぶん違う精神を持っていた。

「人が死ぬのはよいこと、おめでたいことと思う」。「東京は五十万人くらいでよい。そうなれば、水はきれい。公害もない」。「思想って悪いものだよ。何かを思わせるのは悪いことで何もないことがよいことだからね」。「嫌なことは忘れて、楽しい時間をなるべく多く作ることだね。そのために稼いだり、乗り物に乗って移動したりするんだから。稼ぐのはめんどうだけど、楽しい時間を作るための仕度だからね。とにかく、生きているうちは暇つぶしがいい。ギターを弾いたり野菜を作ったりするのも暇つぶしだね」。

「ラブミー農場」では田畑を耕した。今川焼屋「夢屋」を開いた。「夢屋書店」から私家版『みちのくの人形たち』『秘戯』を出版した。早川書店でも販売した。「本屋なんですが、掛けはいくらでしょうか」と訊ねると、「いや、掛けはないんですよ」という深沢さんの答え。個人にしか郵送しなかったようだ。それでも売りたかったので申し込んだら、一冊（早川義夫様と書かれたサイン本を）おまけしてくれた。

八月四日（木）
　マーガレットズロース主催「藪こぎ第十六回」にゲスト出演。とても感じのよい人たちだった。平井正也さんの描く絵もステキだ。終わってから握手をした。友部正人さんの奥様からは「父さんへの手紙、よかった」と声をかけられ握手した。僕が歌っている時、一番前で聴いていた女の子が泣いていた。思いがけず未映子さんからお花をいただいた。生きていてよかった。

八月十三日（金）
　日比谷野外大音楽堂でのイベント。Ces Chiens（この犬たち）で参加。
　一曲目「♪嵐の晩が好きさ　怒り狂う闇が俺の道案内」（マリアンヌ）を歌い出すと、ホントに三曲目ぐらいから雷が鳴り出し雨が降ってきた。風が吹いて気持ちよく歌えた。ところが、佐久間さんはモニタースピーカーからピアノの音がいっさい聴こえず（つまりリズムがわからず）最悪だったという。そでにいたＰＡの人にいくら合図を送っても、その人はなぜか下を向きっぱなしで最後まで改善出来なかったらしい。僕はばっちりだと思っていたのだが、話を聞いてびっくりした。終わったことに文句を言ってもしょうがない。犬は人のせいにしない。

八月十五日（月）
　収入が百なら支出を百にすればいい。収入が一なら支出を一にすればいい。バランスの問題である。

働きがいいも悪いもない。お金持ちも貧乏もない。幸せも不幸せもない。得るものより失うものの方が多いとき人はそこを去る。

八月十八日（木）

毎日同じ景色を見ている。しかし一日たりとも同じ景色はない。空の色、海の色、山の色。鎌倉には、小学校高学年の時住んでいた。

八月二十日（土）

夜中、月の明かりで目が醒めた。満月だった。

八月二十一日（日）

昨日に引き続き今日も海で泳ぐ。他の海を知らないので、水が透き通っていなくても最高に思えてしまう。視力0.00の世界なので度付きゴーグルは離せない。

九月一日（木）

「HONZI、髪型変えたんだけど、どういうふうに変えたと思う?」「パンチパーマ」「違う」「ワカメちゃんカット」「ブー」「つけ毛。染めたんだ、赤く」「なんのなんの」「モヒカンカット。坊ちゃん刈り。まさか坊主じゃないよね」「アタリ」

九月六日（火）
　小林秀雄の墓を訪ねに北鎌倉東慶寺の門をくぐった。そのたたずまいに感動した。そばに赤瀬川家の墓があった。他に田村俊子、和辻哲郎、岩波茂雄、鈴木大拙らの墓も見つけた。帰りにもう一度小林秀雄の墓に寄ったら、童話みたいだが蝶々が飛んで来た。
「わかるっていうことと、苦労するってことはおんなじ意味ですよ」（『小林秀雄講演』より）

九月二十日（火）
『赤色のワンピース』の中で秋葉原を「♪あきばはら」と歌っていたら、「あきはばらの間違いではないか？」と問われたことがある。僕は中学生の時から秋葉原に住んでいたから知っているのだが、かつて秋葉原は通称「あきば」と呼び、駅の看板も昔は「あきばはら」だったのだ。
『ひまわりの花』でも、「♪君の住む街まで　車を走らせ」と歌ったら、「あれ早川さん車持ってましたっけ？」と問われたことがある。僕の歌はすべて実体験なので、「あれは、タクシー」と答えた。

十月十日（月）
　電話の声をよく女性に間違えられる。義母からも「あっ、しいちゃん」と間違えられたことが数回ある。電話が鳴る。出たくない。間違い電話や投資や墓石のセールスが多いからだ。女性の声で「早川さんですか？」「はい」「婦人公論で紹介された〇〇というものですが……」「えっ？」「なんとか、かんとか……」「はー」と答えていると、途中で向こうが気づき、「あっ、男性の方ですか。お優しい声なので、女性の方かと思いまして。化粧品使わないですよね」「はい」「失礼しました」

十月十三日（木）

「ダウンタウンのガキの使いやあらへんで!! 罰ゲームスペシャル　笑ってはいけないハイスクール」（十月四日放送分、録画時間二時間三十分）を観る。実は五日ほど前にも観たのだがあまりに面白かったので二度目である。また笑えた。出演はダウンタウン、ココリコ、山崎邦正、婦人警官、村上ショージ、ジミー大西、レイザーラモンＨＧ、ほっしゃん。、ホリ、板尾の嫁などだ。

テレビ好きではない。毎日が楽しいわけではない。日々自分のふがいなさに「あーあ」とためいきをついている。なのに笑えたことが不思議だった。死ぬ間際、できればこのように大笑いするか、泣けてくるほどの感動か、ものすごいスケベかで死にたいと思う。

十月十四日（金）

リリー・フランキー著『東京タワー　オカンとボクと、時々、オトン』（扶桑社）を読む。泣きすぎて目が腫れてしまった。しばし放心状態。素晴らしいお母さんだ。

「自分が恥をかくのはいいが、他人に恥をかかせてはいけないという躾だった」

十月二十一日（金）

リコー GR DIGITAL の発売日。製品カタログや日経ネットの屋久島の写真も良かったが、「いままでとは違った写真が撮れそうな、そんな心持ちにさせてくれるカメラ」という田中希美男さんのPhoto of the Day（二〇〇五年十月十四日〜十九日）が決め手となった。手にしっとり馴染む。

十月二十三日（日）
西岡たかしさんの『白湯（SAYU）〈高田渡君に捧ぐ〉』を聴く。

初めて家に来た時は
彼が未だ十八の頃だった
二人は勿論アマチュアで
ミシシッピ・ジョン・ハートが好きだった

紅茶を出そうとたずねたら
白湯しか飲まんと言い出した
「親父の二の舞ご免だ」と
アル中で売れない詩人だったと

渡ちゃんも苦笑しながら聴いているに違いない。ホロッときてしまった。

十一月一日（火）

一ヶ月程前、次女に男の子が産まれた。本人や周囲は喜んでいるみたいだが、僕はそれほどではない。目に入れても痛くないなんてよく言うけれどあてはまらない。

長女が産まれる時もそうだった。普通はそわそわしたり、嬉しくってたまらないらしいが、産まれる日に僕は何の心配もせず、すまーして泊りがけの仕事に行ってしまったくらいだ。子供が嫌いとか関心がないのではない。ただホームドラマの父親役にはなれない。

「いかにも」が嫌いだ。「儀式」が好きになれない。『君が代』の独唱などうまければうまいほど寒気がしてくる。日本が嫌いなのではない。日本に生まれ、日本語しか喋れないのだから好きに決まっている。人はみんな違う。

結婚式、パーティー、葬式の類は避けて通ってきた。娘の結婚式も出席していない。でも子供の名前を考えるのは楽しい。今回「凸凹」と書いて「あい」って読むのと、「いつも」ちゃんっていうのを提案したが、二つとも却下されてしまった。残念！

十一月八日（火）

昨日、未映子さんのライブを観に行った。実は行こうか行くまいか迷った。その日になったら決めようといったんは行く気になっていたのだが、いざ、その時間になると案の定気分が沈んだ。病気である。昔からそうだ。漠然とした不安が襲ってくる。そんなわけで僕は人のライブをほとんど観ていない。本当は観たいものも聴きたいものもあるのに。

さんざん迷ったが、行かないと後でもっと落ち込みそうなので騙し騙し出かけた。途中、渋谷西武でコム・デ・ギャルソンの服を見たが気に入ったものはなく南青山マンダラへ向かった。

七時過ぎに着いた。もう始まっているかなと思ったら開演は八時。どうしちゃったのだろう。三組の出演予定が一組急病で欠席だったからかも知れない。未映子さんは九時からだった。

変であった。妙であった。痛かった。きどってない。すかしてない。甘ったれてない。正直だった。わけがわかんない部分もあるけれど。律儀であった。健気であった。必死だった。全力であった。直球なのだ。ありのままなのだ。真っ裸なのだ。

三台のチェロとピアノによる演奏〈佐藤研二（cello）、坂本弘道（cello）、三木黄太（cello）、清水一登（pf）〉は歌を立たせなおかつ個性的であった。『私の為に生まれてきたんじゃないなら』では涙がこぼれた。『人は歌をうたいます』も良かった。隣りの女性も泣いていた。そういう力を持っている。ぎこちなくてもいいんだよというメッセージが込められていた。無駄なおしゃべりはなし。一時間はあっという間だった。

十一月二十三日（水）

佐久間さんご夫妻が遊びに来た。まるで新婚みたい。睦まじいというか。

十二月二日（金）

チャコと一日二回散歩する。チャコはもう年のせいか（十三歳）あまり歩きたがらない。おやつをくれる人に出逢うと口を半開きにして駆け寄るが、ふだんはのったらのったら、坐り込む。家では寝たきり。働かない。勉強しない。頑固。飼い主と似てる。独りになると寂しそうな顔をする。

十二月十五日（木）

一日十件くらい迷惑メールが届く。ところが一日百件来るという人もいたのでホッとした。でもそんなところで競い合ってもしょうがない。

送信者欄が「info@……」となっているものが多い。「りえ」とか「まりこ」とか女の子の名前もある。この間は自分のメールアドレスだったのには驚いた。ブロバイダーに訊ねると、そのメールアドレスを相手が取得しているのではなく、どんなふうにでもアドレスを変えられるソフトを使っているらしい。だから「このメールアドレスは今後いっさい削除します」という処置をしても切りがないのである。

件名も「百万円進呈」とか「逆援助交際」とか「完全無料の出会い」などなら開かずにすぐ削除するのだが、「先日は失礼しました」とか「どうして?」とか「ありがとうございました」みたいなものはまぎらわしい。今までに削除してはいけない人のメールを三人削除済みアイテムに入れてしまった。

見ず知らずの人からいやらしいメールが来るなんて、本来、僕としては好みなのだが、そんなうまい話があるわけはない。いずれにしろ、好きな人からのHなメールはなく、業者からのHメールは今日も届く。モテない男の宿命である。

十二月十九日（月）

昨日のCes Chiens Liveはいつもよりステージからお客さんの顔が随分はっきりと見えた。男のかたがめだったけれど、あとで聞くと「いや、可愛い女の子もたくさんいましたよ」とのこと。そういえば、聴きに来てくれた斉藤和義さんもそう言ってた。斉藤さんは森雪之丞さんのトリビュートアルバムで『天使の遺言』を歌ってくれたそうだ。聴くの楽しみ。

十二月二十八日（水）

佐久間さんから招待されてmixiというところに入った。まだしくみがよくわかっていないのだが、誰かしらの招待がないと入れないらしい。一般のホームページやブログだとまったく関係のない人からのいやがらせを受け荒らされてしまうこともあるようなので、信頼できる仲間うちだけで友達の輪を広げて行こうということらしいのだ。

面白そうなのだが、今ひとつ楽しみ方が僕はわからずというかまだ馴染めず、ポカンとしている。しかし身を置いてしまった以上こいつ何者？　と思われるのも嫌だから（自意識過剰）自己紹介だけして、じっとしている。このホームページの日記を書くだけで精一杯なのだ。

十二月三十日（金）

mixi、ちょっと疲れる。そこに日記を書くわけでも写真を載せるわけでもなく何にもしていないのに。しばし休憩。みんないい人たちであり、いい子に出逢えそうなのだが。「承認」とか「拒否」とか「足跡」とか「マイミクシィ」とか、友だちを広げるということは、なんか僕には向いてないみたい。

語るということは常に一方的なこと。期待してはいけない。人の心の中には入っていけない。生きていくことは楽しいけれど、ますます孤独を感じる時がある。

十二月三十一日（土）

今日はいいことをした。昨日の夕方、砂浜に動けずにじっとうずくまっていた水鳥がいたので、そっと抱きしめ家に持ち帰った。猫のかごの中にトイレシートを敷いて一晩過ごした。翌朝、鳥にくわしい津田さんに電話を入れ相談し、浜辺に返すことにした。川辺に放したら、ほんの少しずつ歩いた。川に入って泳いだ。羽を広げ、ありがとうって言った。飛んで行った。途中、トビが襲いそうになったが、海まで飛んで行った。

二〇〇六年

チャコ

一月一日（日）
お正月は毎年、鬱状態になる。特に本屋時代がそうだった。年賀状の返事がまったく書けない。年々年賀状は減ってゆく。まさか正月早々暗い話は書けないし、書いてもひどく字が汚くなってしまう。それを抜け出すのに何ヶ月もかかる。結局一年中鬱である。しかし最近は写真を使えばいいことに気づいた。これだと「今年もよろしくお願いします」とだけ書けば何とか形になる。チャコのおかげだ。

一月三日（火）
更新したばかりのコラムを三日間に渡って書き直した。しつこい男だ。内容を変えたわけではなく、ちょっとした言い回し。ならばもっと寝かせて、練ってから発表すればいいものをつい出来たと思ってしまう。待ちきれなくて出してしまう。悪いクセだ。

一月八日（日）
中学時代、劇団ひまわりに通ったことがある。NHKの番組にその他大勢の生徒役で出演した。誰でも出られる。楽しかったが帰宅が遅かったので親に反対されやめさせられる。
卒業時、友達が教室で『監獄ロック』を演奏。興奮してウクレレとスチールギターを購入。全然ものにならず。都立落ちる。勉強はいっさいせず、学校案内ばかり見ていた。
和光高校では演劇部に入ったが部員がいなくて何もせず。「スポーツでもしようかな」って言ったら友達がバスケットボール部を紹介してくれた。練習がきつくて一日でやめる。「アルバイトしようかな」って言ったら友達が「ビールいかがですかー」という野球場のビール売りを紹介してくれた。つらくて一日でやめる。
ふとそんなことを思い出した。

一月十日（火）
十年ぐらい前の母と妻との会話。

母「あたし、生理が上がってからすごく良くなったのよ。それまではね、気持ちよくなると子供ができるって教わったものだから、気持ちよくなりそうになると我慢してたの」
妻「わたしは、もう何年もしてないからよくわからない」
母「よっちゃん、他に女がいるんじゃない」
妻「いますよ」
母「えっ？　あんた、もう少しね、お化粧して、口紅の一本も塗ってね、おしゃれした方がいいわよ」

二月一日（水）
「性は聖なり」というブログを見つけた。

〈パクリ746〉【本歌】群れるのはみっともないけど、個はどうなったって素敵だ。早川義夫　【パクリ】キレるのはみっともないけど、堪えるのはどうなったって素敵だ。

一種の創作である。毎日更新されている。作者の年齢はおそらく僕より上（？）だと思うがいつも性のことを考えているのが素晴らしい。

母が亡くなる数年前、義姉にもらした言葉を思い出した。「もし私が色ボケしたらごめんなさいね」

二月五日（日）

「nui-nui 1st.」という手作り布製品のお店に入った。白のタオル地のブラウス、ネルの白ジャケットを購入。他にも可愛いものがいっぱいあったけど、店主の藤井三枝子さんの笑顔が一番ステキだった。

二月十六日（木）

ただのスケベおやじに過ぎないけれど、毎日恋をしている。昨日も恵比寿に向かう湘南新宿ラインの中で、検札に来たNさん（名札を見た）に一目惚れした。「なんて魅力的なんだろう」と思った。そう思っただけで、話しかけることはできない。街を歩けば可愛い子がいっぱいいる。みんな通り過ぎてゆく。そして二度と逢えない。ライブのあと、おやじ四人と朝まで飲んだ。こんなの嫌だ。

二月二十日（月）

「あなたの作品がGR DIGITALのスペシャルカタログになる！　フォト&キャッチコピーコンテスト」の両部門に応募した。賞品は赤色のカラーモデルGR DIGITALだ。

写真は「チャコ」（二〇〇六年の扉）と、キャッチコピーは「心まで写ってしまうGR DIGITAL」というのを送った。ところが、みごとに落選してしまった。応募写真は一二八三点、キャッチコピーは一〇四一点だったそうだ。

たしかに、GR BLOGに送られてくるみんなの写真を見ていると、素晴らしいのがたくさんある。まあ無理かも知れないけど、でも、ひょっとしたら受賞するのではないかとちょっと期待していたのだ。

もちろん半分冗談だが、（つまり半分本気だったところがすごいけど）受賞式のことまで考えて、「俺そういうところに出席するの苦手だからさ、代わりに出てよ」って家人に頼んでいたくらいだったのだ。家人も「嫌だー、私だってそういう場所苦手だもの」なんか言っちゃって。

コンテスト結果発表の新しいカタログは三月上旬〜中旬に完成するらしい。今回あらためてわかったこと。私は相当うぬぼれている。でも楽しい。

二月二十六日（日）

朝日新聞の書評「ポケットから」が終わった。三年間、六週に一度、二十五回書いた。書き上げた時の喜びはあったが、へとへとになった。二ヶ月以内の文庫新書の新刊の中から面白かった本を三冊選ぶのだが、自分の間口の狭さのせいか、なかなか面白いと思う本に出あえず焦った。やっと見つけても、良かったとしか言葉が浮かばず、別に僕が書かなくてもいい、つまらない説明文になってしまうか、引用ばかりになってしまうのだ。
あれは知恵熱というのだろうか（ない知恵を無理に搾り出すものだから）、だんだん熱っぽくなり、全身風邪をひいたような状態になってしまう。もう駄目だ。今度こそ担当者に謝っちゃおう、と毎回思った。ところが、いったんひどく落ち込み、疲れきって寝込み、お風呂に浸かったりしているうちに、ふと書き出しが浮かんできて、形になりそうになる。でもまだ下書きの段階だ。

そばにいる人にみてもらう。誰でもいいのだ。僕の場合は娘が多かった。すると、「この行削除」とか、「が」より「も」の方がいいとか、つまらないとか、「引用」が長すぎるとか、気になったところを注意してくれる。一番そばにいる人がいいと言ってくれなくちゃ、その向こうにいる人がいいと言ってくれるはずがないからである。自分だけでいいと思っているうちは駄目だ。ひとりよがりになっている。一眼になっている。

何度も書き直し読み直し、できたと思って原稿を送る。すると今度は、担当者から「ご相談があります」と言われる。この言葉は誰が言っているのか主語がはっきりしませんねと、つまり、不明瞭な部分、誤解されそうな箇所を指摘される。そこで、必要な言葉を入れ、無駄な言葉を省く。前より文章が引き締まってくる。担当者のMさんに僕は随分助けられた。見出しのタイトルも全部Mさんだ。依頼原稿は逃げるわけに行かない。締切や字数の制限もある。何でも自由というのが好きだけど、責任や制約があったからこそ書けたとも言える。

三月一日（水）

ブログでバトンというのをよく見かける。いくつかの質問があって、それに答え、次の友人に回してゆく。まだ回ってきたことはないが、案外こういうアンケート形式は好きだ。質問さえ面白ければ、自然と答えも面白くなる。

gooブログでたまたま見つけた吉田海輝さんの日記に、僕と同じ「好きなもの嫌いなもの」があり、似ている部分があって面白かった。

人間は同じようでいながら、まるで違うから、友達なり恋人を探すような時、はじめから顔写真と「好きなもの嫌いなもの」を提出した方が、手っ取り早いのではないだろうか。つきあうなり、一緒に暮らすことになるにしても、なるべくなら、同じ感覚の方がいいと思うからだ。

三月十七日（金）

昨日、吐きました。今も気分すぐれず。思えば、三年に一度ぐらい悪酔いする。お酒も美味しく、ゴーヤも卵焼きも美味しく、話もはずんだのだが、つい度を越す。自分を見失う。欲望に負ける。

右腕の付け根、左臀部打撲。腕の内側内出血。何にぶつかり、どのくらい転んだのか記憶なし。横浜駅の駅員さん二人がかりで、改札口の外に放り出された覚えだけ。そういえば、「救急車呼ぶ?」「いや平気です」といった会話をかわしたような気がする。翌朝やっと家にたどり着く。

何でそこまで飲むか。何がそんなに哀しいのかわからず。

三月二十四日（金）

三年ぶりに梅津和時さんと共演した。新宿駅東口から二丁目の新宿ピットインまで歩く。昔よく遊んだ街だから、といっても「風月堂」という喫茶店に通っていただけだが、人混みも猥雑さも不思議と肌になじみ落ち着く。

ギターの佐久間正英さんやバイオリンのHONZIとやる時もそうだが、いつもリハーサルは当日リハのみである。サイズの確認程度だ。ここはそうじゃなくてこんな感じでというようなやりとりもない。すべておまかせしている。自由である。譜面はない。歌詞にコード（CとかAm）が付いているだけである。

けれど面白いものだ。どのような音を出してもかまわないのだが、また出そうと思えば、技術を持っている人ならいくらだって出せるのだが、無闇に出すわけではない。音は出せばいいっていうもんじゃない。文章もそうだ。むずかしい言葉を並べればいいっていうものではない。いかに、伝えたいことを伝えられるかだけである。見えたものだけを表現する。沈黙という表現もある。何でもそうだ。突き詰めれば、どんどんシンプルになって行く。一見普通がいい。その普通からどうしてもはみ出てしまうものが個性であり伝えたいものなのだと思う。

梅津さんのソロが終わり、梅津さんがステージに僕を招く時、何を勘違いしたのか、「ではハラダヨシオさん……」と言い間違えた。思わずお客さんも僕も笑ってしまった。おかげでリラックスできた。
息を飲む瞬間、音を出す瞬間、あったかさ、優しさ、激しさ、波、風、空、花、忘られぬ様々なる情景……。『パパ』はアルトサックス、『猫のミータン』はクラリネット、『暮らし』はピアニカだった。「なんか『暮らし』シャンソンみたいだった」と梅津さんに言ったら、「だってシャンソンだもの」と答えてくれた。
終演後、女の子から「やっぱり、生がいいですね」と言われた。

三月三十日（木）
GR DIGITALのフォト&キャッチコピーコンテストの入賞作品が発表された。キャッチコピーは「いつもの路地が、旅の入り口になる。」だった。いやーすごい。充分、落選に納得した。
実はこれまで、デジタルカメラの新製品が出るたびに気になってしょうがなかったのだが、GR-Dを手にしてからというもの、すっかり興味が薄れてしまった。あれがないと寂しいのである。撮るものはないんだけどね。
さらに感心したのは、リコーお客様相談センターに問い合わせた時だった。あんな親切な誠意ある応対と修理を僕は受けたことがない。一流だ。

四月十五日（土）
一昨日のライブイベントは楽しかった。リクオさん、末映子さん（with 清水一登・坂本弘道）、北村早樹子さん、そして僕（with HONZI)。みんな違う。それぞれの表現方法がある。けれど、どこかでつながっている。人間は自分と似たタイプよりも、自分にないものを持っている人に惹かれる。

北村早樹子さんは、間がいい。不協和音がいい。ノイズからスッと立ち上がる末映子さんの歌声は白鳥のようだ。おっきな愛だ。リクオさんは思いっきりピアノと踊っていた。ミラーボールがあんなにキレイとは思わなかった。僕もリクオさんぐらい自由自在にピアノが弾けたら、どんなにいいだろうと思った。とても無理だけど。だけどもしも弾けたら、それでもボクトツに弾くのが僕かなと思った。

家に着くころ、北村さんからメールが届いた。「夢のひとときでした。もう明日になったら魔法は解けて夢は覚めて、わたしはただのコンビニ店員に戻ってしまうけれど、ああ、こんなにすてきな夢、みれたこと、一生忘れません！あ〜しあわせ！たのしかった！今夜の想い出をおかずにしばらく白米だけでモリモリ生きれそうです」。

僕もそうだ。ライブのあとはいつもそうだ。独りになると何か得体の知れない寂しさが襲ってくる。

五月十一日（木）
夕方お風呂に入っていたら、外からてっちゃんの声が聴こえてきた。兄弟げんからしい。怒りとくやしさの入り混じった声で、「バカ、うんこ、ちんこ、おなら」「バカ、うんこ、ちんこ、おなら」と繰り返し叫んでいる。
そばで、お母さんが「おならなんて言ったって、何にもならないから、やめなさい」と優しく言う。

けんか相手のお姉さんの声はなにひとつ聴こえてこない。黙っている。弟のてっちゃんだけの声が永遠に響く。

「バカ、うんこ、ちんこ、おなら」「バカ、うんこ、ちんこ、おなら」。もうなみだ声になっている。湯に浸かりながら、ああ音楽だと思った。

五月十六日（火）

《Words of 雪之丞》が今日届いた。斉藤和義さんが歌う『天使の遺言』（森雪之丞作詞・早川義夫作曲）を聴きたかった。

すごい。参りました。今まで僕はすまーして「歌手」なんて言ってたけど、「歌手」ではありませんでした。歌って、こういうふうに歌うんだと思った。

五月二十八日（日）

鎌倉妙本寺で行われたイベント、ルートカルチャー主催「新月祭」で歌わせてもらった。主宰の勝見淳平さんは（パラダイスアレイというパン屋さん）とても感じのいいさわやかな青年だ。生まれ変わることが出来たなら、僕もああいう青年になりたい。

終わってから、佐久間さんやHONZIたちと「こ寿々」でおそばを食べた。ビールも菊正宗樽酒も出し巻き卵も美味しかった。六月十日（土）歐林洞ライブにもしも来られる方は、往きに「こ寿々」でそば、帰りに「ミルクホール」で軽いお食事か「ひら乃」の焼き鳥屋さんがおすすめです。そこしか知らないので。

六月五日（月）

昨日「新月祭」の打ち上げが勝見淳平さんのお宅でありお誘いを受けた。なんてステキな家だろう。キレイとか豪華とかいうのとは違う。すべてにおいてセンスがいいのだ。落ち着く。

五、六十人集まっただろうか。不思議なことに、お客さんの中には今日は何の集まりですかと訊く人もいた。友だちの友だちらしい。お互いの名前もよく知らず、誰かがあいさつするわけでもなく、自然と始まり、全然堅苦しくなく、気楽で、自由で。その日、畑でとれた野菜を中心に美味しい料理が次から次へと運ばれ、ビール、ワイン、マンゴーのジュース、気を使っていないように見えて行き届いている。

庭では、ＵＡやcold sugar（Chara＋新居昭乃）のライブ映像が映し出され、まるで、フランス映画のようだった。こんな経験、僕ははじめて。

お金持ちはお金持ちのふりをしない。何ひとつ自慢しない。自分がどう思われているか人が何をしているのかも気にしない。好きなことをゆったりやる。友だちがいっぱい。美人もいっぱい。

六月十二日（月）

一昨日は、鎌倉歐林洞でライブだった。終演後、オーナーからご馳走になった鎌倉ビールを飲みながら、佐久間さんとHONZIとで「お客さんの拍手、なんかあたたかかったねー」と話した。感謝。

アンケートも、メールもいただいた。ＭＣ面白かったたって。ありがとう。お菓子と紅茶とワインも美味しかった。

六月二十二日（木）

『東京大人のウォーカー』（角川クロスメディア）で新宿風月堂について取材を受けた。風月堂は普通の喫茶店（ケーキとコーヒーとクラッシック音楽）だったのに、様々な人（芸術家のような、そのふりをしたような、のちにフーテンまで）が来ていて、その誰をも受け入れてくれた店の空気が僕は好きだった。店の人は客となれあうことはなく、客同士は誰をも干渉せず、どの場所よりも居心地が良かった。後に相沢さんと作った『風月堂』という歌のとおり、僕は窓際に坐り、友達と会い喋り、本を読んだり、外を眺めていた。普通であることの素晴らしさを僕は風月堂から学んだのだった。

そんなたよりない話をしただけだが記事になるのかしら。ちょっと心配なのは写真撮影があったことだ。写真は撮るのは好きだが、やはり撮られるのは苦手で、男前ならどんな表情でも、どの角度から撮られたってさまになるだろうけれど、最近プチ整形でもしようかなと思っているくらい自分の顔が嫌なので、写真なしでまとめてくれないかなと思う。

七月一日（土）

カメラは好きなのだが、撮るものがない。いや本当はあるのだが言えない。犬や猫や花を撮り終えるともう撮るものがない。荒木経惟さんのように、空を写すだけで自分を表現することが出来ればい

荒木さんは、さほど美人でない女性をものすごく色っぽく撮ってしまうところがすごい。愛だ。

マカロニ惑星さんの何でもない風景写真もいい。僕が街角を撮ってもああは撮れない。カメラは正直だ。自分の心が写ってしまう。いいなと思わなきゃ反応しないし、人に向けて勝手にシャッターは押せない。カメラをぶら提げていてもチャンスはない。しかたなく家内を撮る。

いのだが。僕が空を写してもただの空だ。花を写してもただの花だ。そこに違いがある。

七月五日（水）

「まったり」という言葉をよく耳にする。女の子が使う場合が多い。僕が最初に「まったり」という言葉に出合ったのは、パリ人肉事件のことを書いた佐川一政『霧の中』（一九八三年・話の特集、現在は彩流社より刊行）という小説だった。

「まったりとして、実にうまかったのです」という表現があまりにリアルだったので、てっきり著者の造語だと思った。（まったりのルーツによると、『広辞苑』には一九九八年第五版から登場し「味わいがまろやかでこくのあるありさま」とあり、どうも京都弁らしい）

もちろん事件はひどすぎるが小説はよかった。多くの評価を受けるだろうと思ったが、吉本隆明氏だけが称賛していたのを記憶している。

「まったり」が『霧の中』で使われていると知ったら、「まったりしたいわー」なんてとても言えないが、最近では意味合いが違ってきているのかも知れない。

七月十一日（火）

彼女が出来た。でも、電話をすると男が出てきて「今日は予約がいっぱいです」と言う。予約開始の時間からずうっと話し中。やっと電話が通じたら終了。女房は「一週間に二度でも三度でもいいから遊んでらっしゃい。家で一日中パジャマ着ているよりずっと健康的でしょ」と言うのだけど、うまく遊べません。

七月十六日（日）

原將人さんから電話があった。「ホームページ見ました。面白かったです。全部読むのに一週間かかってしまいました」と嬉しいことを言ってくれる。先日は、「『たましいの場所』を映画化したい」という申し入れがあった。「○○さんを主演にして、脚本はこれから書く」とのことだった。今日の電話では、「旅をしながら早川さんがホームページを更新していくっていうのはどうですかね」と言う。何だかよくわからなくなってきたが、原さんの頭の中ではいろんなイメージがふくらんでいるようなのだ。

七月二十一日（金）

久しぶりに自分のアルバムを聴いたら、声の気持ち悪さに、気持ち悪くなってしまった。とても聴けない。三十八年前の音はもちろんのこと、十年ほど前のもだ。あー嫌だ。潔くないけど、消しゴムで消したい。修正液で修正したい。

八月三日（木）

昨晩、佐久間正英さんから赤ちゃん誕生の知らせが入った。奥さん三十二歳、長男三十四歳、いったいどうなってんだ。佐久間さんは現在mixiで日記を書いていて、友だちいっぱい。家庭は幸せ。仕事は順調。性格おっとり。料理上手。僕と大違い。うらやましい限り。

八月四日（金）

北村早樹子《聴心器》のジャケットデザインをした圭乃椿さんをmixiで検索したら、自己紹介欄に「ちんこが大好きです。……」と書いてあったので、すっかりファンになってしまった。

不思議なものだ。どんなにいやらしい言葉を使っても、どんなにいやらしいことをしても、ちっともいやらしく思えない人がいる。いやらしいかいやらしくないかは、心の問題だからだ。

八月十日（木）

チャコがうちに来てからというもの、ここ数年花火を見ていない。チャコが花火の音を怖がり、抱きついて来るからだ。今年もあきらめていたのだが、チャコは歳のせいか耳が遠くなり前ほど怖がらなくなった。

午後四時ごろ佐久間さんから電話。花火を見たいと言う。あわてて場所を確保、飲み物などを用意した。佐久間さんの奥さん英子さんは、はなちゃんを出産したばかり。今日は英子さんのお友だち麻美ちゃんと一緒だ。花火の感激はさほどなかったが、お話は楽しかった。

八月二十三日（木）

「セクハラ」が問題視されるようになってから、すっかり女性とHな話をしなくなってしまった。ましてや「おやじギャグ」なんていう言葉もあるから冗談一つ言えない。女友だちがいないからよけいそう感じる。だからまれに女の子とそんな話が出来ると、何だかモテたようで、信用されたようで嬉しい。男同士とだって、議論より猥談の方が仲良くなれる。岩井志麻子著『猥談』（朝日文庫）を読んでそんなことを思った。

八月二十六日（土）

二十四日は、梅田シャングリ・ラでHONZIとライブ。演奏中、「ヨシオー」っていうかけ声あり。嬉しかった。お礼を言いそびれた。ありがとう。ブッキングマネージャー見汐さんにはお世話になった。打ち上げでの話が面白かった。またいつか。

翌日のど痛し。風邪の症状。今朝病院へ。大好きな点滴を打ちに。「チクッとします。失礼します」の他に、今日はなんと看護婦さんから「血管太い、嬉しいワー」と言われた。

八月二十八日（月）

終電車。寝過ごして二つ先の駅で下車。すでに上りの電車はなし。寂しい駅。途方にくれた男性がもう一人。そこへ一台のタクシー。同方向で意気投合。「仲よき事は美しき哉」

九月一日（金）
　本屋時代、お客さんが少なくて店の中がシーンとしていたら、「やってますか」と尋ねられたことがあったので、BGMをかけることにした。そしたら本よりも、「この曲何ですか」と訊かれるようになった。

九月八日（金）
　本名の他にもう一つ名前を持っている。試供品を申し込む時とかちょっといかがわしい会員になる時など利用している。女房の旧姓と自分の名前をごっちゃにして「〇〇静男」という名だ。ある会員になった時、生年月日が会員番号になるというので、正直に「一九四七〇〇〇〇」と記入した。すると男がやってきて「四十七年というのは、昭和ですかね」と訊く。僕は年号に弱いので、一瞬あれっ勘違いしたかなと思ったが、「いや、あってるはずだけど」と答える。
　男は引き下がったが、たぶん上司にとがめられたのだろう。「そんなわけないだろ。もういちど聞いて来い」（その店はどちらかというと若い人が多い）。男は再びやって来て、「自分は昭和〇〇年生まれで、西暦〇〇年ですから、四十七年というはずはないと思うんですけど」「……」「昭和何年生まれでしょうか」と訊く。「昭和二十二年」「少々お待ち下さい」となって、三度目でやっと「あっ、合ってました」と納得してくれた。

若く見られたのだから悪い気はしなかったが、他のお客さんの前で、三回も偽名を呼ばれたのが恥ずかしかった。

九月十四日（木）

先日のライブで久しぶりに『悲しい性欲』を歌った。梅津さんのクラリネット、HONZIのアコーディオンが澄み切っていて、気持ちよく歌えた。それまで二番の歌詞が自分でも気に入らず、全然歌っていなかったのだが、やっと納得いく言葉が見つかり、ふっきれた。ジジイが性の歌を歌うなんて気持ち悪いに決まっているが、汚いものをキレイに歌うことが出来たら本望である。

九月十九日（火）

このホームページには掲示板がない。コメントを書き入れる場所がない。誰が訪れたかもわからない。反応がないというのは寂しいものだが、案外これは僕に合っているような気がする。自分がどのように思われているのか、人一倍、気にしているにもかかわらずだ。

何がいいって「自由」ほどいいものはない。見たければ見る。書きたくなければ書かない。礼儀やルールを重んじられるとつらい。いや「自由がいい」というのも一種のルールかも知れないが。

愛されているのは愛しているからだ。嫌われているのは嫌っているからだ。いい人に好かれ、嫌な人に嫌われる。それが正解、類は友を呼ぶ。

九月二十日（水）

寝苦しい一日だった。日記を更新してもすぐまた直したくなる。ノイローゼだ。本当の気持ちを伝えることがとてもむずかしい。昨日も娘から、かつての僕の日記を読んで「私のことが書かれているようで、ずっと落ち込んでいた」と告白された。親子そろって被害妄想だ。ある読者からも、「気をつけます」というメールをもらってしまった。

誤解されやすい書き方をしている自分が悪いのだが、言葉通りに受け取らぬようお願いします。気を悪くされた方がいたらごめんなさい。『批評家は何を生み出しているのでしょうか』みたいな挑戦的な歌も含め、僕は人に向けて書いているのではなく、すべて自分に向けて書いているのです。

九月二十四日（日）

「君はセンス悪いから、文房具も食器も洋服も勝手に買ってきちゃだめ。話も面白くないし」

「そう、私一番センス悪かったのは男選び」

十月二日（月）

峯田和伸さんの『恋と退屈』（河出書房新社）を読む。ブログ「峯田和伸の★朝焼けニャンニャン」の単行本化だ。音楽、友情、夢精、オナニー、フェラチオ、翌朝自己嫌悪、パイパン、顔射、看護婦さん、デリヘル嬢二十四歳など、真っ裸な心だ。見習わなくちゃ。

十月三日（火）

親や兄姉からは「よしお」か「よっちゃん」と呼ばれていた。学校でどう呼ばれていたかはもう記憶にない。音楽仲間からもどのように呼ばれていたか忘れていたが、久しぶりに逢った仲間からの第一声はほとんど「よっちゃん」だったので、懐かしく感じた。

「早川君」「早川さん」は普通だが、苗字の呼び捨ては何だか見下ろされているようであまり好きではない。呼び捨てにするならフルネームにしてもらいたい。立派に見える。

妻は「よしおさん」である。ふざけて「よっちんぽん」。娘が真似て「よっちんぽん漬け頂戴」ときゅうりの漬物を取りに来た。女の子から「早川さん」と呼ばれているうちは、駄目だ。「よしおちゃん」か「よしお」がいい。恋人みたいで、ぐっと親密度が増す。

十月五日（木）

「ママ万引き　東急から連絡あり。俺恥ずかしいから、はとちゃん迎えに行って」と娘にメールを出したが無視された。最近、全然遊んでくれない。

十月十六日（月）

昨日は恵比寿天窓.switchでライブだった。お客さんの真剣なまなざし、目を閉じて天を仰いでいる人、ずうっとニコニコしている人さまざまだ。気持ちよく歌えた。
『あの娘が好きだから』の佐久間さんのギター、『暮らし』のHONZIのバイオリン、いい音だった。HONZIの音楽について佐久間氏はこう語っている。「出てくる音に一切の〝迷い〟が無い。曖昧に過ぎ去る瞬間が存在しない」

十月二十六日（木）
「いい人はいいね、色っぽくていいね」ツアー。名古屋得三。共演は梅津和時さん、HONZI。お客さんが熱かった。「よしおー」のかけ声あり、アンコール三曲。

十月二十七日（金）
ライブ二日目、京都RAG。名古屋からも、大阪からも、昔、鳥取でライブを主催してくれた方まで聴きに来てくれた。アンケートがたくさん集まった。休憩時間に店長が声をかけてくれたからだ。どんな商売でも、お客さんの声を大事にするのは大切だ。聞く耳を持っている人は愛される。

十一月一日（水）
本当のことが言えたらどんなにいいだろう。本当らしいことは言えても本当の気持ちはなかなか伝えられない。言いたいことは言いそびれるように出来ているのではないだろうか。言えなくたっていい。誤解されてもいい。黙っていてもわかり合える人に出会いさえすれば良い。

十一月十六日（木）

初めての沖縄、ミチロウさんと男二人旅。機内でミチロウさんと話す。「愛と性欲は別だよね」「うーん、でも好きじゃないと出来ないな」「そんなことないでしょ。愛していても性欲が起きない場合はあるし、好きでもないのに体だけ反応してしまう場合だってあるじゃない」「うーん、俺は好きになりそうな人でないとしたくないな」「それは好きというより好みの問題でしょ」「あっ、そうか」というわけで、結局は同じだった。「でも僕は風俗に行ったことないんですよ」「えー、そりゃモテるからだ」「いや、一人いたらいいですよ。そりゃ、セックスフレンドは欲しいけれど、やはり人間だから、関係を持つとそれだけでは終わらないでしょ。それが面倒でね」「そうだよね」

那覇空港にはハーベストファームの野田隆司さんが迎えに来てくれた。今日はOFF。ミチロウさんの案内で国際通りから公設市場を歩いた。見たことのない色とりどりの魚、大きな貝、豚の腸などがいっぱい並んであった。

そのあと希望ヶ丘公園の猫たちに逢いに行った。ミチロウさんが袋から缶詰を取り出す。缶の音で猫がいっせいにやってくる。さっきミチロウさんがコンビニで買物をしていたのは猫にあげるご飯だったのだ。気づかなかった。遅れて来た猫に「お前もか。もうなくなっちゃったよ。カリカリにすれば良かったねー」と話しかけている。僕も猫好きだけど、ミチロウさんの猫好きは僕の五倍以上だ。その分僕はミチロウさんより十倍女好きかも知れない。

公園を抜けると桜坂劇場だ。劇場の中に本屋さんレコード屋さん喫茶店がある。本屋担当の須田英治さんに挨拶。出発前「心よりお待ちしています」というメールをもらったからだ。僕を知っている人が沖縄にどのくらいいるのか心細かったから、そのメールは嬉しかった。外のベンチでビール。ミチロウさんはお酒は駄目でコーヒー。これも意外だ。

ちょっとベンチを離れたら女の子が坐っていた。「映画を観に来たんですか」と話しかけた。いわゆるナンパっていうのを僕はこれまでにしたことがないのだけれど、自然な感じで女の子に声をかけることが出来た。もしかしたら下心丸見えかも知れないのに彼女は嫌な顔一つせず、「ここ（桜坂劇場の中のカフェ）で働いているんです。今日はお休みで」「あっ、そうなんですか。失礼しました」と話がはずみそうなところへ、バイクが一台。デイトの待ち合わせだった。「いってらっしゃーい」。「野田さん、今の女の子。名前なんていうの？」「宇良ひろみっていうの。うらちゃんてみんな呼んでる」「うらちゃん、いい名前ですね。忘れちゃうからノートに書いておこう」

十一月十七日（金）

ＦＭ那覇「マジカル・ミステリー・ツアー」の収録。パーソナリティーの田村邦子さんに道端で逢うなり抱きつかれる。すごい歓迎。

「あたしね、今おつきあいしている男性に、この歌を聴いてごらんって『君のために』を聴かされたの。それまでわたしはクラシックしか聴いたことなかったんだけど、もう音程なんかどうでもいいの、はまってしまったのよ。そしたら、この歌をいいと思うなら僕とうまくやっていけるって、付き合うことになったの」。そのカセットには「早川義夫デモ」と印字されている。レコーディング前の音源のようだ。どうしてそれがここにあるのか不思議だが、どうも彼は音楽関係の人らしい。

「ミチロウさんごめんなさい。今日わたし興奮しちゃって」「いや僕も早川さんの『朝顔』を十八歳で聴いて童貞を失ったくらいですから。女の子と二人で聴いてたんですよ。恋愛感情はなかったのに、聴いてたらそういう雰囲気になってしまったんです」「私も『朝顔』好き」「他にはどういうのが好みですか」「『パパ』を聴いたあとはホテル直行」。

収録後、お昼をご馳走になった。彼氏も加わって昔話。「斉藤哲夫さんのレコーディングの時、コーラスで参加したんですよ」と話されたが思い出せない。帰り際、再び抱擁。邦子さんは外国暮らしが長かったせいだろう。真昼間の道端なのに、不思議と僕も恥ずかしくない。彼氏がそばにいるのにお酒も飲んでないのについ手がお尻まで。(沖縄がそうさせた)

夜、北谷モッズでライブ。ミチロウさんが歌う『カノン』はいい。『マリアンヌ』の嵐のようなイントロ。『シャンソン』も良かった。

十一月十八日(土)

那覇桜坂劇場でライブ。もともと映画館だったせいか客席の椅子が立派だ。とても気持ちよく歌えた。

「初めて沖縄で歌うことが出来ました。遠藤ミチロウさんのおかげです。ライブを企画してくれた桜坂劇場のスタッフの方々のおかげです。皆さん来ていただきありがとうございます。

一昨日沖縄に着いて、ミチロウさんの案内で市場をぶらぶらし、希望ヶ丘公園では猫とたわむれました。女の子ともお話しました。ひろみさん、邦子さん、真己さん、みほさん。みんな彼氏がいるので、ここでこうしてお名前を出しても何の意味もないんですけれど、沖縄の思い出になりました」

十一月十九日(日)

「大丈夫」が口癖のKさんと、僕と似ている「心配性」のMさんと合流し、船で久高島に渡った。自転車を借り一周。酸素が濃い感じ。

「相思相愛ってこれまでに何回あった？　一生のうちに何回ぐらいあるものなのだろうね」「僕は三回かな」とミチロウさん。Kさんも「わたしも三回」。「あっ僕も三回、あれ四回かな(見栄)、やはり三回か。Mさんは？」「一回もないです」「むずかしいよね、相思相愛って。いっつも片思い」

沖縄には何かがある。たとえば知らない人ともすぐ仲良くなれる、素直になれる、正直になれる、無理をしない、そのままでいいという力がある。沖縄が気に入って、住み着いてしまう人がよくいるというが、そういうことなのではないだろうか。僕は四泊五日でそう感じた。

夕方、那覇に戻り、浦添までふちがみとふなとさんのライブをみんなで観に行った。ふちがみさんの手と足の動きが独特であった。ふなとさんのコーラスが良かった。「♪歌う人はみな早く老いてゆく」という歌が良かった。

十一月二十日（月）

野田さん須田さん森脇さんが空港まで見送ってくれた。土産物屋で海ぶどうと紅濱唐芙蓉を買った。35番ゲートの前で搭乗を待っている間、突如涙腺がゆるんだ。

十一月二十六日（日）

ルートカルチャー第一弾フェスティバル出演のため鎌倉妙本寺に行く。控室に案内されると広い和室に若い女性がいっぱいいた。どこに坐ったらいいだろうとキョロキョロすると奥の方が空いていた。しばし佐久間氏と打ち合わせ。ふと顔を上げるとさっきまでいた女性陣が音もなく消えていた。「あれ、どうしたんだろう。いなくなっちゃった」。すると佐久間さん「加齢臭がするからじゃない」「えー俺臭いの？」。そばにいた高木完さんの奥様が笑っている。

腕肩痛のため気功マッサージを受ける。いくらか楽に。超ミニスカートの女の子（山本りゑさん）

がステージ袖まで導いてくれた。ワクワク。お客さんの集中度に助けられた。むぎばやしひろこさんから「良かった」と言われた。「いい匂い」と言われたみたいで嬉しかった。

十二月一日（金）
沖縄から帰って久しぶりに彼女のところに行った。もちろん彼女といっても僕一人の彼女ではない。「理性を失いそうだった」と言われた。「えー、そんなうまいこと。みんなに言ってるんじゃないの」「うーん、そんなことない。どこでそんなテクニック磨いたの？」「技術ほめられたの初めて。好きだっていう気持ちが伝わったんじゃない」

十二月二日（土）
ルートカルチャーの打ち上げ勝見邸にて。ステキなキッチン。ステキな食器。間接照明。美味しい料理、ワイン、日本酒（立山）。優しい人たち。楽しい会話。こういうパーティー僕もしたかった。いったいどこでどう間違ってしまったのだろう。
淳平さんの父上は僕より一歳年上。母上は僕より一歳下。鎌倉市立第一小学校卒業。僕と同じ。帰りアポロちゃん家に寄って焼酎。ご馳走の一日。

十二月三日（日）
沖縄での出来事をふと思い出した。ミチロウさんがやたら携帯でメールを打っている。「どこにそんなに打つところあるの？　何書いているの？」「猫どうしているかとか、元気かとか。だいたい猫のこと。一日七、八回かな」「ひゃー、俺なんか『チャコ散歩中、うんちした』っていうメールが来たから、『それ事件でしょうか？』って出したら、『事件じゃないよ。一応報告しただけ』っていう返事が来て、それっきりだよ」

十二月十一日（月）

川上未映子著『そら頭はでかいです、世界がすこんと入ります』（ヒヨコ舎）を読んだ。難解な詩のようでもあった。僕は時折描かれている家族の話が好きだ。

今日は結構な出費があった。激しさで胸が痛む。
お母さんは一日冷蔵庫に入っても五千円にもならんのに。
私や利明、さっちゃん、家族の中で、お母さんだけがずっとずっと長く長く、労働をしてる。はよ楽にしたりたいなあ。その気になればなんでもしてあげられるのにな、勝手な娘でほんとにごめんね。お母さんをはよイズミヤの冷蔵庫の中から出したりたいなあ。旅行なんかしたことないしさ、おばあちゃんが元気なうちに、おばあちゃんにも、お母さんにも、いい思い出をいっぱい作ってあげないと。この後悔だけはしないのだと決めたのだった。出来るだけのことをしよう。私がほんとに出来るだけのことを。

未映子さんと十五日同じステージに立つ。峯田和伸さんも一緒だ。「人生は工事中」というライブタイトルは未映子さんの日記から拝借した。

十二月十五日（金）
渋谷クラブクアトロで「人生は工事中」ライブ。（出演　未映子、峯田和伸、Ces Chiens）
未映子さんの「♪儚いから歌うのよ　許すのよ」（人は歌をうたいます）にじんと来る。お辞儀の仕方も好き。羽ばたく鳥のよう。峯田さんは「♪君の胸にキスをしたら君はどんな声だすだろう」（夢で逢えたら）がすごく良かった。

打ち上げ。敏感少年隊の女の子たちも加わって。Hな話で盛り上がる。はしゃいだのは僕だけだったかな。峯田さんはステージのまま、文章のまま、そのままの人だった。未映子さんもそうだ。なんて正直な人たちなんだろう。
帰り、頭の中を「♪サウンドオブ下北沢」というメロディーがぐるぐる回った。

十二月二十三日（土）
感情がすぐ顔に表れてしまうらしい。自分では抑えているつもりなのだがまったくばれていた。そういえば道端で女性とすれ違う時、カーディガンでさっと胸を隠されたことが数回あった。そんなに怖がるほど、じろっと見た覚えはないのだけれど、つい嬉しそうな顔をしてしまったのかも知れない。

自分が見えていない証拠である。
それにしても同じ行為なのにすごい差だ。好き同士は悦びとなり片思いは犯罪になる。

十二月二十五日（月）
ジジくん（ビーグル）が使っていた乳母車をいただだいた。チャコご機嫌。

十二月三十日（土）
昨日は、代官山晴れたら空に豆まいてで、「いい人はいいね、ライブの後はちょっとみんなで忘年会」。初めての試み。司会を務めてくれたHさんのおかげでスムーズに進行。乾杯、質問コーナー、ジャンケン大会では、佐久間正英さんのCD《Namino ManiMani》（葉山のカフェ"cafe manimani"のBGMとして作られた作品）、僕のnui-nui 1st. 製「H」Tシャツをプレゼント。
終わってからHさんとハグ。そしたらお腹出ているわよと言わんばかりに指でお腹を押された。

二〇〇七年

吉祥寺スター・パインズ・カフェ楽屋にてHONZIと

一月一日（月）

一月、女の子と仲良くなる。二月、島めぐり、温泉めぐり。三月、一緒に部屋を探す。四月、頑張っちゃう。五月、曲が生まれる。六月、新婚旅行。十一月、赤ちゃん「いつもくん」産まれる。十二月、六十歳の誕生日を迎える。

そんな夢を見る。

一月七日（日）

パラダイスアレイの新年会に呼ばれて歌った。場所は江ノ島オッパーラ。午後九時から始まって明け方まで行われたらしいが、Ces Chiens は最初の方に歌わせてもらい早めにおいとました。お客さんは二〇〇人ぐらいいただろうか、熱気があった。みな好き勝手に飲み、踊り、喋り。

予想していた通りだった。歌っている最中、ざわざわざわざわしていた。子供は駆けずり回っている。八曲歌ったが、最後の最後まで、みごとにざわざわだった。いや、修行のつもりもあったからそれでいいのだが、自分の力では会場をシーンとさせることは出来なかった。しかし、耳を傾けてくれた人はいて、終わってから「良かった」と握手を求められた。ざわざわの中だって、ちゃんと歌えるのだ。貴重な体験をした。勝見淳平さんありがとう。修行はまだまだ続く。

一月十四日（日）

うぬぼれほど醜いものはない。歳をとっても、経験を積んでも、ものを知っていても、偉そうにするのはさもしい。何かが優れれば、きっと何かが劣っている。
出来る人は思い上がっていない。うまくことが運んでも自分の手柄にはしない。誰かのおかげだと考える。ミスが生じたら人のせいにはせず、自分のせいにする。誤魔化さない。自分を正当化しない。謙虚である。
思い起こせば、失敗はすべてうぬぼれからだった。自戒しよう。生きているのではなく生かされているのだ。

一月二十日（土）
久しぶりにHONZIと共演できた。体調がまだ万全でないため、全曲参加ではなく、ライブの前半と後半だけ弾いてもらった。いい音だった。なーんだ、これだったら全曲できるじゃないかと思えたが、実は楽器を持つのも辛いらしく、本来は安静にしていなければいけないらしい。

アンコールで新曲（三年ぶり）を歌った。ライブの前日に出来た。タイトルは、『I LOVE HONZI』。HONZIの音を初めて聴いたのは十年ほど前、場所は南青山マンダラ、リクオさんと一緒の時だった。リハーサルの時、ステージの脇で聴いていたのだが、すごいと思った。揺れている姿にも見とれてしまった。たしか、髪を赤色か金色に染め、薄い透き通った服をまとっていた。打ち上げで「色っぽかったー」と話しかけたら、「知ってます。リハーサル中、後ろから見られてたの」と言われ（会話はそれだけ）、あー嫌われていると感じた。

　それ以来、共演したいと思いながら、ずうっと指をくわえていたのだった。そしたらそのうち、五郎ちゃんとも一緒にやっていることを知り（そのころ五郎ちゃんはやたら美女に囲まれて歌っていた）。五郎ちゃんいわく、「共演した女の子とは、みんなやっちゃうの」。もちろん僕に対してだけの冗談なのだが、もしかしたら、本当なのではないだろうかと僕はうらやましがり、五郎ちゃんが楽しそうにHONZIへ電話をかけているのを横目で見ながら、嫉妬していたのだった。

　そんなつながりから、別に嫌われていないことを知り、HONZIと演奏できるようになったのだが、未だ友だちではない。私生活のことはほとんど知らない。電話は出ない。メールは返って来ない。だから、たまにメールの返事が、「はい」だけでもあると感激する。『I LOVE HONZI』の歌にはそんな思いも込められている。

　会場の国立地球屋は、お客さんがいっぱいだった。スタッフのエルさんのおかげだ。中央線沿線のめぼしいお店にポスターを貼り歩いてくれたらしい。地道な熱意がありがたい。店を紹介してくれた、びいこんぐさんありがとう。ハリマオさん、おみやげの卓上譜面台ありがとう。

　帰りがけ、エルさんからカウンターの中にいたお嬢さんを紹介された。「桃子っていうんです」「あれ、うちの娘も桃子っていうの。桃から産まれたから」って、ついセクハラじみたことを口走ってしまったら、「うちも桃から産まれたんです」と返してくれたのでホッとした。

二月一日（木）
忘れられない言葉。
「大切なのは、何をしたかではなく、何のためにしたかではないですか」（山本周五郎原作、黒澤明脚本、小泉堯史監督『雨あがる』）
「いくら書いても、いくら話しても、伝わらないひとには伝わらない。伝わるひとには、書いたり話したりして、ことばを費やさなくたって伝わるものだ」（柳美里オフィシャルサイト「名づけえぬものに触れて」2004.12.17 ことば）
「文句なしにいい作品というのは、そこに表現されている心の動きや人間関係というのが、俺だけにしかわからない、と読者に思わせる作品です。この人の書く、こういうことは俺だけにしかわからない、と思わせたら、それは第一級の作家だと思います」（吉本隆明著『真贋』講談社インターナショナル）

二月八日（木）
チャコと海岸を散歩している時、ふざけて妻に抱きつこうとしたら言われた。

「あなた、欲求不満なんじゃないの。私に抱きつこうとするなんて、最低。セックスは家に持ち込まないで」

「僕のどういうところが良かったんだっけ」

「膝小僧。人間的に面白いから。あと、性格が悪いところ」

「どんな男が嫌い？」「生意気な男。男らしい男。ハンサムも苦手。あと貧乏人」

「旅行行こうか」「私、旅行嫌い。旅行好きな女と行ってらっしゃい」

「田舎に引っ越そうよ」「田舎と結婚すれば」

「今日の夕飯、脂っこいのやめてねって言ったのに、どうして、豚の生姜焼きなんだよ」

「豚は脂っぽくないわよ。よしおさんの方がよっぽど脂っこい」

「犬って可愛いわよね」と犬仲間に声をかけられ、

「うーん、私は犬より猫の方が好き。ああ、でもやっぱり一番好きなのは人間かな」

二月二十三日（金）

女友だち（？）が立ち飲み屋を始めた。といってもアルバイトらしい。オシャレで繁盛しているお店なのかなと思ったらそうではなく、「メニューは缶詰。椅子百円」と聞いて笑ってしまった。オーナーから「お客と喋ってはいけない」ときつく言われ、どうやら無愛想な店らしい。「女の子と喋りたかったらキャバクラに行けばいい」が理由。実際、隣りはキャバクラだそうだ。

「どうしたら繁盛するかしら」と問われたので、「喋っちゃいけないのなら、つり銭を渡す時、ニコッと笑って、こぼさないように両手で包むようにすれば」と提案した。そしたら、感じがいいということで、お客さんが増え出したという。思いがけない優しさは嬉しいものだ。

三月一日（木）

三月のカレンダー予定何もなし。そういえば二月もなかった。ひきこもりは嫌なこともない代わりに面白いことも一切なし。

朝九時、無理矢理、昔の彼女を誘って久しぶりに天山へ行く。湯上りの生ビール美味しい。しゃぶしゃぶときのこおろし。

夕方六時に戻り、駅前の瀬戸物屋さんに注文しておいた急須と土瓶。nui-nui 1st でTシャツ購入。ささやかな有意義なる一日。

三月十七日（土）

歌ったあと「力みすぎ」と注意されたことがある。伝えたい一心なのだが、その加減がわからない。

人によっては、失神するくらい叫ぶとか、楽器が壊れんばかりにかき鳴らすとか、ぴょんぴょん跳ねたり、鼻水までたらしたり、熱演すれば観客も熱くなる。しかし、力みすぎは嘘っぽく思えすうっと冷めていく人も中にはいるに違いない。気になる言葉がある。

「世の中で狂人に一番近いものは政治家でも、宗教家でも、舞踏家でもなく、実に音楽家ではないだろうか。歌っている人の顔つきというものは、まったくただごとではない」（『安岡章太郎集2　音楽の授業』岩波書店）

「自分を表そうなんて思ったって表れはしないよ。自分を表そうと思って表している奴はこれはキチガイ。だいたいね、自己を主張している人はみんな狂的です。自己を主張するものがなんか傷つけられると、人を傷つけます。だけども、僕をほんとにわかってくれる時は、僕は無私になる時です」（『小林秀雄講演第一巻　文学の雑感』新潮社）

「言葉は自分で書いてはだめなんです」（池田晶子・大峯顯著『君自身に還れ　知と信を巡る対話』本願寺出版社）

三月二十七日（火）

思うように日記が書けず。歌も出来ず。いったい何を書けばいいのだろう。何を歌えばいいのだろうと考えてしまう。歌詞がまったく浮かんでこない。あのことは歌ったたし、このことも歌ったたし、それはつまらないし、これは書けないし。このコード進行は使ったしと、出来ない理由だけは一人前。

健康診断の結果。お酒をひかえ、運動するようにとのこと。胆嚢ポリープはまだ小さいから手術の必要なしとのこと。ホッとする。半年前から頸椎椎間板症のため、左腕が指先まで冷えしびれ重く痛いのだが、整形外科へ首を引っぱりに行ってもよくならず。毎日つまらない夢を見る。夜中目が覚める。寝起き悪し。

庭に小鳥がやって来るようにと、からつきのピーナッツを夾竹桃の木につるす。両端を少し切り、真ん中を針金で通し十五個ぐらいを輪にしたものだ。いろんな小鳥がやってくる。リスはいいけど、カラスが来るとがっかりする。

四月一日（日）

机の前に注意書きがある。壁は恥ずかしいので、キーボードに小さく「あせらないこと」と。つい焦ってしまうのだ。たとえば、メールを送ったり、日記の更新など、あとになって「あー、へんなこと書いちゃった」と悔やむ。もう少し考えて、冷静になって、もしくは一日置いて。大切なことなら、「考えさせて下さい」だけでもいいのに、結論をすぐ出したがる。

人付き合いのうまい男友だちは、みんなゆったりしている。答えを急がない。むきにならない。怒らない。我を通さない。だからモテる。僕は貧しい商人の子。七人兄弟の末っ子。赤ちゃんの時、やぎを盗まれたので、お乳はお米のとぎ汁だったという。

昨日も焦ってしまった。「せっかちでごめん」とメールを送ったら、「ぜんぜんせっかちじゃないです、や、せっかちでもぜんぜん大丈夫です！」と返事があった。優しい。

四月三日（火）

洞口依子の独り言『がんって何様的日記』(2007.4.1～4.2) を読む。「手を握る」場面で涙ぐむ。

四月七日（土）

斉藤和義さんのアルバム《紅盤》に『天使の遺言』が収録されている。試聴できる。《紅盤》初回限定版 DVD からも聴ける。僕の曲を歌ってくれる人大好き。

四月十六日（月）

鈴木慶一さんと光岡ディオンさんがやっている番組、衛星デジタルラジオ、ミュージックバード「ROOK OF ALL AGES」の収録。慶一さんとの出会いを語る。時は一九七〇年。ちょっと照れたような慶一さんの笑顔は昔と変わらない。

「♪不幸はずっと続いてもいいんだ　心の傷は塞がらなくてもいいんだ」と歌う『Vintage Wine Spirits, and Roses』が良かった。アルバム《MOON OVER the ROSEBUD》を聴く。

四月二十七日（金）

体が痛くてマッサージを受けに。先生いわく。「恋は下（に）心があり、愛は下心がないんです」。（有名な話らしいが）僕は初めて聞いたので感心してしまった。

午後、吉祥寺マンダラ2へ。「北村早樹子《おもかげ》発売記念パーティー東京篇」にゲスト出演。大阪篇に出演した未映子さんと逢える予定だったが風邪のため来れず、残念。

『桜』『パパ』『君でなくちゃだめさ』『悲しい性欲』『恥ずかしい僕の人生』『猫のミータン』『音楽』『父さんへの手紙』『I LOVE HONZI』を歌う。そでに引っこんだら、北村さんとチューバ・ディスクのスタッフ高野香澄さんが「良かったー」と喜んでくれたので、スポーツ選手のように、外国人のように、さわやかに抱き合いたかったが、勇気がなくて、そういう習慣がなくて、あるいは下心があったため、出来ず。

五月一日（火）

北村早樹子さんは『蜜のあはれ』と『貝のみた夢』が素晴らしかった。打ち上げで、早樹子ちゃんのお友だち、圭乃椿さんとお話しした。前から気になっていた方だ。からっとしていて色っぽかった。名刺をいただいた。「ひゃー」。

「君の顔カラーで撮っても白黒に写っちゃうからエステに通えば」

「あなたこそたるんできたから行きなさいよ」

「俺はエステよりエロスの方がいいな」


「あたし最近、バレエの人から肌白くなったんじゃないのって言われたの。病気かもねって答えたら、ううん病的な白さじゃなくてだって」

「おっぱいも見せたんだ」「見せないわよ」「見せればよかったじゃない。ピンク色なんだから」

「ピンクじゃない、肌色だよ。でもおまたは黒いの」

「じゃあ心は処女で、身体は娼婦なんだ。いいなーヤリマン」

「そう一人でやってんの」


「そんなこと書いたら、あたしもうご飯作らないからね」

「じゃ離婚だな。俺外食しよう」

「外食の時だけついていく」

「漫才の台本みたい」

「わたしがボケで、あなたがツッコミね。うまくつっこんでね」

「ホントに変なこと書かないでよ」

「何言ってんの、しいこちゃんのセリフ評判いんだよ。町中でもちきり」
「町じゃいや」

五月七日（月）

思い起こせば、僕は数々の失敗を重ねてきた。貸し借りのない人生を送りたかったが、うまくいかなかった場合がある。自分がされたくないことを人にしてきたかも知れない。迷惑をかけないつもりが結果的にかけてしまったかも知れない。心は不安定だから、せめて数字くらいは健全でありたかった。

いい人は人を元気にさせる。正直だ。前向きだ。すくっと立っている。ほどよい温度とほどよい距離を保っている。頑張っているから言い訳を言わない。精一杯だから批評は気にならない。納得する作品が生まれれば発表されなくたっていいと思っている。誇りを持っている。そういう人になりたい。

五月十一日（金）

心配事を和らげる方法を教えてもらった。「大丈夫、大丈夫」と明るく自分に言い聞かせるのだ。実際、今までいろんな心配事があったけど、どうにかなってきた。悲しいことや嫌なことは時間がじわりじわりと忘れさせてくれる。思い出の方が気をきかしてくれて楽しかった記憶のふたしか開かない。

それでも不安な場合は、最悪の状態を思い浮かべる。たとえば、ライブ。共演者と連絡が取れず、急遽一人でやることになる。なぜかピアノは鍵盤数が足りず、タッチはペコンペコンだ。お客さんは三人。関係者は五人。話し声が客席から延々と聞こえる。カメラのシャッター音が耳に入る。照明がやたら変化する。思うようにリズムが取れない。歌はとちり、ガタガタになる。拍手はない。

昔、母親からよく言われた。「なるようにしかならないから」。だいたい、人前で歌うこと自体、異常な行為なのだ。美か醜だ。とんでもない状態と比べれば、それよりはましだと思う。良かったーと思う。感謝の気持ちでいっぱいになる。幸せを感じる。気を楽に持つ。

五月十二日（土）

国立南口のメインストリートは、緑がいっぱいだ。車道より歩道の方が広い。排気ガスが臭ってこない。昔、彼女が出来たらこの街に住みたいと思ったことがあった。「国立の空の下で嵐のキッス」と題し、地球屋でライブ。体調が心配だったHONZIも思ったより元気で良かった。

二部、『君でなくちゃだめさ』の時、お客さんが一緒に歌いだした。みんなも最後まで手拍子。こんな経験、僕は初めて。楽しかった。気持ちよかった。「HONZI！」「早川義夫！」「よしおー」というかけ声もあった。

予定していなかったアンコールではリクエストが飛んだ。『君をさらって』『ロールオーバーゆらのすけ』『H』『犬のように』『パパ』……。僕は本屋を二十一年間していたため、お客さんに対し失礼があってはいけないことは十分承知。仮にアンコールがあったら、もったいぶらずにすぐ出るとか、だらだら喋らずに次々歌うとか、ましてや拍手なぞ強要してはいけない、お客さんを待たしちゃいけないというくせがついている。

アンコールでは『パパ』を歌った。そしたら、また客席から、さっきの人だと思うが一緒に歌うのだ。それが、けっこうぴったりと呼吸が合い、感情も入っていて、声も張っている。合唱である。終わってから「迷惑だったですか」と話しかけられた。「いや、僕は気持ちよかったですよ。ただし、他のお客さんが迷惑でなければ……」と答えた。

他のお客さんがどう思われたか僕はわからないが、僕が嫌だとは感じなかったのだから（まして全曲ではないし）、良かったのではないかと思う。その場の雰囲気に合っていたのだ。自然だったのだ。自然な行為、自然な盛り上がりはいいに違いない。（？）

同じくライブ終了後、美人女性が「今日はライブのタイトルどおり、キッスをしてもらおうと思って、並んでいるんです」と言う。冗談なのか本気なのか、僕は人の心が読めないから、「えー、ホントにしていいんですか」「いんですよー」と抱き合った。でも、キッスって、キッスのことじゃないんだけどなー。

五月二十一日（月）

わざわざ写真&お手紙を頂きましてありがとうございます（ハートマークふたつ）ブルは火曜日で一通り抗がん剤の治療が終りまして、元気に七里の海を散歩しております（犬マーク）そろそろ由比ガ浜に出動しようと思ってたよん♪　ブル写真かわいく撮れてうれしいです。私のM字開脚もなかなかです（冷や汗マーク）　義夫さんも放置プレイや自虐エロなど楽しんでますか!?　静代さんも元気ですか。近々ブルと登場するのでチャコちゃんによろしくね（おっきなハート）リハビリは、プレーのしすぎですか〜（Vサインマーク）

ブルースちゃん元気でよかった。チャコは老いてますがまあまあです。僕はただいま放置プレイ中です。自虐エロってなんだ？　初めて聞く言葉。今度教えて。M字開脚とか、ふみちゃん面白い。

リハビリは首が原因の肩こりです。調子悪し。この間なんか、健康ランドに行ったら、お風呂入り過ぎで、吐きそうになっちゃって、不健康になって帰って来ました。また遊びに来て下さい。

五月二十五日（金）

みっち。さんの企画で「吉祥寺発 美しい島へ」ライブ（吉祥寺スター・パインズ・カフェ）。出演はハシケン、高田漣、寺尾沙穂、梅津和時、HONZI。

ハシケンさんの提案で最後に『父さんへの手紙』をみんなで演奏した。でもこの曲は楽器を増やしてやるような曲ではないんだけどなとふと思ったのだがそれは大きな間違いだった。

やはり才能のある人は、俺が俺がというのではない。寡黙だ。音がぶつかって濁るようなこともない。そして、ここぞという時に限り、あるいはちょっとした隙間に、すごくいいタイミングで入ってくる。今生まれた音しか出さない。今の音はどこから聴こえたんだろう、楽器の音ではなかったぞぐらい、わからないくらいに自分を表現する。人を生かす。歌を生かす。音楽を作る。

五月二十九日（火）

映画監督の原將人さんと渋谷の喫茶店で会う。「普通であることは何て過激なんだろう〜映画『たましひの場所』を撮るにあたって」と題された原さんの一文を読む。脚本も少し手直しされた。しかし、制作費捻出に前途多難の様子。原さんは8ミリを回し、僕はデジカメGX100を手に、渋谷の街を歩く。映画館CINEMAVERA SHIBUYAへ。受付の女の子に一目惚れ。

六月一日（金）

早川さま

こんばんは、マカロニ惑星のパズオです。いつも日記を楽しみにしています。

先月からRicohのGX100を使っていらっしゃるんですね。GR Digitalといい、IXY DIGITAL10といい、いつもボクが気になってしょうがないデジカメが登場するので、クゥ〜ッ、と羨ましい気分になります。
　で、結局先日、どのデジカメを買うか散々悩んだ挙句、なぜかZOOM H4という録音機材を買ってしまいました。これはこれで非常に楽しいオモチャなのですが、やっぱりどうしてもGX100が欲しい！　と改めて思う今日この頃です。
　ところで、早川さんが撮る女性の写真が大好きです。ボクも受付の女の子に一目惚れしました！あんな写真が自分も撮れたなら・・・また楽しみにしています。では失礼いたします。

パズオ様
メールありがとうございます。
あの子いいですよねー。写真、撮れたのは原將人さんがそばにいたからで。とても僕一人では無理です。彼女も映画関係の仕事、原さんのお名前を知っていたからでしょう。それと何よりも、あの子の性格が良かったからだと思います。感じがよかった。

　帰り際でした。一目見た時から、いいなーと思い、ああ撮りたい、でも声かけられないしなー。あーあ、こうしてこのまま人生終わってしまうのか、本当の気持ちを伝えられないまま終えていくのかと、エレベーターを待っている間、未練がましく、ふりかえっていたら、原さんが、「平気ですよ。声かければ」と言うので、「撮らせて下さい」とお願いしたら、「いいですよ」だって。「わーい」です。

こんな時、なれている人は、一番いい表情を撮るために、写真を撮りながら上手に声をかけるんでしょうけれど、なにしろ僕は常に素人。「可愛いねー、連れて帰りたい」なんて言えなくて、「えーとー、なんて声をかければいいかわからないなー」などとつまらないことを口走りながら、数枚撮っただけなんです。なんとも、みじめ。さえません。

最後に「ホームページ作っているんですけど、載せてもいいですか」って訊ねたら、「はい」。名前まで教えてもらいました。僕のこと知らないのにです。優しいなー。普通だったら「駄目です」「嫌です」「何でですか」「何であなたに撮られなきゃならないんですか」ですよね。

街を歩くと、可愛い子、キレイな人、オシャレな人、Hな子、いっぱいいますよね。でもみんな彼氏と一緒、もしくは仕事中。まったくといっていいくらい目が合いません。突然、「写真撮らせて下さい」なんて声をかけたら、気持ち悪がられるに決まっています。まさか盗み撮りは出来ないし。

僕はいわゆるナンパというのをしたことがないから、話しかけるタイミング、その場に適した話題が浮かんで来ない。おまけに日常は鬱ぎみ。ライブの後ぐらいです、ちょっとテンションが高いのは。それでも気を使い、遠慮し。いや、僕が遠慮しなかったら、犯罪になってしまいますけれど。

あとで、原さんと飲み屋で画像を再生していたら、原さんも一所懸命になって、「女の子を撮る時は、ライティングもちゃんと考えてあげなきゃ。影が映ってしまうと駄目で……」とチェックが入り、「影が入ってないのは、下を向いているやつかな」「えー、笑っているのがいいですよ」「どれどれ、うーん、まあいいか」とやっと専門家のお許しが出た次第で。

海岸で犬を撮っていますが、あれも撮るきっかけがむずかしく、話しかけてからでないと駄目ですし、チャコを連れているから撮らせてもらっているようなもので、一人だったらカメラは向けられません。それと「ホームページに載せてもいいですか」って確認がとれてないのは載せられず、それが結構ある。最近は、犬より人間を撮りたいです。人の顔は表情があって、一番変化があって、その一番いいところを撮りたいです。

さてCaplio GX100の話。パズオさんがCaplio GXでいつもステキな写真を撮っているので、前から後継機が気になっていたんです。横木安良夫さんのブログから、随分刺激を受けました。

僕の場合、撮影はむずかしいことはしません出来ません（歌やピアノと同じ）。オートかプログラムにして、フラッシュは常に発光禁止、フォーカスはスポットＡＦ。接写の時マクロ撮影に切り替えるだけで、あとはすべてカメラまかせです。

GX100は、縦横比一対一の写真も撮れるのが楽しいです。価格.comを見ると、不具合のコメントもありますが、僕のは今のところ調子がいいです（GR-Dは修理センターを三往復しましたが）。いずれにしろ、リコー製品は魅力的ですよね。では、女の子を撮れるよう、お互い頑張りましょう。

六月十日（日）

青山月見ル君想フで「ピアノノチカラうたのちから」（ブッキングマネージャー今関さんの命名）というライブ。出演は、鈴木亜紀、川上未映子、坂本弘道、清水一登、佐久間正英、HONZI。今関さんからできればセッションをというリクエストがあった。普段なら、最後にみんなで歌うなんて、そんな恥ずかしいこと、と思うのだが、なにしろ今回は大好きな女の子、ついやる気。まったく僕の思想なんていいかげんなものだ。

せっかくなら「月見ル君想フ」というタイトルで曲を作ろうと考えた。一番の歌詞を僕が作り、あとはそれぞれ歌う人にまかせればいいかと思ったが、その一番が出て来ない。曲はなんとなく出来たのだが、そこにぴったりはまる詞が生まれて来ない。いったい「君」って誰なのか、「君」がいっぱい浮かんで来てしまうのだ。

ふと寂しいとき、空を見上げると、先に天国へ行った人たちが、語りはしないけど、見守ってくれているよ、月見ル君想フ、というふうに持っていきたかったが、どうも説明っぽくなってしまう。時間をかけた。ところができない時はいくら時間をかけても駄目だ。作り方が間違っていた。僕は常にふりだしに戻ってしまう。作曲法を忘れていた。答えをまとめようとしている。意図したら駄目なのだ。創作は発見だったはずなのに。

結局、前日になっても出来ず、急遽十八歳の時作った『いい娘だね』をやることにした。未映子さんも亜紀ちゃんも初めて聴く歌、メロディーをすぐ覚えてくれて、何とか無事に歌えホッとした。

六月二十四日（日）

鎌倉歐林洞ギャラリーサロンにてライブ。共演、佐久間正英さんとHONZI。

HONZIは、前々日和歌山、前日大阪でライブ。そこから直行。「今日私、二部から出ようかな」「駄目だよ。一部からやってよ。ほら、この曲もあるし、この曲もあるから。途中、休んでもいいからさ」とお願いした。痛み止めを服用しての演奏。

HONZIのお母様も見えた。初めてご挨拶。若かったー。未映子さんも忙しい中、お友だちと観に来てくれた。みっち。さんも。北冬書房の高野さんも。ワンちゃん仲間のビリーちゃんのお姉さんも、そらちゃんのママも。ゼンちゃんのお父さんお母さん。たらちゃんのお姉さん、ネギチャーシューのともちゃん。あっこちゃん。いや、お名前をあげたらきりがない。なんだか、知っている人ばかりで、学芸会みたいだが。お礼を言うのも素人っぽいですが、本当にありがとうございます！

七月一日（日）

「今一番欲しいものを四つあげて下さい」

「一、恋人。二、家。三、能力。四、幸せと健康かな」

「四番目に答えたのが本当にあなたが欲しいものなんだって」

七月五日（木）

川上未映子さんの『わたくし率 イン 歯ー、または世界』（早稲田文学0号）が第一三七回芥川賞候補に！ すごーい。おめでとう！ パチパチパチパチパチ。

未映子さんとはこれまで三回ステージをご一緒させてもらったが、歌う姿、声、取り組む姿勢が常に一所懸命。誠実であった。やはりすごい人は見えないところで努力し苦労し学び感受性を磨いているのだ。

僕は同じところをぐるぐる回っている。一日中パジャマでは駄目なのだろう。書いては消し、書いては消し。車谷長吉『忌中』（文春文庫）を読み、重っくるしい気分に浸る。

七月七日（土）

ザ・ビートルズの映画で印象に残っているシーンがある。ドラムのシンバルを興味本位で触ったスタッフにリンゴ・スターが怒る場面だ。あれ以来、僕は人の楽器をさわったことがない。そんなの当たり前でみんなそうなのかも知れないが、梅津さんのサックスも佐久間さんのギターもHONZIのバイオリンもピアニカもいっさい触れたことがない。楽器は身体の中で一番敏感なところだからだ。

今、HONZIからアコーディオンを一台借りている。(ホントは買えばいいのだが、どんな感じか試してみたらと親切に貸してくれたのだ)。悲しい音だ。すごくむずかしい。和音である黒いボタンが見えないため、指が動かない。弾けるようになるには相当かかりそうである。

七月十二日(木)

チャコと散歩していたら、幼い子が三人、うち二人がチャコを見て「わー可愛い」と寄ってきて撫ぜてくれた。そしたら寄って来なかった一人が「柴犬は噛むから危ないよ」と。そのとーり! たしかに柴犬は協調性がなくて気が強い。打ち解けず嫌われがちだ。チャコも柴犬に二回噛まれたことがある。「チャコは噛みそうな顔はするけれど、まだ噛んだことないから平気だと思うよ」

七月十五日(日)

何もする気がおきない。面白いと思うものがどんどん少なくなってきている。駄目な自分がいる。後悔と嫌悪の連続だ。あの娘と仲良くなれたらきっと楽しいだろうなと思うが勇気がない。

数年前、精神科で診てもらった時、抑うつ症と診断され、メイラックスという薬を処方された。強い薬ではないようだが、飲めば楽ですよと言われた。以来服用している。

こんな暗い話、書くのも読むのも嫌だろうから、日記が書けないわけだが、書くと、あー書かなければよかったと思ったりする。みんなどうしているだろう。

七月十八日（水）

心はいったいどこにあるのだろう。

かつて恋人は、何億何千の細胞の一つ一つの下に何億何千の心があるのではないかと歌ってくれた。池田晶子は、私の中に心があるのではない、心の中に私があるのだというユングの逆説を教えてくれた。

小林秀雄は、感動すれば魂は見えてくるんです、と語っている。

七月二十日（金）

電話の声を聴くだけで元気になれる人がいる。明るくて、優しくて、甘い声だ。「早川さーん」という響きがいい。電話を切ったあとも、しばらく耳元に残っている。言い方を真似してみるが全然違う。

いったい何を喋ったのだろう。忘れてしまった。声に酔いしれていただけだ。あとになって、あの受け答えで良かったのだろうかと反省したりする。

いつぞやは、話の流れから男友達の高級ソープランド体験を語ってくれた。そりゃすごい話だ。僕も負けじと昔のドライアイスの演出で雲の上でやっているような体験談をした。女の子といやらしい話ができるほど楽しいことはない。(Hな話とお金の話は一歩間違えるとたちまち不快になるが、爽やかか爽やかでないかは、その人の品性にかかっている)。彼女のHな話はおかしくて、まるで男友達と喋っているみたいだ。からっとしている。恋愛対象ではないからだろう。僕は恋愛対象なのに。

最近もう一人、いやらしい話をしてくれた女の子がいた。もっともその時、周りに他の人もいたのだが。「早川さん、私あがっちゃったみたいなの」。一瞬僕は、そりゃ良かった、すると生で出していいわけだと思ったが(もちろんそんな仲ではない。手も触れたこともない。いや一度だけ握手をしたことがある。あれがいけなかった。握手は友だちの印だからだ)、彼女は独身(たぶん)、第一まだ若い、となると、あがって良かったねなんて言ってはいけないわけで、さてどう答えたらよいものか、僕は顔だけ笑っている。

数日後、別のことで連絡があった時、メールの最後に報告があった。「あ、あとまだ『あがり』じゃなかったんでお知らせしなくちゃ、っと」。あー、なんて可愛いんだろう。歌だ。(本来そんな生理の話、僕は好きな方ではなく、そもそも僕に関係ないのに)楽しい。でもどうして僕にそんな話を聴かせてくれるのだろう。やはり恋愛対象ではないからだ。僕は笑いで返せない。彼女は軽やかで僕は重い。切ない。うまく行きたい人とはなかなかうまく行かないものだ。

八月一日（水）

言いたいことが言えないのは意気地がないからではない、言わせてくれないからだ。言葉は言葉通りではなく、真意は息遣いにある。

いかにもは嫌だ、意外がいい、でもなにより普通が一番ステキ。

わかっていると言う人ほどわかっていない、わかっている人はわからないと答える。

八月八日（水）

初泳ぎ。海水透明度0パーセント。金魚鉢の中で泳いでいるよう。ぬけない空。

八月十七日（金）

一行も小説を書いたことがないのに、「文学」という文字が気になる。「文学」を「音楽」に置き換えることができるからである。

「文学には先生も弟子もない。ただ孤独であることだけが、文学の条件だ」（四方田犬彦『先生とわたし』新潮社）

「この人は自分と戯れているか、それとも自己と戦っているか。そこで僕は文学というものの価値を

判断しているんです」（『小林秀雄講演 第七巻　ゴッホについて／正宗白鳥の精神』新潮社）

八月十九日（日）

友部正人『ジュークボックスに住む詩人2』（思潮社）の中に、「おじさんの真実」という文章がある。おじさんて誰のことかなと思ったら、僕のことだった。十八歳なのにおかしいと思ったがしょうがない。

要約させてもらうと、『ラブ・ジェネレーション』を歌った人に、『パパ』という恋の歌は歌って欲しくないなと思ったが、いざ『パパ』が気に入ると、今度は『猫のミータン』に違和感を覚えた。でもホームページの写真を見たら納得し、『父さんへの手紙』を聴いたら、みんな同等になったという内容だ。そして、こう締めくくっている。

「ライブが終わって明かりがつくと、すぐ後ろで聞いていた女の子が『ふーっ』とため息をついた。とても興奮した様子で、一緒にいた男の子に『もうドキドキしちゃって』と告白していた。ぼくはそれを耳にしながら、『ああ、おじさんの真実が若い女の子にも伝わっている』と心の中で思った。そして、自分にはその真実が欠落しているのかもしれない、と妙にさびしくなった」

「真実が欠落しているのかもしれない」なんて普通は言わない。ほとんどの男は自尊心、虚栄心、嫉妬心の塊だからだ。美しい文章である。

八月二十五日（土）

プレゼントを渡すのも受け取るのも苦手だ。気持ちだけはあるのだが下手だ。慣れていない。恥ずかしい。指輪を贈ったこともないし結婚式もしていない。クリスマスやお誕生日会などの習慣がなくて育ったせいかも知れない。形式ばったことをやらされた記憶はあるが楽しくはなかった。

しかし最近「toraji.comじゃ（`ω´）」の「【随筆】結婚指輪を買いました」を読んで、素直になりたいなと思った。「素敵なことは、照れずにやるべきです。」という一行に、ちょっと勇気をもらった。

八月二十五日（土）

午後四時三十分羽田から富山へ。居酒屋で前夜祭。なぎら健壱さんのフォーク思い出話。「中津川フォークジャンボリーで、岡林さんと早川さんが打ち合わせしているところを僕近くに寄ってカメラに収めたことあるんですよ」。「斉藤哲夫がレコーディングの時、テイク25までやらされたってこぼしてたなー」とみなを笑わす。

カメラは年に三十台、本は早川書店よりもあり、自転車も三十台だか五十台だか持っているそうだ。専用の部屋まで借りているとか。（数字は聞き間違えかも知れないが）とにかくカメラの購入台数には完敗した。

北日本放送アナウンサー、栂安亜紀さんに一目惚れ。

八月二十六日（日）

富山太閤山ランド野外劇場にて「フォークルネッサンス'07」。野孤禅と久しぶりに再会。控室一緒。「早川さん、ギターのチューニングしてもいいですか」「もちろん、いいですよ。そんな気を使わないで下さい」

その日、野孤禅が歌った歌の中ですごく気に入った曲があり、題名をあとで訊いたんだけど忘れてしまった。（後日調べたら、浜辺の宝石のことを歌った『シーグラス』のような気がする）。

竹原ピストルさんがHONZIと僕の演奏を聴き、「短編映画をいくつか観たような感じでした」と言ってくれた。

夕方、車で金沢に移動。赤玉本店でおでんを食べる。

八月二十七日（月）
金沢もっきりや。ピアノはベーゼンドルファー。控室に使わせてもらったペーパームーンは、もっきりやのご主人平賀さんの奥様がやられているジャズと猫のステキなお店。女性ヴォーカルの心地よい曲が流れてきた。HONZIに「これ何？」と訊くと『ララバイ・オブ・バードランド』、好きだからよく演奏したな」「ああそう、こういう曲作れたらなー」。休憩時間、ハートランドビールをいただく。そのコップがまたステキなこと。のども潤い、（一部は緊張のせいかのどがカラカラ、リズムもうまく取れなかったが）二部からは気持ちよく歌えた。終演後、ビールとお刺身と卵焼き。ありがとう金沢。

八月二十八日（火）
FOB企画の藤田さんに金沢のホテルから小松空港まで車で送ってもらう。途中、道路沿いに「美川県一の町」という黄色い大きな看板を見かけた。「藤田さん、あれ何ですか」と訊ねたら「見なかったことにして下さい」と言われた。小松空港でおみやげ「くじらの耳くそ」という焼岩のりを買う。

羽田からバスで新宿へ。HONZIは疲れをとるため事務所で仮眠。マネージャー新見さんと先に渋谷クアトロへ。今日は中川五郎さんと末森さんの企画イベント二日目。五郎ちゃんに「昨日打ち上げしたの？」と訊いたら「誘ったんだけど、みんな帰っちゃって、一人でラ・カーニャで飲んだの」

控室で、謡象（うたかた）の伊東正美さんとお話した。「俺の友だちに早川さんの大ファンがいて、この間、日比谷野音の楽屋で喋ったことを伝えたら、嘘だーいって言うので、もしそいつと会うことがあったら、俺とはすごい親しい仲だってことにして下さいね」「了解しました（笑）」

石塚俊明さんとも初めてお逢いし挨拶を交わした。「NOTALIN'Sで『マリアンヌ』やってます」「ミチロウさんの『マリアンヌ』すごいものね。『聖なるかな願い』も『シャンソン』ももう僕なんか歌えないよ。この間、ミチロウさんと沖縄へ行った時、いろんな話をしたんだけど、としさんといる時が一番疲れないみたいなこと言ってましたよ」「そう言えって言ってるんですよ」

坂本弘道さんともお話した。未映子さんのライブの時、数回お逢いしているのに喋ったことはなく、初めてちゃんと話をした。「未映子さん、坂本さんの音にぞっこんだものね」「でも、もう三年先まで執筆の依頼があって、ライブは難しいみたい」「すごいなー。うーん、今度逢ったらよろしく伝えといて下さいね」

「あっ、そうだ、ミチロウさんが言ってた。坂本さん東スポのファンだって」「そう、欠かさず読んでいるんです。もう間に合わなくて、溜まってしまい、今三月分を読んでいるんです」「配達してもらっているわけ？」「いや買いに行くんです。配達のは、いやらしいページがないですから。やはり完全版を読まないと」

五郎ちゃんの歌を久しぶりに聴く。「♪逢えないとつらくなる」（歌詞合っているかな）がいいなと思った。

「平成の中川五郎と言われています」とＭＣで笑わせてくれた田辺マモルさんの歌も良かった。数年前に聴いた時よりも、力が抜けていて、そのぬけ方が良かった。「♪いっしょに寝たけど何もしなかった」「♪男はみんなプレイボーイになりたい」など。控室で「いいねー」って言ったら、「褒め殺しみたいですね」「いや、本当にそう思っているんですよ。僕なんかいつも力み過ぎて失敗するから」

鈴木亜紀さんのピアノは気持ちがいい。間（ま）にリズムがあり、歌がある。くるっと回ったり、最後はみんなに投げキッス。色っぽくしなやかで華やかなのに初々しさがある。

打ち上げに出たかったけど夜十一時三十分、電車に乗らないと僕は帰れない。五郎ちゃんに挨拶。「あれ帰っちゃうの」「だって朝まで付き合ってくれる女性いないでしょ」「じゃ今度セッティングするから」「またまたまたー、お願い」

帰り道、田辺マモルさんと渋谷駅まで歩く。僕は富山金沢の帰りだから、トランクをゴロゴロ、マモルさんはギターとリュックサック。「こういうのってわびしいですね」「そうね、売れている歌手だったら、荷物なんかスタッフに任せられるものね」

数年前のことを思い出した。五郎ちゃんとマモルさんとマモルさんの女性マネージャーと飲んだことがあった。ひょんなことから、またスケベな話。「あのさ、いく時ってどういう声出す？　僕は結構大きな声で『ワンワンワンワンワン』なんだ」。すると田辺マモルさん「ぼくは『ぐふ』かな」

九月二日（日）

私立和光学園の同窓会があり、そのあと高校のクラス会があって、生まれて初めてクラス会に出席した。これまでにも何回か開かれていたらしいが、僕は気持ちが動かず欠席していたのだ。今回、久しぶりにやるからという連絡をI君からもらい、「みんな気さくだよ」という言葉に逢いたくなった。

すぐにわかった人、名前を聞いてから「おー」という感じで思い出せた人、なんだかぼんやりとしか思い出せない人、さまざまだ。なにしろ、四十二年ぶりだからである。

一番びっくりしたのは、これはまったく失礼な話だが、大親友だったC君がわからなかったことだ。最初、まだ来ていないのかなと思った。それにしても、さっきから誰だかがわからなくて、気になってしょうがない人がいたので、隣りの席にいたK君に「あの人誰？」と小声で訊ねると、なんと、その人がC君だったのだ。

びっくりした。いや、お互い様なのだろう。もしかしたら、付き合いの深かった人ほど、ぼんやりとしたイメージではなく、鮮明に姿形がまぶたに張り付いているため、ほんの少しでも違いがあると、すぐには結び付かないのだ。

太った人から「早川君、太ったね」と言われた。「早川くん、目そんなに細かったっけ」とも言われた。（そう、サングラスで隠してたの）。僕は十八歳のままで思考が止まり、姿形だけが友だちと同じように変わってしまったのだ。クラス会は、まさに浦島太郎の物語であった。

九月二十三日（日）

「梅津和時＋早川義夫 信州ふたり旅」。初日は、松本ヴィオ・パーク劇場。場所は松本駅から二、三十分かかる山の中。周りに民家はなし。舞踏家本木浩治さんの拠点だ。建物は手作りの土と草の匂い、素朴さの中にステキな空間があった。「こんなすばらしい劇場があるなら、いっぱいライブできますね」と言ったら、本木さん「いや、お客さんを集めるの大変なんですよ」と言われてしまった。

現に今回もいろいろ動いてくれて、知り合いには「絶対、気に入るから」と、電話攻勢までしてくれたらしい。地元の人はもちろん、栃木や横浜からも来てくれた方がいた。六、七十人集まったようだ。

一部の頭から、何やら元気よく叫ぶお客さんがいて、はじめ、怒っているのかなと思ったが、そうではなく、僕の歌の歌詞まで知っていて、「バイバイ」と歌うと「バイバイ」と歌い返すのだ。

二部の頭で、梅津さんが「かけ声をかけてくれるのは、盛り上がる意味もあって、嬉しいのですが、みんな心の中で歌っている人もいるので、邪魔にならぬようお願いします」と言ってくれて納まった。それでも、別な場所から、「オー」とかいう自然な声なども聞こえてきて、とても気持ちよく歌えた。

本木さんの話によると、お客さんは一癖も二癖もある（芸術家気質の）濃い人ばかりだったそうだ。音がいい。ピアノもいい。何よりも雰囲気がよかった。打ち上げも良心的な値段でお客さんが自由参加。お風呂はひのき風呂。梅津さんを抱っこして寝た。

九月二十七日（木）

午後、那覇空港、手荷物受取所前で、勝見淳平さんから、HONZIが亡くなった知らせを受ける。思いがけない人からだったので、驚きと悲しみが同時に襲った。勝見さんは鎌倉でパン屋さんをやりながら、ルートカルチャーの副理事長で、HONZIとは妙本寺で一度逢っただけなのに、ぐるり回って、つながっていたのだ。

迎えに来てくれた桜坂劇場の須田英治さんと森脇将太さんに連れられプロモーション。ＦＭ那覇へ。「田村邦子のマジカルミステリーツアー」収録。

「去年、遠藤ミチロウさんと来られて、あれから十ヶ月後、こんなに早く早川さんに逢えるなんて、嬉しいわー」「呼んでいただきありがとうございます」「前回は電子ピアノでしょ。今回はグラントピアノ」「そう、楽器に関して主催者側と僕の希望が一致して。三百名入るホールなんて、身分不相応なんですけど。僕が東京でやる時は、どう頑張っても五十人ぐらいなのに」「いや、人数じゃありません。たった三人でもいいんです。」「いや別に、欲張っているわけではなく、成立しないと周りに迷惑がかかっちゃうから」

「早川さんの歌は、はまる人ははまるんです。でも、はまらない人は全然はまりません。私はガチガチのクラッシック専門ですけど、早川さんの歌の音程がどうの、技術がどうのなんてことはどうでもいいの。だって、早川さんが一音出した瞬間に世界が変わっちゃうんだもの」「そんな大げさな言い方しないで下さいよ」「いや、大げさじゃない。そりゃ、音楽は嗜好の問題だから、わからない人はわからないでもいいの。でも私はすごいと思っているんですよ」「ありがとうございます」

「では最後に早川さん、今後の旅の行方は?」と訊かれた。「えー、自分の意見とか主張とか個性を出そうなんていうことではなくて、もう語れない人、もう歌えない人のために歌を歌うことが出来たらいいなと思っています」そう言いながら、突然、涙声になってしまった。

収録後、「すいません、泣いてしまって。実は今回、一緒に演奏するはずだったHONZIが今朝亡くなってしまい。『I LOVE HONZI』という歌を歌う予定なんですけど、ステージで亡くなったことを伝えたら、歌えなくなっちゃうかも知れない」「早川さん、明日、絶対いいステージになるわよ。HONZIさんがちゃんと早川さんのそばにいてくれて、最高のライブになるから」

続いてFM沖縄「リポーズ・アフター・アワーズ」生放送。「早川さんの隣りに写っているワンちゃん、可愛いですねー。お名前なんていうんですか」「チャコっていうんです。茶色だから。おばあちゃんです。十五歳。若いころは笑ったんですよ」と言って、携帯の待ち受け画面を見せる。「ね、笑っているでしょ」「あっ、ホントだ、笑ってる」

夕飯、将太さんおすすめの店。栄町「べんり屋」さんの餃子を食べに行く。うーん、美味しい。感激。そのあと、居酒屋「生活の柄」へ。伊藤ヨタロウ with メトローマンスホテルのホールズさんという方にお逢いした。「昔、和光大学で早川さん、HONZI とやったでしょ。次の日、僕らも HONZI とやったんですよ」「ああ、そうだったんですか」。HONZI の他の活動は、HONZI も喋らないし僕も訊かないから、全然知らなかった。

九月二十八日（金）

午前中、琉球新報社石井さんの取材。終えると、「では今日お伺いします」「えっ、来ていただけるんですか。ありがとうございます」。その場限りの仕事ではないのだ。帰りに、琉球新報社のマスコットキャラクターりゅうちゃんを購入。別にぬいぐるみの趣味はないんだけれど、どういう心境なのだろう。（真空パックになっていて、ぺしゃんこ。お土産に便利）。

お昼は、牧志公設市場近くの「田舎そば」でソーキそばを食べる。実は、これまで沖縄そばをそれほど美味しいと思ったことはなかったのだが、初めて美味しさを実感した。ご飯が付いて三百五十円。安い。店内には「なるべくセルフサービスでお願いします」という張り紙があった。お茶は自分で汲む。そんなことサービスされなくても僕は全然平気。かえって気が楽だ。

次は、RBC「昼ワク」という番組。パーソナリティーは山城智二さん。「沖縄は二度目ということですが、沖縄のどんなところが好きですか」に、「正直になれるところです」と答える。「たとえば、目の前にステキな女性がいたら『好きです』と言えちゃうんです。東京ではとても言えないけど。いや決してがんじがらめの生活をしているわけではないんですけど、東京は自由な気持ちになれず、引きこもってしまうんです。

それと、海がキレイ、空がキレイということより、結局思ったことは、沖縄の『人』がいいからなんだと思ったんです。昨日も、栄町の『べんり屋』さんという店に餃子を食べに行ったんですけど、すごく感じがよくて。たまたま隣りで飲んでいた男性に話しかけられてもさわやか。もちろん僕のことは何も知らない。スタッフがライブのチラシを渡したら、帰る時『では早川さん、明日頑張って下さい』って挨拶するんです。酔っ払っているわけではなくて。思わず握手をしてしまいました。

商店街の中の細い路地なんですけど、店前のシャッターが下りたところに臨時のテーブルと椅子を二、三組並べて、まったくシャレてないんですけど、雰囲気が良くて。僕はああいうところ好きなんですね。風がすーっと通り抜けて。食通でも何でもないんですが、今まで食べた料理の中で一番美味しかったのではないかと思えたくらい」

ROK「チャットステーション」。担当はモコさん。「この間、パンクっぽい方たちがゲストで来られたんですけど、みんなおとなしいの。早川さんもおだやかですねー」「いやー、遠藤ミチロウさんなんか、僕より普通ですよ。優しくて健康的で。そういうもんなんじゃないんですか。特殊な歌を歌ってるから特別な生活をしているというのではなくて、日常で出せないものをステージで出しているような」

リハーサル。初めて桜坂劇場ホールAに入る。客席が立派だ。スクリーンがキレイ。照明の将太さん、PAの竹内さんと軽く打ち合わせ。何の問題もなくスムーズに流れる。照明もPAも、いったん決まったら、もうさわらない。「何も足さない。何も引かない。」というやつだ。桜坂劇場は控室にもグランドピアノがあり、畳部屋まである。

「今日は来ていただきありがとうございます。当初、バイオリンのHONZIと演奏する予定でしたが来れなくなってしまったので、一人で歌います。休憩をはさみ、二時間ほどおつきあい下さい」。これ以上喋ると泣けてきそうなのでそれだけにした。

一部が終わると、PAの竹内さんが「音、問題ないでしょうか」と控室に来た。「あっ、バッチリです。でもなんか、お客さんの反応、拍手が小さくて、全然受けてないみたいなんだけど」「そんなことないですよ。強くたたけない雰囲気なんです」「そうですか。僕はふだんより落ち着いて出来てるんですけど、お客さんの方が緊張しているのかな。曲間に一言も喋らないからなー。初めて聴く人が多いからかも知れない。そうだ。二部の頭に、僕は勝手に緊張していますが、みなさんは気楽に聴いて下さいって言おうかな」「あっ、それがいいですよ」

実際、二部で言ったのだが、いまひとつ笑いがない。緊張感が漂ったままだ。『恋に恋して』から『父さんへの手紙』まで歌い、「では最後の曲を歌います。今日一緒に演奏する予定だったHONZIに捧げる歌です。仲間内のことを歌うなんて、ちょっとおかしいかも知れませんが、正直な気持ちを歌にしました。HONZIは二年ほど前からがんと闘っていて、昨日の午前三時に亡くなりました。……。HONZIに、『HONZIの音ってシンプルでいいね』って言ったら、『シンプルが一番むずかしいもの』と答えたのが印象に残っています。これからもHONZIのその精神と一緒に歌って行きたいと思います」と言い、一呼吸おき、『I LOVE HONZI』を歌った。

最初から最後までHONZIがいると思って歌った。いつものコーラスが入る部分、バイオリンの音を聴きながら演奏した。間奏など、これまで一人だと焦ってしまう場合があるのに、不思議と落ち着いて出来た。

終わってから、東京から聴きにきてくれた、YさんとNさんに「どうだった」と訊ねると、「HONZIさんの声が、いつもよりは小さい声なんだけど、ちゃんと聴こえてきた」と言うのだ。二十九通あったアンケートの中にも（YさんNさん以外に）、「HONZIさんも共にいました」「HONZI

二〇〇七年

さんの声も聞こえました」「ピアノの向うに　声の向うに　もうひとつ　声が聴こえます」というのがあった。やはり、HONZIがそばで歌ってくれていたのだ。

予約しておいた打ち上げの店が、たまたまなのかどうなのか知らないが、お客さんの笑い声と話し声、BGMの音量がものすごくて、自分たちの声が聞き取れない。ところが、一緒に入った仲間はそれほど気にならないらしい。歌い終わって疲れているせいもあるのだろう。どうも僕だけがおかしいのだ。申し訳なかったが（作り笑いが出来ない）僕のわがままで早めに店を出、それでももう十二時を回っていたため、桜坂劇場前のベンチに坐り、缶ビールであらためて乾杯した。やっと落ち着けた。空の下は最高だ。

将太さんの話がまた聞きたくなって、「将太さん、あの話もう一度してよ」。将太さんの話というのはこうだ。同じ桜坂劇場で働いている女性Wさんに、ふだんは男っぽい性格なので意識したことがなかったのに、ある日突然、「今日のお前見て、Hなこと想像してしまったよ」と正直に言ったら、「最低！」と引っ叩かれてしまったそうだ。しかし数日後、今度はWさんが「将太とHしている夢見た」と言うので、「どうだった？」と訊くと、「最低だった」と、言われてしまったという。そんな話が出来る女友だちがいて僕はうらやましく思い、ぜひその話をNさんに聞かせたかったのだ。

Nさんも Yさんも僕の歌を聴き始めたのは最近で、一番最初に聴いた日（二〇〇六年九月十日新宿ゴールデン街劇場）の夜、Nさんは「よしお」の夢を見たそうだ。（仲間うちでは僕のことを「よしお」と呼び捨てにしているらしい。余談だが、桜坂劇場の須田さん家の猫も「よしお」と名づけて、「よしお！」って叱っているという）。

「Nさん、どういう夢だったの？」。Nさんは笑いながら、「お嫁に行けなくなっちゃうから言えない」「わー、よけい聞きたいな」「うーん。大丈夫だった」。みんなで大笑いした。将太さん、「大丈夫って、最低より悪いような気がするなー」

Yさん Nさんと別れてから、近くの「つけ麺 SAKURA」へラーメンを食べに行く。美味しい。やはり、僕は沖縄そばより、ラーメンの方が好きみたい。

九月二十九日（土）

フェリーで渡嘉敷島へ。バスで阿波連ビーチ。すごい！ 白い砂。透き通った海。波はなし。砂浜のすぐのところをゴーグルをつけて泳ぐ。海底は珊瑚礁。色とりどりの魚。小さいのから大きいのまでいっぱい。逃げない。生まれてはじめての経験だ。調子にのって戯れていたら、黄色い魚に指をかまれた。塩分が多いのだろうか、（プールだと苦しくてバタバタしてしまうのに）クロールがゆったりと泳げる。

「いやー、キレイだねー。来てよかったー。新婚旅行にとっておきたいよ。石垣島はもっとキレイなわけ?」。すると、須田さん「うん、そうかな。でも、僕は宮古島の方がいい。島から島へ海の中の一本道みたいなところがあるんだけど、そこを歩いていたら、本当に神さまがいると思った。こんな美しい自然は、人間が作れるはずがない。神さま、生きていてごめんなさいって、思わず謝ってしまったくらい」

高速船で本島に戻り、少し休憩してから、また栄町の「べんり屋」さんへ。途中、ご主人に会う。器に盛っていた味付け卵を一個ずつつくれるという。「いや、これから、お店に行くんです」「なくなっちゃうといけないから、持っていきなよ」と、またもらってしまった。

今日は、スーパーで買ったパック入りご飯をテーブルに広げた。(ホントにこんなことしていいのだろうか)。メニューは、焼餃子、水餃子、蒸餃子、小籠包、味付け卵、それと、オリオンビール、泡盛だけ。らっきょとしょうがとやまくらげの漬物は無料。他のテーブルを見ると、今日は餃子以外のものがあった。「あれ何ですか」と訊くと、「拳骨」だと言う。それも頼む。これがまた、美味しいこと。

途中、スコール。雨音が屋根に当たる。これがBGMだ。戻ってきたご主人が今度は、「まこも」という野菜を出してくれた。「これ食べてみて」。他のテーブルのお客さんみんなにだ。初めての食べ物。フライパンで炒めただけらしい。なんて美味しいのだろう。「どうしてお金取らないんですか?」

とあとで訊くと、「だって、うちは餃子で儲けているもの。これは裏メニュー」。えー、餃子だって決して高くないのに。

だいいち常連さんでもないのに、どうしてなんだろう。するとご主人、思い出したように「ああ、そうだ。今日昼間、近所の人から教えてもらった。べんり屋のこと誰かがラジオで喋ってたよって。だから広告料」「いや、宣伝したわけではなく、ホントのことだもの」「あなた、東京から来たんでしょ。飛行機代だってかかっているし、また来てもらえれば嬉しいし、このくらいサービスしなくちゃ」

九月三十日（日）

須田英治さんが那覇空港まで送ってくれた。チケットカウンターから振り向くと、田村邦子さんとご主人の姿が見えた。「一昨日は何も声をかけられないで帰ってしまったけど。良かったわー」。三泊四日だったが、ライブタイトル通りだった。「いい人はいいね、沖縄大好き！」

十月三日（水）

HONZIの訃報を聞いて、涙と一緒に最初に出てきた言葉は、「ごめん」だった。「何もしてやれなくて、何も力になれなくて、ごめん」だった。

帽子を取り、つるつるの頭を見せてくれたのは、二〇〇五年九月一日、恵比寿スイッチでのCes Chiens + HONZIライブの時で、まさか抗癌剤のせいとは知らず、ファッションなのかなと思った。そのくらい僕はバカで、そのくらいHONZIは、いつもと変わらず元気だった。HONZIは別に病気を隠すつもりはなく、訊かれなかったから答えなかっただけなのだ。

音楽以外でのつきあいがなかったため、私生活のことは何も知らない。ご主人を初めて紹介されたのも、あれはたしか、知久寿焼さんたちと一緒にやった御茶ノ水でのライブの打ち上げの時、エレベーターの中で「同居人」と紹介された。同居人て何のことなのか僕はよく飲み込めなかった。

その後、順番は定かではないが、結婚をし、お父様が亡くなり、手術をし、インドに行き、ノルウエーにも行き、治ったかに思えたが、「また、がんが別な場所に見つかった」とメールが入り、ライブのキャンセルが数回あった。バイオリンが持てないと聞いた時、えっ、バイオリンてそんなに重いのかなと思ったが、やはり、弾く時は相当の力を入れるのだろう。背骨の真ん中あたりが痛いと言っていた。だから、本番前は、痛み止めを服用していた。

もしかしたら、ご主人はずっと家で安静にさせていたかったのかも知れない。わからない。でも、僕はなるべく一緒にやりたかった。HONZIもそう思っていてくれていると勝手に思った。HONZIのスケジュールは、いろんな仕事で埋まっていたと思う。バイオリンを弾くという目的を失ってしまったら、病気だって治らない気がした。そのかわり、体調がすぐれない場合は、休んでもいいし、もし来れなかったら、一人でやればいいんだと自分に言い聞かせた。

しかし、沖縄のライブが決まった時だけは、直接、僕はHONZIと電話で話をした。「どう？」「行く行く」「なんか、大きいホールなんだよ。グランドピアノがあるんだ」「じゃあ、私も沖縄に友達がいるから宣伝するよ」「一箇所だけでなく他の場所も可能？」「うん、まかせる」「帰りはいつがいい？」「病院に行く日が月曜日だから、三十日の日曜日がいいかな」「うん、わかった」と言葉をかわしたのだ。

それでも僕はなんとなく心配だったので、「八月末の富山、金沢、渋谷。九月末の沖縄。お互い体調を整え、頑張ろうね」と暑中見舞いのハガキを出した。返事は来ない。返事が来ないのはいつものことだから、（ホントは心配だが）気にしない。ライブの数日前に曲順表を送るだけだ。

富山は、今までで最悪の体調だった。飛行機の中で吐き気をもよおし、食べたいものも食べられない状態だった。僕と新見さんが、「僕らをこき使ってよ。ふたりともMなんだから」とHONZIを笑わせたりしたが、HONZIは「そんなこと慣れてないから」と言って、照れた。

新見さんがバイオリンを持ち、僕はHONZIの緑色のリュックサックを背負った。HONZIのリュックを背負うことが僕はすごく楽しかった。「似合う？　じいさんがリュック背負うと完全におじいさんになっちゃうんだよね」「いや、その色だったらいいんじゃない」なんて喋りながら。少しでもHONZIに役に立つことがあったら、してあげたかった。たとえば、よくわからないけれど、どこかが痛くてさすってほしいところがあれば、さすってあげたかった。でも、HONZIは「ううん平気」を繰り返すだけだ。

富山ではかき氷を食べたいと言うので買ってきた。「何がいい？」「真っ赤じゃないのがいい」。抹茶ミルクにした。HONZIは、病気をしてから、食べものの好みが変わった。体が受け付けなくなってしまったのだろう。たばこを止め、肉類をやめ、保存料とか着色料が入っているようなものも口にしない。お酒も飲めなくなった。

金沢もっきりやでの本番前、「なんか、ステージで吐きそう」と言っていたが、そんな体調の悪さをまったく感じさせないほど、相変わらず演奏は素晴らしかった。特に『屋上』でのバイオリン、コーラスは最高だった。『からっぽの世界』も美しかった。もっきりやの平賀さんは初めて生のHONZIの音を聴き、「天使みたい」と表現した。

渋谷クアトロのイベントでは、リハーサルは出ず、事務所で仮眠した。新見さんが送り迎えをし、本番前に楽屋に着いたら、なんだかすっかり元気になったみたいで、みんなと楽しそうに話をしていた。やはり、音楽仲間が好きなのだ。音楽仲間もみんなHONZIのことが好きなのだ。

九月に入って、すぐに入院した話を聞き、沖縄キャンセルの知らせが届いた。HONZIからもめずらしくメールが届いた。「こんにちは。沖縄の件ごめんなさい。二回続けてはなかなかいないよなー。私は十日に退院して、家で安静中です。ごはんが食べれるようになり、栄養をつけてます。ゆっくり回復しますね！　早川さんもそれまで待っていてください。さて、ひとつおねがいです。またTシャツ注文。肝臓が腫れてるので、サイズビッグです。男サイズで。これからは永遠にLLL…。おねがいします。ほんぢ」。初めて甘えてくれた。

その後、車椅子に乗って元気になっているという話が伝わり、いいのか悪いのかがよくわからなかった。仮に悪くても、何もしてあげることはできないのだから、良くなることだけを祈った。

九月二十六日の夜、中川五郎さんから電話が入った。「今日、HONZIのところに見舞いに行ったんだけど、だいぶ具合が悪いみたいなんだ。沖縄に行く前に一応知らせようと思って」「知らせてくれてありがとう」。三日前に車椅子で野球を見に行った話も聞いた。だからではないが、まだ僕は楽観視していた。今考えると、ご主人は、HONZIの望みを全部叶えてあげようとしていたのかも知れない。「明日、沖縄へ行ってきます。頑張ってくるって、HONZIに伝えて下さい」「はい、今寝てますので、伝えておきます」。佐久間正英さんにも電話をし、僕が沖縄から帰ったら、一緒にお見舞いに行こうねと話をした。

二十七日午後、那覇空港に降り立ったら、勝見淳平さんから電話が入り、「HONZIさんが二十七日午前三時に亡くなった」と知らされた。ラジオの収録が終わってから、ご主人に電話をした。こういう時、なんて言えばよいのかがわからない。「何にも力になれなくて、ごめんなさい」「いえ」「HONZIが亡くなったことをステージで喋ったら、俺、『I LOVE HONZI』歌えなくなっちゃう。でも、HONZIの分まで歌ってきます」「はい」。お互いに言葉を詰まらせながら、ただ泣くばかりだ。

東京に戻り、告別式の様子をうちのから聞いて、HONZIがいかにみんなから愛されていたのかをあらためて感じた。思い出すと、ふいに涙が襲ってくる。昨日、中川五郎さんの日記（2007.10.2）を読んで泣いた。みんなが泣いている。

「嫌いな人っているでしょ？」とHONZIに訊ねたことがある。「うーん、いないなー」という答え。「人に言えない秘密ってあるでしょ？」と訊いた時も、「ない」と言う。なんて俺は汚れている人間なんだろう。

ご主人の影響だろうか、阪神タイガーズのファンだった。下柳投手を応援していたけど、偶然ライブハウスで知り合った横浜のクルーン選手と写真を撮った話を三回ぐらい聞かされた。子供のように自慢した。HONZIが自慢したことはたったそれだけだった。あんなに、すごい音を出すのに。

HONZIの音は、テクニックを披露するような音楽とは違う。やさしい音なのに初めて聴く音だった。意外な音なのに奇をてらうわけではない。かすかな音もよく聴こえ、激しい音もうるさくない。常に歌を生かし、自分を主張するというより、降りてくる音を受け止め、奏でているだけのようだった。悲しみと優しさに包まれている、たましいそのものだった。「HONZIの音ってシンプルでいいね」と言うと、「シンプルが一番むずかしいもの」と言った。

もう、逢えないわけではない。HONZIに話しかければ、HONZIは笑ってくれる。これからも、きっとそばで見守ってくれる。見えないもの、聴こえないものが音楽なんだということを僕はHONZIから学んだ。

「HONZI、ありがとう」。

十月四日（木）

初めてHONZI宅へ伺った。一人では行かれなかったので、中川五郎さん、ビデオの渡辺一仁さんとご一緒した。ご主人の出射さんらと写真を撮ったのだが、写真はみんなHONZIが撮ってくれたような気がする。

十月九日（火）

ここ二、三日、リクオさんの『ケサラ』やHONZIの『ひこうき』のメロディーが頭の中をぐるぐる回っている。HONZIの音を初めて知ったきっかけは、一九九五年、リクオさんのライブにゲストで呼ばれた時だった。

上々颱風の映美ちゃんの結婚式に、南青山でのライブ終演後合流し、夜の駐車場で、HONZIがアコーディオンを弾き、スズキコージさんの拡声器を借りて、『サルビアの花』を歌った。

広島クアトロの楽屋で、『あの娘が好きだから』の歌詞、「♪逢いたい人とは逢えないもので　やがて人生の日は落ちてゆく」と、「日は暮れてゆく」、どっちがいいってHONZIに訊き、「落ちてゆく」に決めたこと。

千歳空港で一本の牛乳をふたりで飲んだこと。

富山行きの飛行機の中で「新曲一緒に作ろうね。HONZIが詞を書いて」なんて喋ったこと。思い出がパラパラと浮かんでは消えてゆく。旧姓、本地陽子。イニシャルは僕と同じYHだ。

十月二十三日（火）

伊藤ヨタロウさん主催のライブ「HONZI The Imp and The Muse」で、『I LOVE HONZI』を歌わせてもらった。出演者はみんなHONZIのことを好きだった人たちだ。一度、はまったら抜け出せないだろうなと思わせるほどの奇妙な音楽がいっぱいだった。それがみんなHONZIの悲しい音とつながっている。

終盤、ステージの横壁面にHONZIのソロ「♪みんな夢の中」の映像が映し出された。ほとんどの人が泣いていた。だが僕は不思議と涙が出なかった。訃報を聞いた九月二十七日沖縄のホテルの一室で、十月四日初めてHONZIのお家を訪ね、出射さんと両手で握手をしながら、さんざん泣いたからかも知れない。

それとも僕が最後に別れたのは、棺の中のHONZIではなく、八月二十八日渋谷クアトロの演奏後「じゃまたね、バイバイ」とお兄様と帰られた時だったからかも知れない。だから、HONZIは死んでなんかいないような気がしてならないのだ。

十月二十八日(日)

「あっ、この間撮った写真、今持ってきますね」と、僕の走る姿を見て、近所の奥さんが、うちのに「息子さん?」と訊ねた。「いえ、主人です」

そういえば、結婚当初、お風呂屋さんにも「弟さんが外で待ってるわよ」と言われたことがある。

新見さん「日記読むと、早川さんの奥さん、ちょっと頭がおかしい人なのかなと思っていたら、この間会ったら、普通の人だったので、びっくりしましたよ。これ、奥さんに言っちゃだめですよ。怒られちゃうから」

サーフィンから戻ってきた知人がウェットスーツ姿で道端でミネラルウォーターを飲んでいた。するとうちのが「あっ、水飲んでる。のど渇くんですか」と話しかけた。変なことを言い出すので、僕「そりゃ、そうだよ、運動してきたんだもの」「だって、水の中にいたから、のど渇かないと思った」「魚じゃないいんだよ」

十一月二日（金）

一人旅は気楽だが、寂しくもある。出発時刻に遅れてしまい、羽田空港で呆然と三時間待つ。迎えの方にも迷惑をかけた。札幌「くぅ」にてライブ。北海道での二泊三日、イベンター OFFICE SABRINA の早川和秀さんに大変お世話になった。

十一月三日（土）

北海道でのライブが三年ぶりに実現した。「HONZI さんとの共演を旭川アーリータイムズで観たいです」という一通のメールがきっかけだった。八月末、HONZI ともスケジュールを調整し、日程も決まりかけたが、告知の段階で、残念なことにソロになってしまった。

日本全国どこにだって僕は歌いに行きたいが、望まれなければ無理なわけで、恋愛と同じだ。

十一月十七日（土）

鎌倉市立第一小学校クラス会。友だちの名前も顔もほとんど思い出せない。いったい何をして遊んだのかも思い出せない。海岸が松林だったとか、道路を馬車が走っていたとか、汲み取り式の便所だったとか。テレビはなくラジオだけ、手塚治虫を読み、貸本屋があり、テアトル鎌倉で日活映画を観たことなど。あとは、ごくごく断片的な出来事の一場面しか思い出せない。不思議と嫌な思い出がないのが救いだ。

「よく相撲とったよな」と言われ、「あっ、そうか」とうっすら記憶がよみがえる。背が低かったから、僕は下にもぐりこむ相撲だったらしい。「Nさんが早川くんのこと好きで、わたし、Nさんとよく早川くんの家までついて行ったことがある」「えー、そうだったの。そのNさんは今日来てるの？」「来てない」

「早川くんはいつもKくんと一緒にいて、影でKくんをあやつっていた」「えーそんな、嫌な奴だったの？」「そんなことないわよ。陰険なのじゃなくて」と別な女性がフォローしてくれたけど、なにしろ記憶がないから、びっくりするのみ。

どうしてそんなに記憶が薄いのだろう。鎌倉にいたのが四年の二学期から六年の終わりまでという短かいせいもある。あるいは、「過去を引きずらない男、何よりも今が大切」（笑）というのもある。

家がそばだった島英二（ザ・ワイルドワンズ）くんとは逢えなかった。一時からはじまり、ビール、紹興酒。二次会で赤ワイン。三次会で泡盛お湯わり。帰り、自転車で転倒。帰宅。

十一月二十一日（水）

渋谷オーチャードホールにジェーン・バーキンを観に行った。やはり、歌は素晴らしかった。身のこなし、リズムの取り方、歌い方、しぐさ。セクシーで、可愛い。

前半、客席に降り、歌いながらお客さんと握手をする。間奏中、ピンク色のセーターを着た女性と長い間抱き合った（女性が離さないのだ）。突如涙がこぼれた。感動はふいにやってくる。

ピアノだけで歌った『亡き王女のためのパヴァーヌ』が最高だった。

僕が一番好きなのは、《アラベスク》（二〇〇三年）の中の『Comment te dire adieu live Jane Birkin（さよならなんて言えない）』だ。

十二月一日（土）

秋葉原CLUB GOODMANにて、「HOWLING」というイベント。出演は、割礼（三年前、三軒茶屋で競演以来）と、ナスノミツル＋石橋英子＋灰野敬二（今回初めてお逢いした。四十二年前の僕と同じ髪型、サングラス。お互いにそう思っているだろうが、何とも奇妙な感じ。年齢差五歳）と、Ces Chiens。刺激的というか、濃いというか、楽しい企画を手がけてくれたのは、グッドマンブッキングスタッフ鹿島直広さんだ。

控室で写真を撮ったり、ほんのちょっと話をした。ホントはもっとお話をしたかったが、終わってすぐ解散。新見さん「誰ともっと喋りたかったかすぐわかりますよ」「えー、うそ、わかっちゃう?」「バレバレ」

十二月四日(火)

鈴木亜紀さんと羽田空港で待ち合わせて小松空港へ。ツアー初日は金沢もっきりや。小雨の中、悲しくなるくらいお客さんは少なかった。一番後ろの席で出番を待っていたら、今年の八月末、富山で大変お世話になったFOB企画の藤田さんが観に来てくれた。

普通、関係者やお世話になっている人は招待でもかまわないのだが、藤田さんはちゃんとお金を払っていた。美しい姿だなと思った。(そういえば、川上未映子さんもそうだ。友だちになった後、「招待しますよ」と何度言っても、「いや、私はお金を払って観たいんです」と言う)。

藤田さんは、仕事の都合で終演後早々と帰られたが、すぐに、もっきりやへ電話を入れ「良かった」と伝えてくれた。

十二月五日(水)

金沢から京都まで特急サンダーバードに乗る。空いていたので、くつろぐため、離れて坐る。京都

に着く数分前、亜紀ちゃんのところにトランクを運ぶと、「うん、わかった。ありがとう」という声、

（正直、ちょっと無愛想だなと感じたが）目も開いていたし、てっきり僕は通じたと思っていたのだが、まさかそれが夢の中というか、寝ぼけ眼だったとは気がつかなかった。

ホームに降り、ベルが鳴り、列車が発車した後、振り返ると亜紀ちゃんはいない。あわてて窓越しから車内を覗くと、亜紀ちゃんが今眠りから覚めたような顔をして、ポカンとしている。目が合った。大阪行きの電車の中から「申し訳ないです。がんばります！」というメールが入り、京都駅で本を読みながら待つ。

京都ロイヤルホテルは、ホテルの都合で、エグゼグティブツインの部屋が用意された。もちろん、いい部屋というのはきりなくあると思うが僕はこれで十分。（札幌のロテル・ド・ロテルも好きだなー）。

大きな窓。ベッドが二つ。センスのいい照明。最新式のトイレ。バスルームの中の曇らない鏡。ふんわかしたバスタオル、バスローブ、可愛い石鹸などがそれぞれ二組。ベッドを活用できないのが少し寂しいだけ。

京都RAG。前回は二〇〇六年十月、梅津和時さんとHONZIと一緒だった。亜紀ちゃんの「♪私たち点と点だね、砂のつぶとつぶだね」（砂漠の月）という歌に涙がこぼれた。いい歌を聴いたあと

に歌わせてもらうのは気持ちがいい。空気が澄んでいる。時間がゆったりと流れる。
歌いながらふと顔を上げると、ちょうど目線のところに、前回来た時と同じ場所に同じ女性を発見。彼女は毎回彼氏と来ているようで、いつも、にっこり、うっとりと目を閉じながら、とても気持ち良さそうに聴いてくれる。その顔が目に入ると、僕も自然とうっとりしてしまう。昔、恋人が語ってくれた言葉を思い出す。「愛は伝染する」

十二月六日（木）
名古屋パラダイスカフェ21にてライブ。なんと、先月行われた鎌倉第一小学校のクラス会で再会した小日向さんが観に来てくれた。意外だったので嬉しかった。「遅いから帰るね」「あっ、ありがとう。バイバイ」
ビールで乾杯していたら、たかやまふじこさんの携帯が僕のところに回って来て、東京にいる中川五郎さんと話す。調子に乗って長話。「楽しそうだね」「そう、嬉しいから。五郎ちゃん今どこにいるの？」「今池の交差点」「じゃ、飲もうよ」。四十年来の数少ない友だち。何を喋っても誤解されない仲だ。

十二月七日（金）

新幹線は満員だった。僕は名古屋から新横浜まで。鈴木亜紀さんは東京まで。ツアー最終日は、十二月二十七日、青山Z・imagineだ。その週の火曜日、亜紀さんがナビゲータをしているラジオ「ギンザ・エスプリカフェ」にゲスト出演の予定。

十二月十七日（月）

リコーGR-DとGX100即日修理のため、リコー銀座カメラサービスセンターへ。待ち時間、シネスイッチ2で『4分間のピアニスト』を観る。誰もいない席を選んだら、ちょっと前の方になってしまった。

随分涙もろくなった。最初から泣けてくる。ラストシーンは感動というのとも違う。言葉が出て来ないのだ。みんなシーンとしている。場内女性案内係の「ありがとうございました」という声だけが響く。受付でサウンドトラック盤のCDを求め、洟をすすり、ぐしゃぐしゃの顔を洗いにトイレへ。呆然と外に出る。

カメラを受け取りにサービスセンターへ。応対が優しくて感じがいい。ビックカメラ有楽町店で電気敷毛布を購入、一、九八〇円。「これ、どうしてこんなに安いの？　爆発しない？」「大丈夫です」。（あとで家で広げたら、やけに幅が狭かった。80×140。でも独りで寝るんだから、そんなの関係ない）。

近くのコム・デ・ギャルソン丸の内店に寄り、黒のブルゾンと青色のマフラー。ひとり誕生日。
品川駅 ecute「銀座若菜」で漬物、江戸ごぼうと白菜薬味漬一、三六五円（電気毛布安いなー）。晩御飯は、こうちゃん（「こうちゃんの簡単料理レシピ」）のごぼうと豚バラ肉炒め、しいちゃんハンバーグ、サラダ、泡盛お湯割り。（一見、仲がいいみたい）
四、五日前の会話。「あー、つまんないなー」「当たり前よ、家にずうっといるんですもの。外に行ってバンバンやってらっしゃい。数打ちゃ当たるわよ。まだ打てるんでしょ」

十二月二十五日（火）
鈴木亜紀さんのFMラジオ番組「ギンザ・エスプリカフェ」生放送のため、柳がゆれる銀座外堀通り「TOCOM スクエアへ。亜紀ちゃんの進行、手際の良さ、お喋りのうまさに驚いた。
僕もひそかにこういう番組を持ちたいなと前から思っていたが、ステージでまともに喋れない人間にそんなオファーがあるわけはない。

番組でツアーの話をしたので、京都 RAG での終演後を思い出した。男の子が「どうしたら好きな女の子に好きだって告白できるでしょうか？　告白するとみんな逃げちゃうんです」と僕に質問してきたのだ。同じ悩みを僕も抱えているとは知らずに。
「思い通りに行かないね。一生のうちに何度相思相愛って訪れるだろう。まあモテる人は別だろうけれど。だからもしも好き同士になったら大事にしなきゃだめだよね」

　昼食のあと、珈琲とケーキ。お腹一杯になって、さよならをした。二十七日「歌があふれてくる夜、ライブのあとはちょっとみんなで一杯！」みんな来てくれるかな。

十二月二十七日（木）

　たとえ相手にされなくても、好きな人がいるということは幸せだ。大きな愛でなくても、ちっぽけな愛でも、思い通りに行かず、ゆがみ、ねじれても、ほんのささいなことで楽しくなり、悲しくもなれる。創作はそれを昇華する行為だ。歌っている時だけ輝ける。歌い終わった時だけ元気になれる。

　ツアーは楽しかった。亜紀ちゃんの歌とピアノは素晴らしい。伝わってくるのはテクニックではない。変幻自在なリズム。独特の感性とメロディー。生と死。美しく切ない。人生そのものだ。砂漠や港町の風景や旅人の寝顔が映画のように広がる。めったに人の音楽をいいとは思わない僕だが、そう思う。

　ところが、このめったに人の音楽をいいと思わない間口の狭さ、心の狭さが、実は自分の音楽が売れない原因の一つなのではないかと最近気づいた。人を嫌えば人から嫌われる。音楽を嫌えば音楽から嫌われる。多くの人から愛されたいなら多くの人を愛し、どんな音楽をもいい音楽だと思えば、どんな音楽からも愛される。違うかな。

ライブが終わり、Z・imagineのオーナー横田さんがシャンパンをご馳走してくれた。横田さんが亜紀ちゃんを応援している気持ちがよくわかる。今日は朝まで付き合ってくれる五郎ちゃんもそばにいるから安心だ。夜中に解散といって放り出されたら困っちゃうのだ。

深夜、居酒屋から本多淳一さん宅へ移動。初めてお逢いした方だ。映画配給会社アスミック・エースの名刺をいただいた。自宅は駒場東大前、三階建ての素敵な家だ。玄関に入るなり思わず「わー、全とっかえして」と口走ってしまった。独り暮らしのようだが、掃除が行き届いている。どういうことだろう。もしも仕事がたくさんあれば、もしも恋人がいれば、東京にこんな家を持ちたい。

「私、お風呂に入りたくなっちゃった」と突然、亜紀ちゃんが言い出した。いったい、本多さんとはどの程度の友だちなのだろう。バスルームを見せてもらった。足を十分投げ出せる大きな浴槽だ。本多さんは亜紀ちゃんのためにお湯を入れる。「トイレどこ?」「あっ、こっち」「私、お風呂場ではおしっこしたくないのよ」。普通そんなこと言うか?（そこまで書くか?）

「あー、気持ちよかった」と、それほど長湯ではなかった亜紀ちゃんが出てきた。取り留めない話を朝まで。五郎ちゃんはソファーでスヤスヤ。すると亜紀ちゃん、「もう一度入ろうかな」と二度目のバスタイム。まさに自然体、自由型ピアノ弾き語り。

翌朝、みんなと別れる。僕だけ別方向、タクシーを止める。五郎ちゃん「一月十九日のライブについては、また連絡する」「うんお願い」。亜紀ちゃん「あたし、恐くないでしょ？」「ごめん。俺、被害妄想だから、誤解した」とあわてて弁解。手のひらを合わせさよならをする。

二〇〇八年

老婆 60 歳、老犬 15 歳、僕 18 歳

一月一日（火）
死んだことがないから、死後の世界がどうなっているのかは知らない。おそらく無の状態だと僕は思うが、このごろふと思うことがある。死が前ほど恐くない。実際に死を迎えるような病気に今なっていないから、不安でないのかも知れないが、必ずいつかみんな死ぬのだ。死んだらきっと好きな人に逢える、HONZIに逢えるんだ、「♪ほんとのことが　言えたらな」（風）と歌う渡ちゃんに逢えるんだ、と思っている。

一月七日（月）
川上未映子さんの『乳と卵』（文学界二〇〇七年十二月号）が第一三八回芥川賞候補に。今度こそ受賞する。おめでとう！　優しい気持ちになれる小説だ。
去年、HONZIのことで未映子さんからあたたかいお手紙をいただいた。今日それを読み返していたらまた泣けてしまった。

HONZIのことでは多くの方からメールをいただき、またブログも読ませてもらった。みんなステキな文章だ。それらは、もちろんその人たちの言葉なんだけど、実はその人が書いているのではなく、HONZIが書いているのではないかと思えた。
写真もそうだ。いい写真というのは自分が撮ったのではない。相手が撮らせてくれたのだ。よくない写真は相手が撮らせてくれなかったからだ。あるいは、撮る側が感動してもいないのに撮ったからだ。歌も文章も写真も会話もすべて心が映ってしまう。

中川五郎さんの二〇〇七年十二月三十一日付の日記が面白かった。よくないところがあったら、面と向かって言ってもらえると、ありがたいですのあと、「実はぼくはそれほど打たれ強くはないので、やっぱり黙っていてもらった方がいいかな。自分でちゃんと反省会しますから」とあり、笑っちゃいけないけど笑った。

僕もそうだ。褒められると元気になり、けなされるとしょぼんとなる。「ならどういうのがいいのか、お手本を見せて欲しい」と思う。批評する人は自分を語らない。音楽を批評するなら批評が音楽を超えなくちゃいけない。

しかし、吉本隆明の「自分の思っている自己評価より高く見られるようなことだったら嫌だけど、出鱈目なこととか、低く見られることならいいんだってのがこっちの原則なんで」(悪人正機)というのが、初めはよくわからなかったが、最近ちょっとわかるようになった。一段低く思われたり、バカにされたり、誤解を受けても、まあいいやとか、かえって安心する。みんな同じ程度で、それほどの違いはないのではないか。人は自分を映しだす鏡なのだ。

田辺マモルさんとライブの計画をした。五郎ちゃんと三人で「モテない男たちの夕べ　ライブのあとは合コンだ」とか、「モテない男たちの旅　今年はやるぞ」というのはどうだろうかとタイトルだけは浮かんだのだが、そんなタイトルじゃお客さん来ないわよ、全然魅力的じゃない、と初めて会った女性から言われ、一気にやる気を失った。マモルさんの『プレイボーイのうた』『遠くの国から』『犬とネロ』など、いいなと思う。

一月九日（水）

なぜ僕は詩が書けないのか。なぜ歌が生まれないのか。なぜ書き直したり消したくなってしまうような日記しか書けないのか。どうして好きな人に好きだって言えないのだろう。

不純だからだ。かっこつけているからだ。勇気がないからだ。書けない言えない歌えないなんて甘えてはいけない。何も語れぬ人はいくらだっている。

青林工藝舎の浅川満寛さんから、『伊藤茂次詩集　ないしょ』という本を薦められた。版元の龜鳴屋（カメナクヤ）に注文すると、発行者の勝井隆則さんからメッセージがあった。

「早川義夫さんは必ず読むべき」と書いてくれた浅川さんに、『ないしょ』のことを知らせてくれたのはつげ義春さんで、そのつげさんからいただいたハガキには、「私は生きて行く不安や動揺を鎮めるため、自己否定を心がけているのですが、この詩集を拝見して自分の甘さを痛感させられました。」とありました。アル中のかいしょなしの、どうにもしょぼくれた詩集ですが早川さんの胸突く作品が一篇なりと、ありますよう。

本が届き、まず本作りに驚いた。損得ではなく、自然か不自然か、美しいか美しくないか、正しいか正しくないかで仕事をなされているのだろう。パラフィン紙に被われた表紙をそっと開く。滝田ゆうの扉画。川本三郎の跋文。小幡英典の写真。ナンバー入り奥付版画。文庫判四一六頁。限定三三三部。一、六〇〇円。請求書一枚見ただけで清められる思いがした。きどりがない。飾る隙間もない。たとえば、「ないしょ」という詩。

女房には僕といっしょになる前に男がいたのであるが
僕といっしょになってから
その男をないしょにした
僕にないしょで
ないしょの男とときどき逢っていた
ないしょの手紙なども来てないしょの所へもいっていた
僕はそのないしょにいらいらしたり
女房をなぐったりした

女房は病気で入院したら
医者は女房にないしょでガンだといった

二〇〇八年

僕はないしょで泣き
ないしょで覚悟を決めて
うろうろした

ないしょの男から電話だと
拡声器がいったので
女房も僕もびっくりした
来てもらったらいいというと
逢いたくないといい
あんたが主人だとはっきりいってことわってくれというのである
僕はもうそんなことはどうでもいいので
廊下を走った
「はじめまして女房がいろいろお世話になりましてもう駄目なんです逢ってやって下さい」と電話の声に頭を下げた
女房はあんたが主人だとはっきりいったかと聞きわたしが逢いたくないといったかと念を押しこれで安心したといやにはっきりいうのである
僕はぼんやりした気持で
女房の体をふいたりした

一月十八日（金）

鈴木亜紀さんと鎌倉に住む中ムラサトコさんらと一緒に夕飯を食べる。中ムラサトコさんは子供三人を連れて、途中から亜紀ちゃんの友だちたけちゃんも参加。五年生の茶胡ちゃん、幼稚園生の麟太郎くん、一歳前の優樹くん。みんな明るくて、いい子たちだ。

茶胡ちゃんにカメラを渡すとカメラが好きみたいで、何枚もパチパチ。シャッターを押したあとすぐ両手の指がパッと開く。気持ちを写している。上から撮ったり、テーブルにカメラを置いたり。目線が違う。僕みたいに真正面ばかりではない。弟の頭のてっぺんとか、僕にビールのジョッキを持たせ、ジョッキ越しに僕の顔を写したりする。

夜、波打ち際を歩いた。優樹くんはベビーカー、それを押すサトコさんと茶胡ちゃん。麟太郎くんを抱っこすると足をバタバタする、降りたいのかなと思って降ろすと、もっともっとという合図だった。でも重いので、うちのと交代。「茶胡ちゃん、抱っこしたいなー」と声をかけると、「いやー」と断られてしまった。しょうがないので「サトコさん、抱っこしたいなー」と言ったら、「いやだー」と歌うように大声を出された。帰り際もう一度、「茶胡ちゃん抱っこしたいなー。だって好きなんだもん」と言ったら、やっぱり「やだー」。しかたなく握手して別れた。星が輝いていた。

一月十九日（土）

「高田渡生誕会59」。シバさんの歌声とバックを務めた真黒毛ぼっくすの演奏が印象に残った。曲のせいなのかどうなのかわからないが、リズムがとても心地よかった。音のバランス、音を出すタイミング。出しゃばらず、やる時はやる。ちゃんと人数分の良さが出ていた。あたたかくて優しい音だ。ドラマチックなバイオリン宮城島ゆみさん、サックスの遠藤里美さん（写真もステキ！　flickr-sato-mi）、コーラスとパーカッションの大槻香苗ちゃんの可愛い姿を見て思った。やはり、作為を持ってはいけない。純粋無垢にかなうものはない。

いただいたアルバム《腰まで泥まみれ》は、『トカゲ』（詩　都月次郎　曲　中川五郎）が僕の好みだった。

〈翌日午前二時五十四分。リクオさんからメール〉

早川さん、今日はお疲れさまでした。久し振りにお会いできて嬉しかったです。帰りに挨拶できなかったのが、少し心残りでした。早川さんの音楽を聴くといろんなことを思い出して、少し胸が痛くなります。

HONZI のことは今でも時々、思い出します。結構リアルに思い出せます。彼女に出会えてよかったなと心から思います。渡さんとの出会いも、早川さんとの出会いも、五郎さんとの出会いも、みんな自分の宝です。いろんなものをもらいました。独り占めするのはもったいないなと思います。

また元気に再会できることを楽しみにしています。ちょっと酔っぱらいです。五郎さんは、おそら

くまだ飲み続けているでしょう。では。 ーリクオ

一月二十七日（日）

七十五歳のオシャレな女性から、「六十代はいいわよ。七十越えたらもうだめ。誰も相手にしてくれない。六十代は花よ」と言われた。あと十年だ。すでに身に沁みているが、まさか、こうなるとは思っていなかった。

僕も若い時、五十、六十、七十歳の人の気持ちは全然わからなかった。自分より年上の人はみんな別世界の人に思えた。ところが、この歳になって初めてわかったことだけど、いくら歳をとっても二十歳の頃と、心の中は何ら変わらないのである。こんな悲しいことはない。こんなにみじめなことはない。

僕は若い人に対し、餓鬼のくせにとか、若造なんていう言い方は一度もしたことがない。だから若い人が、年寄りのくせにとか、じじいというい方をするのはあまり好きではない。みんな同じ道を通り、同じ道を歩いていくのである。

一月二十九日（火）

「買い物に付き合って、何も買ってあげなかったの？」

「ううん、そんなことないよ。あっ、そうだ。プラダですごく似合うコートがあったの。でもサイズが合わなくて、やめたの。四十％引きで二十数万」

「それ、私に似合う？」

「可愛すぎて、君には似合わない」

「そうよね。なんだ、サイズを取り寄せて買ってあげればよかったのに。だって一生ものでしょ」

「そうだよねー、似合ったしなー」

「あーあ、♪小金持ちはケチ男」

二月一日（金）

「僕が死んだら、君は誰と再婚するの？」

「あなたで一生分の男と付き合っちゃったから、もうたくさん。男は懲り懲り」

「そんなに俺のこと嫌いなの？」

「だって一緒にいると疲れるんだもの。でも感性は好きよ。唯一の取柄はセックスを求めないことかな」


「あー肩痛い、しいこちゃん、ちょっともんで」

「この野郎。お願いだから、一週間でもいいからどっか行ってくれ」

「そんなこと言って、いなくなったら寂しくなるんじゃないの？」

「うぬぼれんじゃないよ。心からそう思ってるんだから。早くいい人見つけて、わたしを自由にさせて」

二月十一日（月）

若い男性から、仕事の相談を受けた。

「みんなにモテはやされたいとか、スゴイ！って言われたいとか、羨ましがられたいという気持ちがあるのですが、それは間違っていますか？」という悩みと、「自分の名前で仕事ができるようになるにはどうすればよいか」という質問だった。すぐには答えられなかったが、一日置いて、返事を書いた。

モテはやされるとか、みんなに注目されたいとか、認められたいというのは、みんなそう思っていることなので、決して悪いことではない気がします。昔、竹中労から「動機は不純でいんだよ」という言葉を聴いた時、僕は二十歳ぐらいでしたが、えらく心に残りました。そうか、動機は不純でいいんだということは、だからこそ、そのあとは、純粋でなければいけないんだなと思ったのです。

なるべく、自分のしたいこと、好きな道を選んだ方がいいだろうと思います。好きなことをした方が、厭なことがあっても、つらくないですものね。しかし、なかなか思い通りに行かないのが常です。だからといって、無理をしたり、野心を持つと、よけい駄目なような気がします。結局は、コツコツと地道にやるしか方法はありません。役に立たないかも知れませんが、ふと、そんなことを思いました。

二月十五日（金）

早川さんへ

ご無沙汰しています！　福岡、山口ツアーが決定しましたね。最近、私生活でしょんぼり過ごすことが続いていたので、嬉しいニュースで元気になれました。お友達誘ってみにいきますー。そしていずれは、自分のイベントでもお招きできますように!!

「愛は伝染する」というタイトル、率直で格好いいな。（ライヴ告知にコメント載せるのも、イメージが膨らんでよいですね！）　鈴木亜紀さんのライヴはまだ拝見したことがないですが、早川さんの文章を読んでいると、もう、すっかり愛が伝染してしまって…（笑）　大好きなんだなあーというのが、本当に伝わるんです。お二人が同じステージで観れること、とっても楽しみです。

早川さんの日記に登場する方々は、お会いしたこともないのに、みなさん、なぜだかとっても愛おしい…。大好きな物語の登場人物のように、楽しく嬉しく不思議な気持ちになります。以前の日記に、鎌倉に住んでいたってちっとも書けない、という内容があったと思いますが、もうとっくに、ちゃんと書いていますよ。ひとつひとつの、日記、暮らしが物語で。文章も写真も、早川さんの綴る日々の中に引き込まれて、旅ができる。素敵なことだ！　わー！
鬱な気分なんか抜け出して、自信を持ってほしいなあ…と思うのですが、明るく能天気でモテモテでは、早川さんじゃなくなっちゃうのかしらん。ファンは好き勝手言わせてもらいますー（笑）。楽しい嬉しい、愛おしい気持ちがいろんな人たちに伝わって行けば素敵ですね。ではではまたお便りします☆

直子さんへ
嬉しいニュースでよかった。お友だち誘ってくれるのも嬉しい。タイトルも気に入ってもらえて。鈴木亜紀さんは、ホントにいい歌を歌います。かっこつけてなくて、なのに華やかで、自然体です。文章読んで、好きなのわかっちゃいます？　いや、僕は素直に音楽が素晴らしいと思っているんです。
日記もほめてくれて嬉しい。浮かれた話や暗い話は書けないしね。だから、直子さんから、悪くないよ、と言ってもらえると、ホッとします。自分のことバカだとか、自信がないとか、モテないとか、悲しいとか言うのは、そう思っている部分があるからですが、言い過ぎも嫌味かも知れないですね。気をつけます。愛をありがとう。

二月十九日（火）

飲みすぎた。家にたどり着くことは出来たが、気持ち悪くなってしまった。何を喋ったか最後の方は思い出せない。これ以上飲んだら具合が悪くなるという自分の限界がわからない。その一歩手前がわからない。気持ち悪くなってはじめて、あー飲みすぎたとわかる。そんなことを繰り返している。

ただでさえくどいのに、飲むとさらにくどくなる。「もうわかったわよ。二度まではいいけど、それ以上言ったら怒るわよ」と怒られたような気がする。「でも、怒るのはその時だけで、私は引きずらないから」とも言ってくれたような気がする。気がするだけで、もしかしたら、夢かも知れない。

三月六日（木）

健康診断を受けにS病院へ。基本健診で身長、体重、腹囲を測る。身長一六四・三センチと言われ、びっくりした。「えー、一六五センチのはずだったんですけど」と言うと、「年齢と共にだんだん縮まるんですよ。骨と骨の間が。みなさん、計測器が壊れているんじゃないのと言うけれど、そうじゃないんですよ」とのこと。ショック。あー、背伸びすれば良かった。マイナス七ミリ。

三月七日（金）

初めて遠近両用のメガネを白山眼鏡店で作った。これがなかなかいい。遠くも近くも見える。佐久間正英さんから薦められていたんだけど、もっと前に作っておけばよかった。

せっかく渋谷に出たので帰り、カンペールとコム・デ・ギャルソンに寄る。表参道でカメラを構えていたのは外国人観光客と僕ぐらいだった。

三月十五日（土）

米原万里著『米原万里の「愛の法則」』（集英社新書）によると、「私はあらゆる男を三種類に分けています。皆さんもたぶん、絶対そうだと思います。第一のAのカテゴリー。ぜひ寝てみたい男。第二のBは、まあ、寝てもいいかなってタイプ。そして第三のC、絶対寝たくない男。金をもらっても嫌だ。絶対嫌だ（笑）。皆さん、笑ったけど、ほんとうはそうでしょう。大体みんな、お見合いのときって、それを考えるみたいですね。男の人もたぶん、そうしていると思いますけれども、女の場合、厳しいんですね。Cがほとんど、私の場合も九〇％強。圧倒的多数の男とは寝たくないと思っています」

男性は量を求めるけれど、女性は質を求めているかららしい。道理でモテないはずだ。ましてやモテない男ほど自分を棚に上げ女にうるさい。「寝てみたい」「寝たくない」はえらい差だ。天と地、愛か犯罪かの違いだ。

田辺マモルさんの歌に『吐けよ！この手に』というのがあるけれど、好きならばゲロも両手で受けられる。汚いものが汚く思えない。いやらしいことが全然いやらしく思えない。僕が望んでいるのはたったそれだけのことだ。とてもむずかしいことだけど。

金子光晴『詩集 愛情69』（筑摩書房一九六八年）より

　人が恋しあふといふことは、
あひての人のむさいのを、
むさいとおもはなくなることだ。

　もとより人は、むさいもので、
他人をむさがるいはれはないが、
じぶんのむささはわからぬもの。

　じぶんのからだの一部となつて、
つながつたこひびとのからだを
なでさすりいとほしむエゴイズム。

　じぶんのむささがわからぬ程に
あいてのむささがわからねばこそ、
69（ソアサンヌフ）は、素馨（ジヤスミン）の甘さがにほふ。

富岡多恵子『厭芸術反古草紙』（思潮社一九七〇年）より

あんた
あたしのオシッコするとこみてよ
ぼんやりしないで
ついでにあたしの足を洗ってよ

三月二十三日（日）
久しぶりに中ムラサトコさんの家族と逢い焼肉パーティー。
「早川さん髪染めてるの似合う」と、茶胡ちゃんに誉められた。あわてて僕、「染めてなんかないよ、整えてるの。一度嘘つくと、ずうっと嘘つかなくちゃならないからね。染めてんじゃなくて整えてるの」と嘘をついた。

三月二十六日（水）
「昨日は電話をいただいたのにすいません。緑の点滅に気づいたのですが、ちょうど寝入ったところ、そのまま寝てしまいました。実は、今日これから大腸内視鏡検査があって、ゆっくり寝ておかなければという緊張もあり、点滅したまま、ウトウトスヤスヤ。
朝、五郎ちゃんの『伝言メモ』を再生すると、なんと女性の声。『もしもし、早川さんこんばんは。

えー、北日本放送の栂安亜紀です。うふふ、お世話になっています』。さぞかし楽しかったことでしょう。いいなー。僕は検査で異常がないことを祈るばかりですが、南谷朝子さんとの『ふたり、旅はじめ』ツアー頑張って下さい。」

「検査大変でしょうけど、頑張ってください。戻ったらぼくも一度、豪華焼き肉酒池肉林ディナーに参加させてくださいね。朝子さんとのツアー、楽しいです。栂安さん可愛い！　ではまた連絡します。

追伸　忘れてました。栂安さん、明日の朝七時過ぎに、日本テレビのズームイン朝に出ますよ。

中川五郎」

大腸内視鏡検査。小さなポリープ二つ発見。組織をとった結果は後日とのこと。

四月一日（火）

しいこちゃんとは、もう何十年も前から、寝室は別である。寝返りをうって布団を持っていかれたり、物音に目が覚めたり、電気スタンドを点けて本を読むのに気がねしたくないからである。お風呂も長いこと一緒に入っていない。いやらしい気持ちはないから、逆に恥ずかしさを覚え、独りの方がリラックスできるからだ。

ところが、年に数回、僕の入浴中、突然、しいこちゃんが入ってくる。朝、急いで出かけなくてはならない時だ。驚かす意味もあるから、わざとそうっと入ってくる。その時のセリフが怖い。「おまんたせしました」

四月七日（月）

パソコンが壊れてしまい、肩に鉄板が入ってしまったようだ。しかたなく、あわてて新しいパソコンを求めた。バックアップをしていなかったので、記録や画像をほとんど失った。

冷却ファンが静かなのは、NECの水冷式しかないと思っていたが、デザインがどうしてもなじめず。富士通CE40Y9が23.0dBだったので、それにした。

セッティングと初期設定はパソコンにくわしい次女の彼Mちゃんにしてもらった。ちなみに長女の彼Oちゃんは不動産にくわしい。頼もしい。ふたりとも真面目でいい人だ。男前をつかまえた。うちの娘も小さい頃は可愛かったんだけどなー。

四月十八日（金）

僕らが乗る羽田発山口宇部空港行きの飛行機に、皇太子殿下もご同乗された。機内に坐ったあと、皇太子さまがタラップを上がったわけだが、亜紀ちゃんも僕もミーハーで、窓から「写真撮っちゃおう」なんて、亜紀ちゃんは携帯、僕はデジカメの電源を入れ構えていたら、案の定、スチュアーデスさんから「申し訳ございません。電子機器の電源はお切り下さい」と注意を受けた。僕はすぐ電源を切り、「ハイ、切りました」とホールドアップの姿勢をとり、亜紀ちゃんも一旦は携帯を閉じたが、スチュアーデスさんが遠くに行ったら、「カシャーン」と音を立てて撮ってしまった。

僕らの後ろの席に皇太子さんのファンの女性が数人いて。聴こえるはずはないのに、一斉に「皇太子さまー！」と声をかけたので、「えっ、僕のこと？」と振り返ったら、笑ってもらえ、亜紀ちゃんにも受けた。

ライブハウス Cafe de DADA のマスター香原さんには前もってメールを出しておいた。「四月十八日はお世話になります。ご存じかも知れませんが、競演する鈴木亜紀さんは、ピアノ弾き語りでは日本でトップクラスだと僕は思っています。でも、音楽はみなそれぞれ趣味嗜好が違いますから、僕の意見なんか何の意味もありませんけれど。よろしくお願いします」

寡黙な香原さんと初めて会った亜紀ちゃんは「ハードボイルドな方ね」と評した。

四月十九日（土）

山内さんの車で山口から博多へ移動。途中下関唐戸市場に立ち寄り、サザエの壺焼きとお寿司を食べる。新鮮。

今日は福岡 BACKSTAGE。この店にはＣＤプレーヤーがない。アナログレコードだけだ。BGM は《Duke Jordan Trio FLIGHT TO DENMARK》。マスターの人柄同様やわらかい音だった。ピアノの調律も亜紀ちゃんのリハーサルを聴き、いつものジャズ系ではなく、その音楽に合った調律をしてくれた。

僕らは毎回お互いの歌を聴く。曲目が変わるせいもあるが、同じ歌でも日によって微妙に印象が違うからだ。ライブは歌の中身が伝わってくるだけではない。今あの人は何を思っているのか、自分はどう生きていこうかが見えてくる。亜紀さんの「♪燃えてるものはみな　なんて孤独」(風と道)という歌詞にハッとした。

終演後、メールをいただいた方々と挨拶をかわす。おっきいさん、Uさん、Nさん、宮崎からSさん……。めったに逢えないから、ほんのちょっと話をしたり、握手をしたりするのは僕は好きだ。普段の僕は、家に引きこもり、外出する元気もない。歌い終わった時だけ、やっと普通の人間になれるのだ。

「もう、メロメロになっちゃった」と言ってくれた可愛い女性がいた。めったにないことなので、自慢話である。「えー、じゃあ連れて帰っちゃおうかな」「いいですよ」。冗談か本気かわからないけれど、そんな会話は楽しい。「明日の久留米も行きます」と言って帰られた。

打ち上げは、山内さん経営の気楽に箸で食べられるフランス料理店ウーバンブーへ。ものすごく美味しかった。博多へ行ったらお勧めの店だ。亜紀ちゃんと僕の女友だち(?)直子さんが僕の性格について「早川さんて変よねー」と意気投合していた。自分としては普通だと思っているのに、これでもけっこう人に気を使っているつもりなのに、僕は相当わがままで、他人に厭な思いをさせているらしい。他人の欠点はすぐ見つかるけど自分の欠点は気づかない、はお互い様だと思っていたが、どうも僕だけのようだ。

たしかにこれまで、僕の数少ない男友だちは、みんな心が優しい。学校時代は大江長二郎くん、出来里望氏。本屋時代はポラーノさん。そして音楽仲間は、中川五郎さん、梅津和時さん、佐久間正英さん。僕に議論をふっかけてくるようなタイプではない。仮に反対意見があっても、僕のようにムキにはならない。こういう考え方もあるよね、というおだやかな人たちだ。詩の一節が浮かぶ。

「正しいことを言うときは　少しひかえめにするほうがいい　正しいことを言うときは　相手を傷つけやすいものだと　気づいているほうがいい」（吉野弘『二人が睦まじくいるためには』童話屋）

しいこちゃんとはこれまで一度も喧嘩をしたことがない。喧嘩にならない。最近知った話だが、子供にも「パパが白と言ったら黒も白だからね」と言って育てたらしい。恋愛もＯＫ。協力すらする。わがまま放題だ。だから、僕はこんな男になってしまった。

ところが最近、僕に口答えをしない代わりに、突然僕そっくりの顔つきをし、同じ口調で同じセリフを言う。あー、僕は人に対しこんなひどい言い方をしているのかと改めて気づかされるわけだが、その物まねがあまりに上手で、しつこいのなんのって、まるで僕が乗り移ってしまったかのようで、笑うしかなく、同じ屋根の下に僕とそっくりの男が二人いるようで、もう勘弁して下さいと反省するのである。

四月二十日（日）

主催の山内さんとSLOWDOWNで行こう会のおかげで、久留米ジャズショップルーレットはいっぱいだった。僕の歌や亜紀ちゃんの歌を一度も聴いたことがない人も聴きに来てくれたらしい。感謝。福岡に続き二夜続けて来てくれた男性。昨日、甘い言葉をかけてくれたMさんも一番前の席に。二〇〇六年十一月、沖縄での遠藤ミチロウさんとのジョイントコンサートにミチロウさん目当てに佐賀からいらした魅力的なSさんも聴きに来てくれた。東京からも人をびっくりさせるのが好きな明るいKさん。あと、お名前はわからないけれど、みんなありがとう。

四月二十一日（月）

連弾が好評だった。鈴木亜紀さんがいい音を出すから、僕はつい顔がほころんでしまう。

そういえば、HONZIと共演していた時も、そのステージを観た南谷朝子さんから言われたことがある。「二人はきっとできている」。ところがどっこい。まったくそんなことはない。そのことをHONZIに伝えたら、「そう思われるって嬉しいことよね」と喜んでいた。単なる仕事やお付き合いとして音を鳴らしているのではなく、二人はできているのではないかと思わせるぐらい、ぴったりと呼吸が合い、寄り添い、何倍にもいい音楽を作り出すというのは演奏者冥利に尽きる。

亜紀ちゃんともそうだ。恋愛とは程遠い。二人っきりになるとなぜかトゲトゲしてしまうくらいだ。並んで歩いている時も、当然隣りにいると思って喋っていると、いつの間にか横には誰もいない。あれっどこ行っちゃったんだろうとあわてて振り向くと、亜紀ちゃんは気になった路地とかショーウインドーを見て立ち止まっている。このように道を歩きながら僕は独りで喋り続けていたことがこれまでに二、三回あった。そのくらいチグハグしている。それをうちのにこぼしたら大笑いされた。

そういえば、うちの父もそうだった。家族が集まっている時、誰も聴いていないのに、独りで喋っている。母は父を無視して、姉たちと別な話をしている。父はたしかに、喋り過ぎだけれど、悲しい光景だ。「でも、トゲトゲということは、僕がトゲで亜紀ちゃんもトゲなんだよね」とうちのに確めると、「何言ってんのよ、あなたがトゲトゲで、亜紀さんは普通よ」と言われた。

そんなわけなので、出発前に、亜紀ちゃんにはなるべく迷惑がかからぬよう、掌に注意書きを書こうと思った。一、はしゃがない。二、しつこくしない。三、ピリピリしない。四、優しくする。しかし駄目だった。それらを気にしていると何も喋れなくなり、かえって不自然になる。今さら僕の性格は直らない。あきらめよう。ありのままでいよう。欠点は目をつぶってもらい、長所を伸ばすしか道はない。たとえギクシャクしたって、何か少しは通じ合うものがあるのだ。だってアンケートには、うらやましいくらい連弾がいい雰囲気だったといくつも書かれてあったのだから。

ツアー翌日、亜紀ちゃんは九州の親戚の家へ。僕は親戚がいないので、別に急いで帰る必要もないのだがそのまま羽田へ。

四月二十九日（火）
「愛は伝染する」ツアー、東京は新宿ゴールデン街劇場（制作OFFICE HAL）。小さな小屋だけど雰囲気がいい。もともと新宿が好きなせいかも知れない。打ち上げでバーのマスターがライブの感想を語る。「しみじみとした」の一言が嬉しかった。帰宅後、お蕎麦を茹でてパソコンを開くと何通かメールが届いていた。人からどう思われているかを気にするなんて、さもしい気もするが、愛を感じると頑張らなくちゃと思う。

五月二日（金）
「どうでもよいことは流行に従い、重大なことは道徳に従い、芸術のことは自分に従う。」小津安二郎
「エゴイズムでない人間は、精子の段階で消滅する。」別役実

「恋をすることは苦しむことだ。苦しみたくないなら、恋をしてはいけない。でも、そうすると、恋をしていないということでまた苦しむことになる。」ウディ・アレン

「芸術は悲しみと苦しみから生まれる。」パブロ・ピカソ

「世界の名言・癒しの言葉・ジョーク」より。

六月一日（日）

橋を渡るたびに川をのぞいている猫に出会う。犬みたいに首輪にリードを付けて、お散歩猫だ。飼い主の話によると、朝と夕方、毎日ここに来る。魚を見ているのかなと思ったら、橋の下に飛んでくる鳩が気になるようだ。飽きずにきりなく見ている。飼い主であるお母さんはずうっと付き添っている。

「お名前は？」「タマっていうの。立派なタマタマ持ってたけど取っちゃったの。あるとマーキングするでしょ」

六月二日（月）

昨日、山手ゲーテ座に「鍵盤女」を観に行った。初めて中ムラサトコさんの歌を聴いた。あまりに楽しそうに歌い出すので、僕まで嬉しくなった。あー狂っていると感じた。歌が突き抜けている。

「♪夕暮れが死んで　藍色の雲が歩く　心の中の歌を　海の底に流す　体は波になり　風と踊りおどるよ　一粒の私は　あの　海の青になる」（青になる）はしみじみとした。

鈴木亜紀さんの『タブー』はすごかった。スペイン語だか方言だかわからないけれど、「♪おちょんに　いっぱつ　いれまんじゅう」と歌うのであわてた。（隣りで聴いていた昔の彼女は「♪おちんこ　いっぱい　いれまんち」だと言い張る）。聴き間違いかも知れないけれど、何度もそう聴こえてくる。

いい女はさっぱりしている。媚びたり甘えたりしない。男っぽい。それでいて少女のようだから困っちゃうのだ。

六月十四日（土）

鎌倉歐林洞にて佐久間正英さんとライブ。佐久間さんは二、三日前まで仕事でパリに行っていた（僕は外国に行ったことがない）。佐久間さんは結婚三回か四回（僕はたったの一回）。現在一歳十か月の赤ちゃんがいる（僕には孫がいる）。前の奥さんたちとみんな仲が良い（僕は思い出しかない）。もしかするとまた新しい彼女がいるかも知れない。失恋経験なしとのこと。えらい違いだ。

そういえば思い出したことがある。HONZIとライブをやっていたころ、僕が「おんな、おんな」と口にすると、「五郎さんと同じこと言うのね。やれるものならやってみなさい」とHONZIに一笑された。「佐久間さんなんか五回ぐらい結婚しているんだぜ」と言うと「病気よ」とあきれられた。

六月十七日（火）

「無知無欲のすすめ」の『老子』（金谷治著・講談社学術文庫）や、「身近で大切に思う人に対してこそ、つねに幻滅しておく」と説く『「自分」から自由になる沈黙入門』（小池龍之介著・幻冬舎）や、「私小説は、貧乏であれ、家庭内暴力であれ背徳であれ、たいてい自慢である。自慢は優越感にだけ適用されるとは限らない」と書かれてあった『家族の昭和』（関川夏央著・新潮社）などを読むと、何も書けなくなってしまう。日記が書けないなんて自惚れだが。

七月一日（火）

アルバム《I LOVE HONZI》（ライブ盤）制作のため、ビクター青山スタジオへ。マスタリングとジャケットの打ち合わせ。順調に行けば、HONZIの一周忌九月二十七日に発売される。全曲HONZIが参加している。HONZIファンに届くと嬉しい。

七月十二日（土）

マッサージのせっちゃんのところへ。せっちゃんは、この間、鎌倉歐林洞のライブをお姉さんと観にきてくれた。「早川さん、すごーい。いつもの早川さんと違うんだもの。想像していたのと全然違うから。佐久間さんは背が高くて、指が長くてかっこいいー。早川さんは、ピアノ弾くのに、手がぽっちゃりしてて」「そう、一オクターブがやっと」

「あの歌、全部、本当のことなんですよね」「うん、体験したことしか歌にできないから」「いつごろの彼女だったんですか」「うーん、本屋時代かな」「相手の方は」「最初はお客さん。この辺の方ではないですよねって話しかけた。地元では見かけない美人という意味を込めて。俺、昔からナンパっていうの出来ないんだけど、考えてみれば、レジでナンパしてたんだ」「わー、早川さん、やるー」

「でも、向こうが好きっていうような光線を出してくれなくちゃ話しかけられないですよ。俺、断られると立ち直れなくなっちゃうから。ナンパが出来る人っていうのは、断られても絶対めげない人なんだろうね。僕は駄目だなー」「早川さん、シャイだから。何歳ぐらいの方と……」「二十歳は離れているかな」「やっぱりねー」

「何年ぐらい続くんですか」「うーん、二、三年かな。最終的に振られちゃったりして。いや、離婚して結婚しようということになれば話は別かも知れないけど。佐久間さんみたいにそのたびに離婚していけばうまくいくのかも知れない」「離婚は考えないんですね」「うちのに満足しているわけじゃないんだけどね。俺はだまされたと思っているくらいだから」「面白ーい」「家庭と恋愛は別なのかな。でも、最近はもう駄目。うまくいかない。片思いと妄想ばっかり。相思相愛にならなくちゃ楽しくないものね」

七月十三日（日）

Z・imagine にてソロライブ。休憩時、よく聴きに来てくれる人から「歌い方変わりました？　今日は浪花節みたいですね」と言われた。「いや、いい意味でですよ」とは言ってくれたもの、ジャンルは浪花節なのかとちょっとショック。二部の最初の曲『恥ずかしい僕の人生』を歌っている間、頭の中を浪花節という言葉がぐるぐる回る。でもこの歌しょうがないものなー、何とか歌詞を伝えようとすると、どうしても語り口調になってしまうものなーと思いながら歌う。

歌っている時、別なことが頭をちらつくのはまずい。すうっと歌の世界に入り、雑念がなくなれば、きっとうまく歌える。自然とテンポがゆったりとなり（あるいはそう感じる）、何の不安もなく、無駄な力もなく、優しく歌える。正直な気持ちだけがちゃんと伝わっていくように感じる。

沖縄桜坂劇場の須田さんが観に来てくれた。沖縄ツアー打ち合わせのため、打ち上げには鈴木亜紀さんもあとから合流。今年の四月新宿ゴールデン街劇場でのライブを企画してくれた OFFICE HAL の春さんも。「今日どうしたの？　何かあったの？」「やっぱり駄目だった？」「いやいいわよ。のりのりだった」「でも、浪花節……」「それは、褒め言葉よ。語っているんだから」。受け取り方はみんなそれぞれ違う。

「『I LOVE HONZI』は良かったでしょ」「九月末にCD発売するって宣伝しなかったじゃないですか」「あっ、言うの忘れた」「そういえば、HONZIとのライブ映像、二〇〇七年八月二十八日の、やっと観れたんだけど良かったー。出番前に舞台のそでで僕がHONZIに話しかけている場面、『父さんへの手紙』でHONZIが一瞬苦しそうな顔するところ、つらかったんだろうな、亡くなる一カ月前だもの。泣けてくるよ。そして最後、出演者全員で歌うじゃない。その時、HONZIが亜紀ちゃんの腕に手をかけるの、すると亜紀ちゃんがHONZIを包み込むように抱くわけ。あれ良かったなー」「だって私、あのあとHONZIとキスしたんだもの」「それは写ってなかったな」「そのビデオ観たい」「駄目、見せない」。すると新見さん「今度送りますよ」

ライブでは一言も喋れないのに、お酒が入ると、くだらない冗談を言ったり、しつこかったり、いやらしいことを口走ったり、ハメをはずす。歌い終わった時だけはしゃぐ。そして数日後必ず落ち込む。いつも同じパターンだ。

七月十九日（土）
「歌手やスポーツ選手が急に役者になったりするじゃない。とくに修行したとも思えないのに、あれすごいね」
「持って生まれた才能じゃない」
「俺はできないな。さわやかで渋い男の役なんて絶対できない。でも、気持ちが悪い、いやな男、性

格が悪い、変態、異常者の役なら、俺すぐできるよ。演出家も台本も要らない
「普段通りにやればいいんだものね」

七月二十三日（水）
『小林秀雄全作品15』（新潮社）「座談／コメディ・リテレール　小林秀雄を囲んで」より。
いい批評はみな尊敬の念から生れている。これは批評の歴史が証明している。人を軽蔑する批評はやさしいし、評家はそれで決して偉くならぬ。発達もない、創造もないのです。フランスにもadmirer, c'est égaler（敬服するとは匹敵することだ）という諺（ことわざ）がある。

文章が死んでいるのは既に解っていることを紙に写すからだ。解らないことが紙の上で解って来るような文章が書ければ、文章は生きて来るんじゃないだろうか。批評家は、文章は、思想なり意見なりを伝える手段に過ぎないという甘い考え方から容易に逃れられないのだ。批評だって芸術なのだ。そこに美がなくてはならぬ。

七月二十四日（木）
大腸内視鏡的ポリープ切除術のため一日入院。あわてることはないのだが、がん化のおそれがあるので、切除しといた方が良いでしょうと言われ。まれに起こる合併症（出血や腸に穴があく）がやや

心配だったが、無事に切除。先生のおかげだ。誰かが空から守ってくれたのだろう。術後、痛みも出血もなし。ただし、十日間は安静、激しい運動、アルコール、刺激物、香辛料はダメとのこと。

病室で、ふと、生きがいって何だろうと考えた。気の合う人と真面目に仕事をし、気の合う人と楽しく遊び、気の合う人とゆったり暮らす。それだけだなと思った。気が合うといっても、それぞれ違う人間だから、考え方、喋り方一つで不快に思うこともあるかも知れない。しかしそれでも、いいなと思う部分があり、大切にしたいと思い、ピーナツの片割れのように、なつかしく感じる人だ。

八月一日（金）

こんばんは。

ポリープ手術の件、いま日記を拝見して初めて知りました。術後の経過いかがでしょうか。僕は経験無いので何もわからないのですが、大事無いこと祈っております。

最近また音楽が少しシンドクなって来ました。実際にレコーディング等で自分が音を出したり、何かやっている時は目の前のことで精一杯なのでしばらく忘れていられるのですが。音楽と離れている時にふと思い出すと、胸がギュっとなります。多分ずっと無理をしながらやってきたツケが出てきたのかなぁ、とかも思うのですが。

最近、時々HONZIの事を思いだして、あんな風に真っ直ぐに音を出していられたらいいのになぁ、と羨ましく思ったり。同時にまた一緒に演奏したかったなぁ、と感傷的になってみたり・・・。取り留めもない文ですみません。ともかく、お大事に！　秋のライブ、楽しみにしています。

佐久間正英

佐久間正英様
メールありがとうございます。実は退院して、二日後に出血したのであわてました。なにしろ想像力が豊かだから、こりゃもう駄目かなと思いました。ちょうどその日は日曜日、でも担当した先生がいて電話で訊くと、痛みがなく、気分が悪くなければ、様子を見て、続けて出血しなければ、ご飯を食べて平気ですよとのこと。翌日は、なんてことなかったので、たぶん大丈夫なのでしょう。そろそろお酒も飲めます。でも、お酒を控えてわかったことですが、暴飲暴食は良くないなと、すぐ忘れてしまいそうですが。
《I LOVE HONZI》いい出来ですよね。マスタリング、佐久間さんの指示どおり、口出ししませんでした。エンジニアの内田孝弘さんはわかっている方で、最低限の調整をしてくれただけなので、良かったです。
HONZIのバイオリンとコーラスもそうですよね。自分を主張する音ではない。歌を生かすためにサポートする。ところが、その音があまりにいいから、ついそっちに耳がいき、僕や佐久間さんが脇役になってしまう。不思議ですね。人を生かすことによって自分が生きて来る。

その境地にたどりつくには僕はまだまだです。九月「HONZIありがとう！」ライブ、よろしくお願いします。早川義夫

八月十二日（火）

十日の夜中、チャコが泣き出す。立とうとしても立てず、よろけ、おもいっきり首をふりまわし、頭が床にぶつかりそうになる。「どうしたの、どうしたの」と抱きかかえあやすが、発作は止まらない。寿命かなと思った。あと二ヵ月で十六歳だ。チャコの体を支えながら、こうやって僕も自分を見失い、もがき、狂ったように、死んでいくのだろうかと思った。

一緒に寝ながら、頭をなでさすると落ち着くが、数時間たつと、また暴れだす。眼球は横揺れし、首は左へと傾き、訴えかけるかのように、泣き出す。かなり大きな鳴き声だ。

十一日午後、往診の先生によると、突発性前庭疾患とのこと。原因不明で、老犬がかかりやすく、平衡感覚を失い、まれに脳異常をきたす。二十四時間をピークにあとは回復に向かってゆくが、チャコちゃんの場合は、認知症も進んでいるかも知れないという診断。

その日は、ちょうど鎌倉花火大会。今年はいい場所を確保できたので楽しみにしていたのだが、それどころではなくなってしまった。水中花火の地響きを感じながら、チャコを抱きしめる。発作がおき

るたびに、お医者さんからいただいた薬を与える。昨日よりは症状が落ち着き、ほっとする。

十二日朝、寝ながら、おしっことうんち。そのままずうっと寝たまま。薬が効いているのだろうか。ふと思い出したように時々もがく。スポイトで水を飲ませ、ペースト状の栄養補給食品を口の中へ。突発性前庭疾患は治っても、認知症は治らないかも知れない。まだ、ちゃんと四本の足で立てない。歩けない。

八月二十日（水）

岡林信康さんの復刻CDが発売元のディスクユニオンから届いた。三十八年ぶりに《見るまえに跳べ》を聴く。『NHKに捧げる歌』は吉田日出子さんとのデュエットだったなんてすっかり忘れていた。効果音を入れたり、随分、仕事を楽しんでいたのだ。あまり過去は思い出したくないと思っていたが、厭なことばかりではなかった。

八月二十八日（木）

雑誌『ぐるり』で田川律さんのインタビューを受ける。待ち合わせ場所はお茶の水駅。そこから歩いて、小川町「ヒナタ屋」へ。本屋時代、神保町へはよく来ていたのでなつかしい。『ぐるり』の発行人、村元武さんもなつかしい。昔、村元さんと五郎ちゃんと三人で『季刊フォークリポート冬の号』（一九七〇年十二月一日発行）を編集した仲なのだ。ところがその号がわいせつ物陳列罪の摘発を受け、裁判が始まったわけだが、僕は猥褻を認め、謝っちゃいましょうよ、猥褻は陰でこそこそするのがいいのであってという考え方だったので、アート音楽出版に居づらくなり（それだけの理由ではないが）音楽と音楽仲間から離れ、本屋に勤めだした。二十三歳だった。

田川さんとはあまり喋ったことはないのだが、喋らなくてもわかっているよという安心感がある。ニコニコしている顔のせいだろうか。いい印象ばかりだ。昔、原稿を依頼され、駄目だしをされた時もなぜかすがすがしかった。僕が再び歌いだした時、聴きに来てくれたのだが、えらく若くてキレイな女性と一緒だったので、うらやましかった。田川さんは再婚のたびに服が派手になり若くなってゆく。数年前、春一番で御馳走になったタコとニラと春菊のサラダ、それがすごく美味しかったこと。田川律著『りつつくるあるくうたう』（ビレッジプレス）の中に作り方が書いてある。

仲井戸麗市さんの『My R&R』を気に入り、僕も田川さんも歌っているのはどこかで通じ合っている証拠だ。今回、《I LOVE HONZI》のサンプル盤を聴いて『パパ』が良かったと言ってくれたのも嬉しい。「田川さん『パパ』歌って下さいよ」と言ったら、「恥ずかしいよ」と笑われた。そんなインタビューだった。

九月一日（月）

HONZIから携帯にメールが入っていたのでびっくりした。「ナマステー。インドからかえってきました。曲順届きました。ほんぢ」。日付は二〇〇六年四月十三日。二年前のものが残っているのは、いかにメル友がいないからだが。

ロックし忘れた携帯をポケットから取り出したら、たまたまその画面が開いていたのだ。偶然だが、偶然だという証拠もない。

《I LOVE HONZI》を聴いている。HONZIの音を聴いているだけで心が休まる。どうしてこんなに素晴らしいのだろう。HONZIのバイオリンが歌い出すとすべてが音楽になってしまう。『UA〜電話をするよ〜』からも聴こえてくる。

九月五日（金）

佐野洋子『シズコさん』（新潮社）を読んで久しぶりに感動した。本来なら、そっとしまっておきたい気持ち、人の醜さまで書かれている。人はなぜ書くのだろう。なぜ歌うのだろう。

やはり、日常で言いそびれたことを書きとめておかなくては、心が静まらないからだ。「ごめんね」と「ありがとう」を伝えておかなくては、悔やんだまま、わだかまりを残したままでは、死に切れないからである。

九月十日（水）

桜坂劇場公式ブログ（二〇〇八年九月一日）を読んで、一年前の出来事をまざまざと思い出した。

歌えるから歌ったのではない。歌えないから歌ったのだ。言葉は語れない人のためにあり、歌は歌えぬ人のためにある。

九月十三日（土）

国立地球屋で鈴木亜紀さんとライブ。久しぶりに「よしお！」って掛け声があった。「男の声でも嬉しいなー」って言ったら、みんな笑ってくれた。

九月十九日（金）

落語の良さがいまひとつわからなかった。お蕎麦をすする音や、間の取り方などがわざとらしく感じてしまうからである。それは、名人クラスの噺を聞いてないからだよ、実際に寄席に足を運べば違うよと言われそうだが。

先日、男性アナウンサー六人が落語に挑戦するというテレビ番組をたまたま見た。素人が数日間で落語をマスターしなければならない。その修業と師匠の教え方、上達していく姿を見て、歌に通じるものがあり、面白かった。

これまで歌い方が一本調子だったのではないだろうか。この言葉は悲しく、この言葉は明るく、この言葉は、もっと遠くに向けて、この言葉はぼそっと、というふうに、言葉一つ一つにもっと角度や感情を込め、言葉では言い表せない気持ちや、情景が見えてくるように歌うのが音楽ではないかと思った。でも、クサイのはいけない。演技しないのが本当の演技だからだ。

立川談春『赤めだか』（扶桑社）より、立川談志の言葉。
「いいか、落語を語るのに必要なのはリズムとメロディだ。それが基本だ」
「修業とは矛盾に耐えることである」

九月二十日（土）
自分のＣＤを宣伝するのは選挙演説みたいで気がひけるが、今回の《I LOVE HONZI》に関してだけは特別である。恥ずかしくない。HONZIが作ってくれたアルバムだからだ。いち早く、「TOKYO ART PATROL」の中で、立川直樹さんと三島太郎さんがアルバム評を書いてくれた。

九月二十三日（火）
『たましいの場所』（晶文社）にも書いたことだけど、「もしも僕の歌に興味を持ってくれる人がいたら、最新作を聴いていただきたい」というのは、何年経っても偽らざる気持ちだ。ならば、なぜ四十年前の音源が出回っているんだよと言われるかも知れないが、これは僕にはわからない。
潔くないと思われてもかまわない。昔があったから今があるので過去を否定するつもりはないけれど、僕は過去ではなく今を生きているのであって、今の僕の歌声を聴いてもらえることが一番嬉しい。そこに力を注ぎたい。自惚れていると思われてもかまわない。大切なのは常に、今輝いているか輝いていないかどうかだけなのだ。

九月二十六日（金）

若い頃、毎日のように通っていた喫茶店、新宿風月堂にスポットあてた番組にほんのちょっと出演した。風月堂は普通の喫茶店だったが、なぜか一風変わった人たちのたまり場になっていった。

九月二十七日（土）

mixi　Ma-Chang さんの日記（二〇〇八年年九月二十七日）より。

バイオリニスト HONZI（彼女の音楽はバイオリンだけではないが）が亡くなってから今日で丸一年経つ。その後の一年間。早川義夫さんと何度か一緒に演奏をして来たが、いつも早川さんのピアノと僕のギターの間にポッカリと彼女の居なくなってしまった「隙間」の様な空間を感じていた。頑張ろうとすればするほど、妙な空回りを自分に感じ、思い切りよく音を発せずにいられなかったように思う。ピッキングする一音一音に、どこか心持たなさ・頼りなさがあったのだろう。

早川さん、HONZI と僕とのライブを収めた《I LOVE HONZI》が今日リリースされる。テスト

二〇〇八年　二〇九

盤を受け取ってから、何度も聴き返した。そこに収められている彼女のバイオリンの音、声、ピアニカ・・・何度聴いても毎回ハっとさせられる。何故に彼女はこんなに激しく・強く演奏できるのだろう。何故にこんなに優しく・温かく弾けるのだろう。何故にこれほど透明で澄んだ音色を奏でることができるのだろう。

何故に一瞬の迷いも躊躇いもなく、次々と打ち寄せる波の様に、決して止まることのない流れの様に演奏することができたのだろう。きっとその全ての音のひとつひとつが、彼女の生き方そのものだったに違いない。あんなにノイズだらけの強い音の出る楽器を聴いたことがない。あんなに繊細で心が揺れる様な音の出る楽器に出会ったことはない。あんなにいたずらっ子の様な表情で演奏する音楽家に会ったことは無かった。

アルバム表題曲『I LOVE HONZI』でのバイオリン（この曲だけ僕は不参加。HONZIの最後の演奏とのこと）その音を一人でも多くの方に聴いていただけたらと思う。明日、池袋鈴ん小屋にてCD発売記念ライブをする。どんな音が出せるだろう。きっとHONZIが隣で笑いながら見てくれている、そんな演奏ができそうな気がする。いいギターを弾こう。

辻香織さんからお便りをいただいた。

CD、何度も聞かせて頂きました。『I LOVE HONZI』切なくて、愛おしくて、寂しくて。本当にステキな曲ですね。お葬式で、HONZIが最後に運ばれていくときの音楽に、この曲が流れてきたことを思い出しました。あの時は、涙が止まりませんでした。あれから、もう一年なんですね。

ホンジと私は、ライブでも共演させて頂きましたが。阪神戦に何度も一緒に行ったことが一番の思い出です。HONZIは、もういないけれどこうして音源として残っていくこと。素晴らしいですね。早川さんのホームページを見させて頂いたら、浅草で十月にライブするんですね！　そのときは、必ず。見に行きます。またお会いできるの楽しみにしています

九月二十八日（日）

池袋鈴ん小屋で佐久間正英さんと《I LOVE HONZI》CD発売記念ライブ。終演後、HONZIの最後のステージとなった映像（二〇〇七年八月二十八日渋谷クラブクアトロ）を流した。亡くなる一か月前で相当苦しかったはずだが、大画面に映し出されたHONZIの演奏姿は、可愛くて美しかった。

十月一日（水）

『ぐるり』（二〇〇八年十月号・ビレッジプレス）が届いた。田川律さんとの対談が載っている。僕の音楽に対する思いを田川さんがうまく引き出してくれた。「《I LOVE HONZI》を聴いて」という文章も寄せてくれた。

田川さんは、音楽評論家である（?・あった）が、「どないしたかって偉そうになってしまうやろ。評論するいうことは・・・」という気持ちから、今は好きな歌を歌ったり料理を作ったりして暮らしている。まさに、論語の「知る者は好む者に及ばず、好む者は楽しむ者に及ばず」の生き方だ。

十月三日（金）

羽田から那覇へ。鈴木亜紀さんはお母さん（かほるさん）同伴。那覇空港へは桜坂劇場の須田英治さんと森脇将太さんが迎えに来てくれた。FM那覇「田村邦子のマジカルミステリーツアー」に生出演。収録中、将太さんがかほるさんを首里城へ案内。なんて優しい青年なのだろう。

番組の最後、田村さんから「これからどういう旅をしていきますか?」の質問に、「悔いのない人生を送りたい」と答えたら、みんなに大笑いされた。

桜坂劇場の「Cha-gwa」でビールとサラダ。栄町「おかずのべんり屋」へ餃子を食べに。また桜坂劇場に戻ってワイン。

十月四日（土）

昼、ピアノの位置を決めた後、須田さん、将太さん、竹内さんとソーキそばを食べに。別行動だった亜紀ちゃんと道でばったり、PAの竹内さん思わず「可愛いー」。何だか竹内さん念入りにチェック。リハーサルではピアノを弾く亜紀ちゃんの後ろに立ち、目を閉じ耳を澄ます。演奏者がステージ上でどのように聴こえるかを確認している。僕のリハの時はそんなことしていなかったのに。

打ち上げは桜坂劇場前のカラカラへ。料理が美味しいのに気取っていない。こういう店がいい。閉店後、桜坂劇場のベンチで飲む。BGMがやたらうるさいところや、お得意さんだけを大事にするような店より、僕は公園のベンチみたいなところの方が断然好きだ。夜遅くまでやっているSAKURAでラーメン。

十月五日（日）
那覇から石垣島へ。石垣島は初めて。すけあくろ。いい雰囲気だ。音はグランドピアノの方がいいけれど、電子ピアノは正面を向いて歌える良さはある。
「いやらしいことをいかに美しく歌うかが僕の歌のテーマであり生きるテーマでもあります」なんて言っちゃって、『悲しい性欲』『パパ』『身体と歌だけの関係』を歌った。

十月六日（月）
船で竹富島へ。コンドイビーチまで歩く。道のりはあったが着くと感激。白い砂浜、透きとおった海。帰りは、須田さんの知り合い野原荘のご主人に港まで送ってもらった。夕飯は焼肉金城へ。

十月七日（火）
石垣空港まで、すけあくろの今村光男さんが送ってくれた。記念撮影。

宮古島も初めて。雅歌小屋で歌う。僕のCDと本はひとつも売れず。

十月八日（水）
レンタカーを借り、亜紀ちゃんが運転する。快適。与那覇前浜でシュノーケル（僕はゴーグル）。そのあと、池間島の民宿勝連荘へ。泳ぐ。夕飯。泡盛に、途中からワシミルク入り。純黒糖入り。須田さん「ウメー」を連発。

十月九日（木）
船で沖へ出てシュノーケル。須田さんは仕事の都合で、昼の飛行機で那覇へ。午後は再び船に乗って釣り。「オジサンを釣っちゃだめだよ」と言われたそばから、亜紀ちゃんはオジサンという魚をいっぺんに四匹も釣った。オジサンは食べられないらしい。グルクン（たかさご）をみんなで三十匹ぐらい釣った。夕飯はグルクンの塩焼き。

十月十日（金）
早朝、海に潜ってから、車で東平安名岬へ。そのあと、来間島へ。途中、新香茶（あたらかちゃ）に寄り、エスニックカレーを食べる。二階がCafeで、一階はざわわという宿泊になっているらしい。広大なサトウキビ畑の景色。さわやかな風。味よし、センスよし、感じ良し。
やはり、どこか一つがいいとみんないい。どこか一つが悪いとたぶんみんな悪い。沖縄に来て美味しかったものが沖縄料理ではなく、べんり屋さんの「餃子」、金城の「焼肉」、新香茶の「カレー」とはどういうことだろう。

十月十一日（土）

沖縄から自宅に戻ったのは夜十二時過ぎ。チャコは寝ていたが、僕に気づくと目を開けた。十日ぐらい前から食べ物を受け付けず、数日前からは水もまともに喉を通らなくなっていた。犬仲間のマリオ君ママが訪ねて来たら、寝ていたのに頭を上げ手を差し伸べたという。仲の良かった吉田タロウ君のお父さんにも手を差し出したらしい。逢いたい人に逢えてよかった。チャコは僕の帰りを待っていたのだ。抱きながら寝た。

朝、目を覚ますと、チャコはおだやかだった。しばらくおとなしく寝ていたが、バタバタしだしたので、ずうっと抱いていた。息が荒かった。そのうち、ふうっと静かになった。眠るように亡くなっていった。思わず「チャコちゃーん」と呼ぶと、一瞬目を開け、手を動かし、口をパクパクさせた。「ありがとうね」と言っているように聴こえた。

十月十九日（日）

浅草 LION BUILDING（建物が古いオシャレなビル）で佐久間正英さんとライブ。浅草で生まれ育った辻香織さんも参加。辻さんが初めて僕の歌を聴いたのは一九九四年、お父さんに連れられ十四歳の時。それから歌を作るようになったという。辻さんの『君をさらって』は良かった。『躁と鬱の間で』のエンディング、佐久間さんのギターにじーんと来る。

十月二十七日（月）

吉祥寺スター・パインズ・カフェで「HONZI LOVE CONNECTION」。茂木欣一さんの『いい言葉ちょうだい』のコーラスと、『僕らはひとり』でのリクオさんのピアノが耳に残った。乾杯のためB1フロアーに行くと、スズキコージさんから「アナタノオウタキイテタラナケテキタ」と言われた。指で頬に涙を描きながら。「えっ、オウタ？」と僕は聞き返してしまったが嬉しかった。HONZIはみんなを純粋にさせる。

終演時間が大幅に遅れ、もう僕は電車では帰れない。「ホテル用意しますから、打ち上げしましょ」「俺やだよ。新見さんと二人だけで飲むの」「私だって厭ですよ。女性二人だけは確保しましたから」「でもみんな途中で帰って、俺だけ安っぽこちいホテルでわびしく寝るんでしょ。朝までやっているいいお店ないかな」とぼやいたら、リクオさんと五郎ちゃんが近くに中華料理屋があるという。「常に客が一人か二人しかいないの」「えっ、まずいの？」「いや、料理は美味しいんだけど、働いている人に活気がないんだよね」「いいねー、そういうところ」。

打ち上げは大勢で楽しかった。オオニシユウスケさんは紹興酒をつぐたびに「おちょんちょんちょ

んちょんちょん」と言う。僕はもっとはしゃぎたかったが、明日も舞台監督を務める新見さんが「ここらでお開きを」と三時に解散。予約してくれたホテルに連行される。「俺をホテルに押し込んでから、みんなで二次会やるんじゃないの？」「そんなことないですよ。私忙しいんですから」。ホテルは意外といいところだった。さらにホテル側の都合でデラックスツインルーム。ワーイと思ったが急に寂しくなった。

十一月一日（土）

チャコは八歳まで母と暮らしていて、二〇〇一年二月、母が亡くなってから僕の家に来た。初めて海岸に連れて行った時、波打ち際を飛び跳ねたので、母が喜んでいるようで嬉しかった。留守番をさせると寂しそうな顔をし、帰ると目じりを下げホントに笑いながら駆け寄ってくる。本屋の前ではおとなしく待つことが出来たし、ワンちゃんとは遊べなかったけれど、太った体でもくもくと歩いていたから、観光客からは「可愛いー」って言われることが多かった。

しかし、歳とともに笑わなくなり、二年前ぐらいからは歩くのがつらくなり、浜辺ではすぐ坐り込み、散歩の途中で抱くことが多かった。うちのがふざけて「今度飼う時は歩く犬にするの」と言って犬仲間を笑わせた。二〇〇八年八月十日、突発性前庭疾患にかかり、一ヵ月ぐらいで治りかけたが、そのまま認知症が進み、夜鳴きと徘徊が続いた。

それまで、めったに鳴くことはなかったのに、体が思い通りにならないからだろうか。やたら歩きたがるのは何なのかわからない。あんなに歩くことが苦手だったはずのに。家の中でも壁やテーブルの脚にぶつかりながらぐるぐる回る。床が滑るので転ぶ。外を歩かせている間だけおとなしかった。足の爪から血が出るほど歩く。靴下をはかせた。家の周りを一時間も二時間も歩く。

ある日、いつものように夜中に起こされ、着替えるのが面倒なのでパジャマ姿で暗がりを歩いていたら、近所の人に出会ってしまった。きっと僕が徘徊していると思われただろう。もしかしたら、これは認知症ではなく、『楢山節考』のように、これ以上家族に迷惑をかけぬよう早く死にたいがために自分を傷めつけているのではないかとさえ思った。あるいは死に場所を探していたのか。それとも「今度飼う時は歩く犬にするの」って言われたのがよっぽどショックだったのかも知れない。

十六歳の誕生日を迎えてすぐ、十月十一日、沖縄からの僕の帰りを待ってチャコは死んだ。息を引き取ったと思った瞬間（おそらく四、五秒前だったのだろう）「チャコちゃーん」と呼びかけたら、目をあけ、手を差し伸べ、口をパクパクさせそれっきり動かなくなってしまった。苦しがったわけではないし、知らぬ間に死んでしまったわけでないし、ほんの短い間介護もさせてくれたし、ちゃんと挨拶を交わして亡くなっていったから、悔いはない。

白い布に包まれた遺骨は今ピアノの上にある。横にはチャコの写真。メールをくれた方、お花を贈ってくれた方、チャコが登場する『暮らし』という歌をライブで歌ってくれた方、「たくさんあそんでくれてありがとう。てんごくでもしあわせでね」と絵を描いてくれた子、みんな優しくしてくれてありがとう。チャコはいつも僕のそばにいます。

十一月六日（木）

ある日、五郎ちゃんとの会話。

「新曲が出来るのと恋人が出来るのどっちがいい？」

「そりゃあ、恋人に決まってんじゃない！」

「そうだよねー」と意気投合。

十一月八日（土）
南こうせつさんのラジオ番組『週末はログハウスで』にゲスト出演（大分県産「ゆずごしょう」をいただいた）。会った途端、「『パパ』いいねー」と言われた。（そういえば先日、坂崎幸之助さん、田川律さんからも言われる）。

だいたい男の人はめったに男を褒めたりはしないものだが、素直に「いいね」と言ってくれると、ホントに嬉しい。「♪感動する心が音楽なんだ」（音楽）と思う。

自分の歌を聴いてじーんと来るなんて自惚れもはなはだしいが、スタジオで『パパ』(《I LOVE HONZI》収録)を聴いていたら悲しくなってきた。いったいどうしたことだ。

十一月九日(日)
『面影ラッキーホール／あんなに反対してたお義父さんにビールをつがれて』を聴いて泣けた。どうしたんだ俺は。

十一月十五日(土)
「人間は、自分を主張するから人間なのではなくて、その自分とは何かを考えるから人間なのです」「だから、人は『自分の意見』をもつべきではないというのが、私のかねてからの持論です。必要なのは、『その人がそう思うだけのその人の意見』ではなくて、『誰にとってもそうであるところの考え』なのです」(池田晶子『人生は愉快だ』毎日新聞社)

「個性的なものはみんな偶然的なもんです。彼の精神から見ればね。そんなものは克服して。俺の感情が万人の感情にならなきゃならないような、そういう感情をつかまなければ芸術家とは言えないでしょう」(『新潮二〇〇八年十二月号』特別付録CD小林秀雄の「響き」ゴッホについて「個性と戦う」新潮社)

十一月十六日（日）

『digital ひえたろう』編集長の日記☆雑記☆備忘録」（二〇〇八年十一月十三日　即興と真剣勝負）というブログから、「かもめはかもめ The sea gull is a sea gull.」（詞曲 中島みゆき）を聴いた。八代亜紀いいなー。

十一月二十四日（月）

昨夜は飲み過ぎた。朝、しいこちゃんの話によると、延々と女について喋ったあと、酔ったから部屋の空気が悪い、と言って窓を開けさせ、突然外に向かって「しいこのおまんこー！」と二回も叫んだそうだ。あわてて口をふさぎ、「いいかげんにして」と頭をひっぱたいたら、「あっ、チャコをぶったな。チャコは僕の中に入ってるんだぞ。僕はチャコのことぶったことないのに、君はチャコのことぶった」と怒ったそうだ。言われてみると、たしかにそんなことがあったような気がする。「わたくし参りました。あんなこと叫ぶなんて、よしおさん、よっぽど女の人にモテないのね。可哀そう」と言われた。

十一月二十六日（水）

「どういう男の人が好き？　選ぶ基準として」
「面白い人かな」
「俺面白くないからなー。親しくなれば笑わせることも出来るんだけどね」

「いや、面白いっていうのは、芸人さんのような喋りじゃなくて、一緒にいて、あっ、こういう考え方もあるのかって発見できるような人」


「今何が欲しい？」

「うーん、何だろう」

「マンションなんて言われても買えないけどさ」

「わたし、物欲はないの。しいて言えば、こたつかな」

「え、家に畳あるの？」

「ない。あとそうだ。土鍋。どういうのがいいのかよくわからない」

「手に持って来れないな」


「あと馬かな。草原を走る馬を見たい」

「ひゃー、大金持ちじゃなきゃ、草原買えない」

「あと、キレイな夕焼け」

「わー、持って来れないものばっかり」

「バックとか時計なんかは、欲しければ働いて買えるでしょ」

「でも、プレゼントってむずかしいよね。自分の趣味でないもの渡されたって嬉しくないものね」

「わたしは、気に入ってくれるかどうか、これはきっと迷ったんだろうなと、そう思うと嬉しくなっちゃう」

十一月二十八日（金）

《JACKS ジャックス／LEGEND 40th Anniversary Box》というアルバムが十二月十日に発売される。EMIミュージック・ジャパンの加茂啓太郎さんから事前に相談を受けたが、僕はタッチしたくないことを伝えた。

気が向かない理由は、昔の歌声は気持ちが悪くて聴けないし（解散後のソロアルバム《かっこいいことはなんてかっこ悪いんだろう》も聴けない）、あまりいい思い出はないし、最近、別な会社から《腹貸し女》というサウンドトラック盤が発売されたことを、通販サイトで初めて知ったことも起因していた。

ところが、メンバーだった水橋春夫さんと電話で話をしたり、中川五郎さんが書いてくれた解説を読み（加茂さんの話によると最初、適任ではないと断られたそうだが）、松村雄策さんからは「誇りに思っていいことですよ」と叱られ、何よりも、加茂さんの誠意と熱意が伝わってきて、かたくなな気持ちに変化が生じてきた。

これまで、ジャックスについてホームページでは触れて来なかったが、心の中を整理する意味もあって、初めてホームページに「ジャックスについて」というコラムを書いた。

十二月一日（月）
　北日本放送の栂安亜紀さんから、ウェディングドレスを着た結婚式の写真が届いた。ひゃー。僕は二〇〇七年八月に富山で一目惚れ。二〇〇八年三月には、同じく富山に歌いに行った中川五郎さんから、「ぼく、富山の亜紀さんと家庭を築きます！」って（お家の絵まで描かれた）ハガキが来たばかりだったのに。あー、振られちゃったね（初めから論外だったけど）。

十二月十三日（土）

　チャコと仲良しだったシロタロウ君のお父さんが訪ねに来てくれた。

「どうしているかなと思って」

「いやー、首なんか吊っていませんよ。あれから海岸にも行ってなくて。今までは、チャコがいたから海岸を散歩していたけど、もともとは家にこもりっきりだから」

「ちょっと気になってね。今日、犬仲間の忘年会なんだよね」

「あっ、うちのは土曜日だから、実家に行っていて。もし、どうしているかって訊かれたら、元気だったと言っといてくれますか。そういえば、この間、横浜と大船の方に引っ越した、陽菜ちゃんとはなちゃんのお母さんが来てくれて、玄関にお花だけ置いてあった。同じ柴犬だから、会うのはつらいかなと思ってだって、そうメールに書いてあった。みんな気を使ってくれて」

十二月十六日（火）
妻の旧姓を使って電話予約するところに、つい間違えて「ハヤカワヨシオ」と名乗ってしまった「あっ、間違え」とあわてたら、向こうの人に笑われた。

女友だちから、「飲み過ぎて、窓から叫んじゃだめですよ」というメールをもらったので、「日記は、創作です。面白おかしくするために、もう大変」と答えた。

十二月二十四日（水）
「小説」を「音楽」に置き換えて読む。

人間の能力というのは奇妙なもので、最初の一作のために全力を注ぎ込んだ人には、二作目がある。しかし、力を出し惜しんで、第一作を書きながら二作目のネタを残しておいた人には、二作目どころか第一作すらない。（保坂和志著『小説を書きあぐねている人のための小説入門』中公文庫）

十二月二十五日（木）
佐藤正訓さん主催「都会の迷子さんvol.9」（東高円寺U.F.O.CLUB）に出演。競演は、石橋英子＋アチコさん、前野健太さん。石橋さんとは二〇〇七年十二月に、灰野敬二さん、ナスノミツルさんらとご一緒して以来。その時は写真しか撮らなかったので、今回はゆっくり話をしたかった。でもやはり、終わって片づけてたら時間がなく、お店で乾杯しただけだった。

石橋英子さんを本当のお姉さんのように敬愛して慕っている北村早樹子さんもいらして、なぜか、突然○○○の話。北村早樹子さん「私、英子さんの○○○だったら、両手で受けたいです」「わーうれしいわー」。聞き間違いだったのだろうか？　○○○があんなに上品に思えたこと初めて。

「早樹子さんの『密のあはれ』いいねー。僕も歌いたいと思って、コード教えてって頼んだの、そしたら、わたしコード知らないんですって、手書きでピアノの鍵盤を抑える図を描いて送ってくれたんだよね。和音て、三つの音の重なりだと思ってたら、『密のあはれ』は二つの音をガーンて弾くの。不思議だね。三つの音より二つの音の方がより複雑に聴こえて来るというのが。あれ、『へばの』という映画音楽になるんだよね。映像にぴったり」

「今日は、どっかの部分をどっかに入れてきなさいよ」と送り出されたのだが、僕も期待なんかしちゃって、帰って来ないつもりで、着替えまで持って行ったのに、最終で帰って来ました。クリスマスは毎年クリシミマス。

二〇〇九年

すしざんまい四日市笹川店　佐久間正英さん

一月一日（木）

去年、沖縄から帰りチャコが亡くなってから、テレビを見ていない。見ようと思えばすぐ見られる状態だが、なぜか見たい気分になれず、別に無理をしているわけではない。見なくなると不思議なもので、それが普通となり、見なくても全然平気になってしまった。

一月七日（水）

前橋 Cool Fool は、一人でやる予定だったが、十二月二十五日東高円寺のライブが終わってから、佐久間さんに「ノーギャラなんですがどうでしょうか」と訊ねたところ、快く「いいですよ」と言われた。主催者側から出演料は出るのだが、おそらく交通費と宿泊費で消えてしまう。

その夜、佐久間さんは打ち上げには出ず、「僕の宿もとっといて下さい」と言って帰られた。新見さんが「佐久間さんシングルでいんですよね」と僕に小さな声で訊くので、「うん」と答えた。しかし翌朝、（あれー、もしかして誰かと行くのかなと）すごく気になりだし、念のために訊いた方がいいですねと新見さんに連絡をとった。

新見さんは「お部屋は、シングル、ツイン、ダブル、ラグジュアリーツインとありますが、どれにしましょうか」とメールで訊ねたらしい。すると、佐久間さんから返事があり、メールが転送されてきた。

「おはようございます。昨日はお疲れ様でした。一月前橋ですが、前日多分東京泊になるかと思うのですが、帰りは前橋から家（茨城）に直行したいので（楽器を運ぶの含め）自分の車で移動しようと思います。お気遣いありがとうございます。部屋に関しては、早川さんが『どうしても一緒に寝たい！』とわがまま言わなければシングルで大丈夫です。（笑）よろしくお願いいたします。」

一月十一日（日）

山崎怠雅さんの紹介で、前橋 Cool Fool にて佐久間正英さんとライブ。競演は谷口正明さん、山崎怠雅さん、河内伴理さん。マスター佐藤さんの力でお店の中はいっぱいだった。大きな会場でポツンポツンより、小さな店でいっぱいの方が嬉しい。すぐそばにお客さんの顔が見える。お客さんの表情がわかる。一曲目から拍手が温かかった。途中、佐久間さんと顔を合わせ、気持ちいいねという顔をした。うまく歌えるか、いい演奏ができるかは、その時次第だ。

勝手にアンコールをやってから、再度拍手をいただいたので、短い曲をやるのがいいだろうと思い、『君でなくちゃだめさ』にしましょうか」と佐久間さんに伝え、譜面を探しながら「何かリクエストありますか」と訊いたら、『君をさらって』『猫のミータン』『僕の骨』『音楽』と続けざまにあちこちから声がかかった。『音楽』が来るとは思わなかった。

『猫のミータン』『僕の骨』『音楽』を歌い、やはり最後は軽快な感じで終わった方がいいだろうと思い四拍子の明るい曲をやろうとしたら（その思い込みは僕の勘違いかも知れない）、またもリクエスト！『あの娘が好きだから』。僕の好きな曲ばかりリクエストしてくれて嬉しい。結局アンコールはすべてお客さんのリクエスト（四曲）に応えた。初めての経験。

お店で打ち上げ。佐久間さんは最近自分で車を運転して帰るので、打ち上げに出ない場合が多いのだが、今日はなにしろ泊まりだからリラックス。女性にはさまれご機嫌。女性からの「愛と性について」の質問に真剣に答えていた。「そりゃ同時でしょ。愛だけとか、性だけというのはあり得ません」。

朝四時近く、「よこい、歌え」とマスターが叫ぶ。すると、よこいみなかさんがギターを持ち、裸足になり、歌い出した。若くて明るくて気立てのいい可愛い女の子だ。Cool Fool で時々歌っているらしい。三曲聴かせてもらったが、『バニラとストロベリー』という歌が素晴らしかった。これまで聴いてきた音楽の中で一番いやらしい性描写だったのではないだろうか。汚くない。色っぽい。美しい。かといって色気をふりまいているわけでもない、ぶりっこでもない、背伸びもしていない。好感を持った。

一月十八日（日）

「どのような女性が好きですか？」と問われたら、「どういう音楽が好きですか」と同じ答えだ。「どんな音楽が好きですか？」と問われたら、「死ぬ時にも聴ける音楽」と答える。ほど遠いいかも知れないが僕はそれを目指している。

『dankaiパンチ二〇〇九年二月号』の「アンケート　余命半年と宣告されたら？」に答えた。回答者十二人の中で一番最初に掲載されていたので、なぜだろうと思ったら「編集部到着順」だった。ほとんどの人が葬式無用。それにしても、美濃さんの書かれる『dankaiパンチblog』は面白い。「失業時代2」はすごい。

一月二十四日（土）

メロディーはあるのだが、歌詞が出てこない。もう僕は歌うことはないのかなと思ってしまう。いや、ないはずはないのだが、書きたいことは書けないことであり、あのことは歌ったしこのことも歌ったし、作れない理由ばかり浮かんでしまう。歌は言葉とメロディーだけを伝えるのではない。歌を借りて言葉に言い表せない今の自分を表現するのだ。

二月一日（日）

洲之内徹著『洲之内徹が盗んでも自分のものにしたかった絵』（求龍堂）より。「絵」を「音楽」に置き換えて読む。

絵を見るなり、「この絵は欲しいなあ」と思った、それだけである。（中略）一枚の絵を心［しん］から欲しいと思う以上に、その絵についての完全な批評があるだろうか。

絵というものは、勉強してだんだん巧くなるというものでは決してない、と私は思っている。すくなくとも、巧くはなっても良くはならない。いい絵かきは絵をかきはじめた最初からいい絵をかいているし、反対に、二十代三十代でろくな仕事ができなければ、その人が五十になっていい絵をかきだすというようなことは望んでも無駄だ。絵かきは二十代三十代にかけて、人によって多少のちがいはあっても、要するにその人の初期にいち早くピークに達してしまい、あとはただださまざまなヴァリエーションがあるだけだと言っても言い過ぎではあるまい。絵の才能というものがそういうものであり、また、最初に達したその高さを、形は変っても、しまいまで持ちこたえられるのが才能だとも言えるのではあるまいか。

絵というものは、解るとか解らないとかいう前に、ひと目で、見る者に否応なく頭を下げさせるようなものがなければ絵とは言えない、というのが私の持論である。

いまの絵が概してつまらないのは、要するに、この「ね、見て、見て、」がいけないのだと思う。

二月十二日（木）

遠藤里美さんと「サックス初体験ライブ」。悪くはない出来だと思ったが、反省会ではけっこう手厳しい意見も。それなりに頑張ったんだけどね。次回は、五月十七日（日）「西荻窪の空の下で嵐のキッス」。

二月十五日（日）

義理の母が九十九歳で最近少し弱っている。僕は妻の実家（浜町）に行ったことは二度しかない。結婚前に男友達と伊豆七島の遊びの帰りに寄ったのと、義父のお葬式の時だけで、あとは一度も何の挨拶に行ったこともない。

「僕は何も手伝うことができないから、しいこちゃん、僕の分までお母さんの面倒を見てきてねと、そのことをお兄ちゃんに伝えてよ」と言ってもらったら、お兄ちゃんは何も答えず、奥に引っ込んでしまったらしい。その様子を聞き、わかってもらえてよかったなと思った。

二月二十三日（月）

僕が不快に思うのは（めったにないけれど）、たとえば人と喋っていて、あー、この人はかっこつけているな、見栄を張っているな、自惚れているな、はったりだな、劣等感の裏返しだなと感じた時だ。哀れだ。どうしてそう思えるかというと、自分の中にもそういう部分があるからだ。

僕が感動するのは、なんてこの人は正直なんだろう、なんて素直なんだろうと思った時だ。たったそれだけのことだ。もちろん、正直になったからといって思い通りになれるわけではないけれど。愛とか優しさが溢れていても、心の奥底には嫉妬や虚栄心や自尊心があるから、醜かったり、恥ずかしかったり、笑われたりするだろう。しかし、それらを包み隠さず語ることができたら、いや語らずとも、淋しさや弱さに耐えて生きていけたら、これぞ音楽だと思う。

「人間、出世したかしないか、ではありません。卑しいか卑しくないかですね。」（永六輔）

三月一日（日）

高見沢潤子著『兄　小林秀雄との対話』（講談社）より、小林秀雄の言葉。「文章」を「音楽」に置き換えて読む。

「〝文章ではうまく現わせないけれども、考えていることはもっと深刻なものがあるんです〟なんていうのはうそだ。正直なもので、文章には、その人が考えていることしかあらわれないもんだよ。孔子の有名なことばに〝人いずくんぞかくさんや〟というのがあるな。人間はおもてにみえるとおりのものだっていうんだ。自分よりえらくみせようとしたって、りこうそうにみせようとしたって、あるいは、もっと深く考えているんだって、いくら口でいったってだめなんだ。もってるものだけ、考えているだけのものがそのままおもてに、顔つきにも文章にもあらわれるんだよ。」

「じゃ、軽薄な人は、軽薄な文章しか書けないのかしら。文才があれば、文章の技巧で、軽薄をかくすことはできないものなの。」
「鋭敏な読者の眼には、できないんだね。」

三月十五日（日）
新宿ゴールデン街劇場にて佐久間正英さんと「ひな祭り♪ひな菊♪ライブ」。主催の春さんが僕の女性好きを知って、女の子だけのライブをしましょうと企画してくれたのだ。お花畑のようであった。アンコールで男の方が『マリアンヌ』と叫ぶ。急遽遊びに来てくれた水橋春夫さんと『マリアンヌ』を演奏。四十年ぶりに聴いた水橋さんのギター感性はまったく衰えず、すごかった。四月二十日・二十一日鈴ん小屋（Sold Out）、追加公演五月十八日（月）のスター・パインズ・カフェが楽しみ。
歌う前にワイン飲みすぎのどガラガラ。反省。

三月二十四日（火）
幼なじみと夕飯を食べながら、Gスポットの話をした。「昔、俺たちが本屋してたじゃない。そのころ、創刊された日本版プレイボーイに、女性にはクリトリスよりも快感を得られるGスポットというのがあるという記事が発表されたわけ。それを『本の新聞』仲間に話したら、編集長がGスポットっていう名前は誰がつけたの？　って真面目に訊くから、口から出まかせに、そりゃG博士に決まってるじゃないのと答えたら、みんな大笑いした」

「私、Gスポット探したことあるのよ」「えっ？　それってそれほど奥ではなくて、五センチくらいのところでしょ」「そう、結局わからなかったけど、おしっこを出し切ってするより、少し貯めてした方が感じるみたい」「潮の成分て何なのかわからないけど、尿道から出るんだから、たぶんおしっこと似たようなものだと思うんだけど、潮を吹くっていいよね。やってみたいな。あー誰かを吹かせたい」

三月二十七日（金）

ツアータイトル「フィードバックは身体を通せ」は佐久間氏の命名。初日は大阪ヒポポタマス。四十年前『フォークリポート』を一緒に編集した村元武さん（現在『ぐるり』発行人）と再会。「よっちゃん…」と話しかけられる。昔みんなから僕はそう呼ばれていたのだ（関西の人からは平たんなアクセントで、東京の人からは「よ」にアクセント）。

三月二十八日（土）

今回の関西ツアーが実現したのは、京都の佐々木米市さんと渡部泰男さんからの出演依頼メールからだった。大変お世話になった。本当にどうもありがとう。リハーサル前、ホテル近くの商店街をぶらぶら「らん布袋」でカレーとコーヒー。眼鏡がお似合いの女性から優しくおしぼりを出される。

ライブ会場はSomething IV。鴨川沿いのビルの四階、窓からは暮れゆく景色が見える。素晴らしいところ。終演後、茶木みやこさんと初めてお会いし、渡ちゃんの話や沖縄の離島の話などをする。

三月二十九日（日）

四日市ガリバー。周りは何にもないのに、録音スタジオのような立派な店だった。

奥様いわく。「みんなに電話したのよ。お友達を連れてきてって。それぞれがお友達を連れてくれば、三十人が六十人になるじゃない。ところが早川さんを好きな人って、お友達がいなくて、みんな独りなの。独りで来たいらしいのよ」「ライブがあったことを、あとで知る人がよくいるけれど。あれ寂しいよね」「だから、私ブログで書いたのよ、届け〜〜！　早川義夫!!　って」

四月一日（水）

三月末の関西ツアーは楽しかった。新幹線と車移動。旅に出るとそれぞれの意外な面が表れる。ふざけて、人間の器の小ささについて競い合った。「演奏中、小さなゴキブリが足元を歩いているのが気になってね。いや、ちっちゃなことなんだけどね」などと言って大笑いした。アンケートもいっぱい。みんなありがとう。

ツアー三日目、佐久間正英先生に教示された。人生を変える三カ条。一、独り暮らしを始める。二、Windowsを止めてMacにする。三、君はモテないんだから、あれこれ言わず何でもいただく。

新見教授からは人生をうまくやっていく三カ条。一、人と争わない。二、自らの目と耳と足で真実を手に入れる。三、嫌な人と付き合わない。

四月四日（土）

『高田渡生誕会60』開演前、楽屋での話。

「松田幸一さん、今度五日間連続ライブやるでしょ、すごいなー。僕は三日が限度だな」

「そりゃ僕だって一人だったら大変だよ。今回はベルギーのThierry Crommenと一緒だから」

「佐久間さんは、何日連続してできる？」

「僕は歌わないから、やろうと思えば毎日でも…」

「五郎ちゃんは？」

「ぼくは朝昼晩！」

「あのね、セックスの話じゃないの」

四月十二日（日）
「裏窓」オーナー福岡さんの企画で、灰野敬二さんと新宿JAMにてライブ。開演前、灰野さんと楽屋で。
「灰野さんと僕はいくつ離れているんですか？」
「五つぐらいだと思いますよ。中学生の時、学校に遅れるのを覚悟で必死で『ヤング720』を観ていたんですから」

「『ヤング720』観たっていう人多いんだよなー（当時は音楽番組が少なかった）。記憶としては、二、三回しか出演したことないんだけどね」

「ぼくが観たのも二回ぐらいかな」


新宿ゴールデン街「裏窓」福岡さんとの会話。

「早川さんお薦めのワイン、店でも置いていて好評なんですよ」

「あっそう、あれ美味しいよね。もっと美味しいものないかなっていろいろ挑戦するんだけど、結局僕はあれに戻っちゃう。仲間に飲ませると、みんな甘いって、不評なの。たしかに甘いんだよね。やはりそれは、あの亜硫酸塩とかいう酸化防止剤が入ってないからだと思うんだ。だから、冷やして飲めばちょうどいいのかな」

「うちでは冷やして出しているんです。あれだったら、灰野さんも飲めるんじゃないかな」

「グレープジュースみたいだものね。だからつい、毎日一本飲んじゃうんだ」


リハーサル後、灰野さんが「ぼくは同じことは二度しませんから」と言う。僕は「そうですか。僕は同じことしかできませんから」と答える。

ライブは各ソロの後、セッションを二曲。耳元で聴く初めての灰野さんの爆音。歌と重なったときは、どんなに大声を張り上げてもかき消されてしまう。異空間。初めての経験。

四月二十日（月）

池袋鈴ん小屋にてライブ。「『マリアンヌ』から『I LOVE HONZI』まで」。ドラム茂木欣一、ベース柏原譲、ギター佐久間正英、そして、十八歳で知り合い十九歳で別れたギター水橋春夫君と四十二年ぶりの共演。こんなことが実現するなんて。水橋君はあれから学校を卒業し、レコード会社へ。横浜銀蝿、Winkなどのディレクター。今は会社を設立、ベンツ。僕は学校も音楽も途中でやめ、本屋を二十数年、そして四十五歳から再び歌いだし、自転車。

バンドでの佐久間さんのギターはより激しく自由だ。僕もリズム隊が入ると楽しい。ＰＡは、フィッシュマンズ、HONZIのアルバムでも活躍のZAKさん。今は坂本龍一さんのツアー中、その合間をぬって札幌から駆けつけてくれた。SOLD OUTにしては、まだお客さんが入れるような気がしたが、こじんまりとした家庭的な小屋なので（鉄さんのカレー美味しかったー）、この形がベストなのだろう。

追加公演五月十八日（月）は、あとで知ったのだが、同じ音楽仲間、木田高介君の命日とのこと。こんな偶然があるだろうか。ちゃんと空から木田君が見守ってくれているんだね。木田高介作曲『どこへ』を歌おうかな。

五月一日（金）

「大人になってからいちばん嬉しかったことはなんですか」の問いに、佐野洋子さんは『私はそうは思わない』（ちくま文庫）の中で、「これはもうばっちりあるんです。離婚した時です」と語っている。僕の周りにもそう答える女性が幾人かいる。片方は別れたい、片方は別れたくない、離婚は大変だ。

それは男女間だけでなく、仕事などにおいても起こりうる。契約書を交わしていれば事務的に処理できるだろうが、ただの信頼関係でスタートすると、そのうち小さなことから、だんだんと溝が深まり、ああ違うなと気づいた時はもう遅い。

かつて本屋をしていたころ、うちではアルバイト代をずうっと日払いにしていた。どちらか一方が厭になったら、いつでも自由に、貸し借りなく、恨みっこなしで、サヨナラできるからだ。「♪一度だけの約束であなたに逢えたら」（悲しい性欲）は、そこにつながっている。別れは悲しいがしょうがない。話し合っても無理だ。去る理由は一つ、得るものより失うものの方が多いからである。

これだけ一所懸命やっているんだから、犠牲を払ったんだから、愛情を持っているんだからというセリフは禁句だ。それらは相手が感じることであって、したいからしていたのであって、そんな恩着せがましいことを言ってはいけない。「♪恩を着せあうなんておかしなことだよね」（猫のミータン）と猫だって歌っている。

人はみなそれぞれ違う。二十歳を超えたら性格は直らない。自分の考えは正しいと信じてもいいけれど、それを押し付けることはできない。もしかしたら自分は間違っているかも知れないという疑いや謙虚さを持っている方がいい。言葉は言葉通りに受け取らず、なぜそういう言い方をするのか、本音を読み取る。あの人とは気が合わないな、苦手だなと思ったら、好きになれるところまで離れるしかない。

僕は随分被害妄想の方だけど、世の中には僕より被害妄想の人がいて、たとえば、このような文章を読んで、「これ、私のことですか？」と思う人がいる。（現に数年前、うちの次女に「私の悪口が書かれてあった。一週間寝込んでしまった」と言われたことがある。そんな馬鹿な、あなたは眼中にないよとも言えず、まいった）。自分のことではないかと思われた方は、まず違う。「♪鏡に向けて吠えろ」（いつか）と歌っているよう、伝えるべきは自分が見えていない僕自身であることを知っている。

五月五日（火）

新宿PIT INNで、こまっちゃクレズマと初めて共演した。梅津和時さんとはこれまで何度も共演したことはあるが（チューバの関島岳郎さんとも数回）、他の方たちとは初めてである。それにしても、関島さんは僕に優しく（誰に対しても優しいけれど）、リハーサルではマイクを調節してくれたり、本番の控室ではコーヒーを入れてくれたり、つい「お嫁さんになって」と言ってしまった。松井亜由美さんのヴァイオリンはコーラスのように聴こえ、アンサンブルなのだろうか、大地から花が咲くよう、みんなで物語を作ってくれる。すごい人たちだ。

ロケット・マツ（パスカルズ）さんとは、七年前、打ち上げの席でご一緒したことがある。何かの拍子に髪の毛の話になった時、僕が、「髪の毛の話をするんじゃない。俺はカツラなんだから」とふざけて言ったら、本気にして、黙ってしまい、悪いことをしたなと思っていた。

五月九日（土）

桐生市有鄰館酒蔵にてライブ（九年前一人でやらせてもらったことがある）。今回は僕の数少ない大好きな友人（といっても音楽以外で逢えることはほとんどないが）、中川五郎さん、佐久間正英さん、鈴木亜紀さんと共演。企画してくれた須永徹さんのおかげだ。楽しかった。音響、照明、スタッフの方々ありがとう。聴きに来てくれた方、ありがとう！

五月十六日（土）

オワリカラの主催に誘われ秋葉原グッドマンでライブ。大勢の若い女の子男の子を前に、マヒルノをはじめ他の出演者の方たちは、すごい音量と迫力。僕はソプラノサックスの遠藤里美さんと静かな曲を五曲。どう受け止められただろうか。

五月十七日（日）

西荻窪サンジャックにてライブ「西荻窪の空の下で嵐のキッス」。やりやすかったのだがなぜか緊張した（修行足らず）。日常の中に非日常を持ち込むからだろうか。お客さんも静か。あとで訊くとえんちゃんもゲストの水橋君も「緊張したー」と言っていた。明日もライブなので飲まずに帰る。自粛。ところが、家で独りでおそばを茹で、ワインを一口だけにしようとしたら、つい一本。この意志の弱さ。

五月十八日（月）

吉祥寺スターー・パインズ・カフェにてライブ『『マリアンヌ』から『I LOVE HONZI』まで」。やはり、バンドは心強い。一人でやるのとは大違いだ。のびのびとやれる。ドラムとベースがいかに大切かをつくづく思う。しかし、こうも言える。いいメロディはリズムが聴こえ、いいリズムだけでメロディが聴こえてくる。二人でやれば、音楽は二倍良くなり、四人でやれば四倍良くなる。四倍の集客。それが正しいバンドの姿だ。

水橋君から『The Beatles - Don't Let Me Down（1969）』こういう曲を作ってよとプレッシャーをかけられる。簡単に言うけれど、僕は二、三年に一曲のペース。能力の問題であるが、どうしてもこのことを伝えたいというものがなければ出来ない。一曲作り終えると作り方を忘れてしまう素人だ。メロディーと言葉をピタッとハメルこつが未だまったくわからない。

それにしても、リクエストで『パパ』が多かった。あー歌えばよかった。心残り。

六月一日（月）

昼寝をすると「もう起きてこなくていいわよ」と言われ、仕事に行くと「当分帰ってこなくていいからね」と言われる。この歳になって家出をすすめられるとは思わなかった。実際、僕も飽きた。もしも独り暮らしができたら、さぞかし楽しいだろうなと思う。僕は二十歳で結婚したため独り暮らしの経験がない。それをある女性に話したら「わー、それ、結婚したくない男性条件の一つ。だって、家事を手伝ってくれそうにないもの」「いや、必要とならば、僕は何だってするよ。ただ忙しいんだよ。頭の中ずうっと作曲中だから。いや、それより人生を逆に歩いて行きたいんだ」

どのへんに住むのがよいか尋ねてみた。すると偶然二人から同じ地域を指摘された。「三宿あたりがいい。あるいは東横線沿線かな」と。新見さんは「○○線は、七十年代ヒッピー風の服を着ている女性が住んでいて…。○○線は何々、○○線は何々で…」「なるほど。四谷方面は？」「女の子はそちら方向好みません。渋谷新宿は住むには適していない。早川さんの好みの女性がいるのは、やはり田園都市線ですよ」と断言する。路線によって乗客の雰囲気が違うらしい。たしかにそうだ。

東京でライブがあった時、終電を気にすると、僕は打ち上げにも参加できず、せっかくの楽しみが半減。ハプニングなし。前から東京に部屋が欲しかったのだ。仕事部屋と称し、できればそこで曲を生み出し、あわよくば、女の子を誘い。「でも、部屋に入った途端ベッドが丸見えだと警戒されるから、やはり、1LDKじゃなくちゃだめだよね」と佐久間さんに訊くと、「ベッドルームがある方がいやらしいよ。そのまま倒れこむ方が自然だよ」と言われた。

そのあたりのことがどうも想像がつかないが、インターネットで部屋探しを始めた。ピアノが弾けて静かな街…。まず井の頭線の駒場東大前、次に京王線蘆花公園、そして電車を乗り継ぎ、三軒茶屋へ向かった。かつて三軒茶屋の駅前は高速道路が目立ち、あまりいいイメージはなかったのだが、今は世田谷線から田園都市線への連絡通路もオシャレになり、それでいて昔からの町並みも残っていて、なんとなく暮らしやすそうに感じた。ステキな女性ともすれ違った。すれ違っただけで何の意味もないけれど。

隣駅の池尻大橋にも降りてみようと思ったが、その日は疲れたのでそのまま渋谷駅へ出て（人混みにうんざりし）家路に着いた。鎌倉に着くとほっとする。しかし昔ほどではない。昔はホームに降りた瞬間、海の匂いがしたような気がする。小学生のころは、布団に入ると波の音が聞こえ、朝は鳥の鳴き声で目が覚めた。ところが今は海の香りもしないし、耳を澄ましても波音は聞こえず、海沿いの国道を走る自動車の音がときたま聞こえるだけだ。

チャコがいなくなってからは、海岸にも散歩に行っていないし、海のそばで暮らしている意味がない。面白いと思うものがどんどん少なくなってきている。ほとんど家の中にいる。テレビも見ない。誰かがピンポンと鳴らしても出ない。家の電話には出ない。もしも東京で暮らすようになったら、きっと今とは違う明るい生活が僕を待っているのではないだろうか。

まだ完成されていないけれど、ピアノ可の賃貸マンションが池尻大橋にあるのを知り、外観だけでも見たいと思い出かけた。出口を間違え道に迷ったが、北口からの目黒川緑道は気に入った。ちょうど桜の季節。小川には鯉が泳ぎ、カルガモが遊んでいる。色とりどりの花が咲き、犬と散歩している人と出会う。時間がゆったりと流れている。渋谷から一駅のところに、こんな静かな場所があるとは知らなかった。代々木公園や新宿御苑の近くもいいなと思ったが、こういう小さな遊歩道があれば僕は十分だ。

マンションは工事中で中へは入れず、結局答えの出ぬまま帰ろうとしたが、すぐ隣の大きな立派なマンションの歩道を何度も往復している人が気になった。もしかすると不動産関係の人かも知れないと思い、「あのー」と声をかけると、その分譲マンションの係だという。「1LDK の部屋ありますか」と尋ねると、まだ残っているという。案内してもらった。最初に七階の 1LDK を見せてもらったが、今一つピンとこない。次に一階のスタジオタイプを案内された。「ここだ！」と思った。これは何かの縁だと思った。天井の高さが三メートル。ビル全体が斜面に建っているため、一階なのだが地下にあたる。たしかに昼間でも電気をつけないと多少暗いかも知れないが窓は前面に大きくあり、カーテンがなくても外からは絶対に誰からも見られないという。隠れ家的存在だ。

建物は完成して一年経過、二百四十一戸の内二十戸売れ残っていて、この部屋がこのマンションの中で一番小さく一番安い部屋らしい。玄関の扉を開けると人を感知し明かりが灯る。最新の設備、それでいてシンプル。何かの事情で人に貸す場合、この部屋ならいくらいくらで貸せます、投資としても資産価値があるとのこと。購入代金の半分を自己資金、半分を借り入れ、さっそくローンの試算をしてもらった。そして次回は何の書類を持ってきたらよいか説明を受け、意気揚々として帰って行った。その日から、僕はわくわくし、間取り図にIKEAで選んだ家具を配置したりして遊んだ。

ところが、銀行からの融資を受けることはできなかった。理由は年収より債務（鎌倉の住宅ローン）の方が多いからとのこと。税理士に報告すると、「おかしいですね。すると購入するところの担保物件は借入金額より価値がないということになってしまいますよね」と不思議がる。銀行は昨年の暮れあたりから、個人事業主へのローン審査がかなり厳しくなっているらしい。本屋時代から僕はお金は人まかせで、その代わり地道に働き贅沢もしなかったから、これまでお金に困ったということがないため、銀行から借りられなかったことが結構ショックだった。失格の烙印を押されたような、試験に落ちたような気分になった。

では今度は、金利は多少高いですが「フラット35」を申し込みましょうと担当者が提案してきた。

よくわからないまま、「はい」と答えたものの、また申込書に実印を押しに行かなくてはならない。日にちを決めた（そこまではよかったが）数時間後、再び電話があり、今回は申込みの前に、まず手付金を振り込み、いったん契約書を交わしてからでないと申し込めないんです。もし万が一断られた場合は手付金はお返ししますと言う。なんだか厭になってしまった。もしかするとまた屈辱感を味わうのではないかと思った。縁があると思ったけれど、実は縁がなかったのではないか、死んだ父が「よしお、やめときなさい」と言っているのではないかと思えてきた。

担当者に断りを入れた。すると「承知しました」のあと、「購入された方たちの中には、二度、三度銀行より減額や否決の回答の中、融資して頂ける金融機関を見つけ、今お暮らしになっている方が何人もいらっしゃるので、『試験に落ちた気持ち』になられる必要はまったくございません。（私の案内がご説明不足でした）」という返事をもらった。自分は返済可能と思っていたが（賃貸より月々の返済額の方が安い）、銀行は、僕の細々とした不動産収入など不安定だからゼロとみなし、セカンドローンが下りなかったのだろう。人から貧しく思われてもかまわない性質（たち）だが、こんなところにプライドがあるとは気づかなかった。

数日後、気を取り直し、最初に気になった新築の賃貸物件を内覧した。愕然とした。決して安い賃料ではないのに、あのマンションと比べると（細か～いことだが）ひどく貧弱に思えた。「一度美味しいものを食べたら、もうまずいものは食べられない。いい女性を知ったら、変な女とは付き合えない」と娘に話したら、「パパ、いい女と付き合ったことあるの?」と突っ込まれ返事に困った。

あそこは僕好みだった。あきらめずにもっと粘れば良かったかも知れない。しかし、結局は身分不相応だったのだろう。未練がましく電話で様子を伺うと、別な人がすぐに購入を決め、契約日も決まったあとだった。そんな経緯を新見さんに話すと、「そりゃあ、どこかで折り合いをつけなくちゃだめですよ。高いところはいいに決まっているし。東京での仕事がそう頻繁にあるわけではないですから、ビジネスホテルを利用する手もありますよね」「そうだね。車を持つより、タクシーを使った方が経済的なようにね」

五郎ちゃんの言葉（同じように奥さんに追い出されたから? 実感がこもっている）を思い出した。「独り暮らし、寂しいよー」。そうだねー。好きな女の子が遊びに来てくれるとは限らないし。「新見さんがホテルを利用した方がいいってさ」と伝えると、しいこは「ホテルじゃ困るんです。せっかく出ていってくれるチャンスだったのに。ついでに女の人もお願いします」と新見さんに訴えた。新見さんは「いえ、私はそっちの方は駄目なんです」と断った。

六月九日（火）

田辺聖子著『上機嫌な言葉366日』（海竜社）より

下品な人が下品な服装、行動をとるのは、これは正しい選択であって下品ではない。しかし下品な人が、身にそぐわない上品なものをつけているのは下品である。また、上品な人が、その上品さを自分で知っているのは下品である。反対に、下品な人が、自分の下品さに気付いていることは上品である。

相手の知らぬことをいうときは、羞じらいをもっていうべきである。

本を読んで知ってるということは、はずかしいことであって、人にそれを教えるのはもっとはずかしい。血肉になっていない知識は、知らないのと一緒である。

人は何のために生きるか？　ということを私はいつも考えている。私は人生を楽しむために生きるのだ、と思っている。そして私の場合、楽しむことは人を愛すること、人に愛されること、にほかならぬのである。

六月二十五日（木）

最近、道端で知っている人の後ろ姿を見て引き返してしまったことがある。決して、その人が嫌いなわけでも、うしろめたいわけでもないのに挨拶が出来なくなってしまった。お気に入りのお店へ理由もなく行かなくなってしまったのと似ている。

そんなおりパソコンに不具合が生じリカバリー。メール履歴紛失。ホームページ更新ままならず。もともと何もわかっていないのに、たまたまホームページが作れてしまっただけに、事故が発生すると、もう手に負えず。疲労。数日後、助けを求めるとちょっとしたことで解決。そのほんのちょっとしたことがいつもわからない。

七月一日（水）
『たましいの場所』（晶文社）のAmazon中古商品を開いたら、二九、九八〇円というのがあった。なぜ定価より高いのかと思ったら、著者サイン入りだった。そんな……。サインならいくらでもいたしますので、ライブ会場でお声かけて下さい。

鳥越俊太郎「自分には覚悟、人には優しさだよ」（毎日新聞2009.6.25「がんを生きる」）

七月三日（金）
偶然、七月二日付の佐久間正英さんの日記と中川五郎さんの日記に僕の名前が出てきた。どちらも女性に関することだ。佐久間さんの日記は、不意に僕の名が出てくるから笑ってしまった。

中川五郎さんは、高樹のぶ子著『うまくいかないのが恋』（幻冬舎）という本についてで、さぞかし面白い本だと思ったら面白くなかったと書かれてあり、困ったなー、僕も面白いと思ったわけじゃなくてと弁解したい気持ちを抑えながら読んでいたら、最後はわかってくれたので、良かった。やっぱり、わかりあえる友だった。

なにしろ、生まれてこのかた僕は人の悪口を言ったことがないから、作品をけなせないのである。唯一、あの本の中で気になったのは、「男性は、一つひとつの恋愛を別のフォルダに残して大事にしますが、女性は、今までのものを全部消去して上書きします」という個所だ。実際どうなのかはよく知らないが、なるほどと思った。男性は過去の女性一人一人を思い出せるが（引きずっているが）、女性は今の彼だけしか見えず過去の男性は消えてしまっているらしい。

そのあとも恥ずかしいことに、ある有名作家の恋愛指南書を手にしたが途中で投げ出してしまった。「同時に複数の女性を追い求めなさい」と書かれてあり、（一理あるかも知れないが）あきれかえり、すごく不潔に感じた。

「何言ってるの早川さんだって、奥さんがいるのに他の女性を好きになって」と反論があるかも知れない。しかし僕は、常に一人しか愛せない。妻に書いた歌は一曲しかない。四十歳過ぎたころ、『屋上』『花火』『君のために』を家でどんなものか聴かせた時、めずらしく「私のも作って」と甘えたから、しかたなく、『赤色のワンピース』を作ったまでで。（その後の『純愛』などすべて他の女性に対してです）。

ところが、たまにライブの選曲で『赤色のワンピース』歌おうかななどと相談すると、「それ甘ったるくてつまらない。『犬のように』とかそういう激しいのにしなさい」と注意を受ける。そして、こうも言った。「言っときますが、私、あなたが死ぬ時、一緒に『♪赤色の……』なんて歌うつもりないですから」。別に嫌われているわけではない。他の夫婦とちょっと違うのである。

五郎ちゃんが日記の最後に書いたくれた。「早川さん、もうすぐうまくいきます。きっとうまくいきます。」と。優しいねー。元気づけてくれて。恋愛のハウツーものなんか読んだって何の役にも立たないことはわかってるんだけど、つい。お互いの欠点までも心から愛しいと思える人と出逢える日がきっと来るよね。それまで頑張ろう。

かつて五郎ちゃんも日記で紹介していた、『求めない』の著者加島祥造さんが老子の世界「道（タオ）」へ入ったのは、六十歳近くで恋愛をし思いっきり振られたことも影響していることを新聞記事で知り、そうかと思ったことがある。僕も早くこういう境地に達せられたらと思っている。

求めない――
すると

心が静かになる

求めない――

すると

自分にほんとに必要なものはなにか

分かってくる

加島祥造『求めない』(小学館)より

七月四日(土)

羽田で佐久間正英さんと待ち合わせ福岡まで。福岡空港では新見さんがお迎え。新見さんは前日から機材を積んだ車で移動。九州ツアー初日は福岡ドリームボート。競演は、秋山羊子さん、bigmama。ところが、bigmamaのリーダー宅嶋淳さんがツアー直前、左足踵を骨折、手術を含め二週間の入院生活になってしまった。

そもそも、九州に僕らを呼んでくれたのは、宅嶋淳さんで、宅嶋さんとしては、非常に悔しい思いのはず。他のメンバーの方たち、阪田健一さん、AJIさん、吉田泰教さんは、今回ステージには立たず、裏方に徹し、きびきびと動いてくれて、気持ち良かった。彼らの『1%』という歌の通り、その素朴さに好感をもった。

多くの人たちに聴いてもらいたいという気持ちからなのだろう、福岡は「千円＋投げ銭」という料金設定。大丈夫なのだろうかとこちらが心配してしまう。あたたかい拍手。終わってからのご馳走。打ち上げで、阪田さんの彼女が可愛いから、ふざけて「後悔してないの？」って訊いたら、「いいえ、結婚しているわけじゃないですから」とあっさり答えが返ってきた。その後、三人で屋台、小金ちゃんへ。焼きラーメンと焼酎。熟睡。

七月五日（日）

入院中の宅嶋さんのところへお見舞い。足を怪我し、でも他は元気だから、さぞかし、居ても立っても（立てないけど）居られないわけで、どう言葉をかけてよいものか、「一番楽な姿勢でいて下さい」ぐらいしか言えなかった。明日、手術とのこと。再会を約束して記念撮影。

小倉に行くにはまだ早い。新見さんが「どうしましょう、明日の自由行動に向けて、観光案内所でも寄ってみましょうか」と提案。博多駅近くを車移動している時、ヨドバシカメラが見えたので、「あっ、寄ってみたい」と僕が言うと、佐久間さんが「Macでも買いますか」と。「あっ、そうする！　初期設定してくれるよね」「もちろん」「ということはインターネットもメールもすぐ使えるわけ？」「簡単」「わーい」

今使っているWindowsがいつ壊れるかわからないので、今のうちにMacを使えるようにしたかったのだ。ところが、また新たに使い方を覚えるのかと思うと憂鬱で、踏み切れなかったのである。ところが今回は、佐久間さんが数日間付いてくれているわけだから、すごい安心感。佐久間さん推薦のMacBook ProとAirMac Expressを購入。

昼食を食べながら、「これでやっと共通言語になりますね。今までWindowsのこと聞かれても、いったい何を言っているんだかよくわからなかったから」と新見さん。さんざん僕は音楽仲間から「えー、Windows使っているの？」とバカにされていたのだ。「あれは電卓だよ」とか、「Windowsの良さをいくら探しても一つも見つからないんだよね」などと。たしかに、そうなのかも知れない。さんざん使っといて僕まで悪口を言うのはルール違反だが、今までに原因不明で三回壊れ取り換えている。「ようこそ」の書体からして、愛着が持てないのだ。

「でも、ホントにMacって簡単なの？」。すると新見さん「私十数年使ってますが、一度も具合悪くなったことがないんですよ。ウィルスソフトは入れなくてもMacは自然とよけてくれますし」「えー？　ウィルスバスター入れなくてもいいの？」「入れる必要ないです」「でも、五郎ちゃんに聞くと、Macもトラブル起きるって言ってたよ」「それは、五郎さんの人生がトラブル続きなのであって、Macのせいじゃないですよ」「そのセリフ、いただきましょ」「早川さん、日記に書くのやめて下さいよ。オーバーに書くんだから。『早川さんの奥さんて頭おかしい人なんですか』なんて私言ってませんから。そう思っただけで」

ホテルに着き、さっそく佐久間さんに設定してもらう。家でのAirMacの使い方も、初歩的な操作も教えてもらった。ほんの数分。いよいよ僕もMacユーザー。

小倉フォークビレッジは久しぶり。小野さんが快く迎えてくれた。アップライトピアノの音もいい。今日だけ、bigmamaの主催ではないので阪田さんが聴きに来てくれた。「昨日はスタッフとして動いていたから、ちゃんと聴けなかったもので」「ありがとうございます」「宅嶋、見舞いに来てくれて喜んでいましたよ」「あー良かった」。福岡、小倉、いい人がいっぱいだ。

七月六日（月）

今日はお休み。それぞれ自由行動の日。毎日顔を突き合わせていると飽きるという配慮から。とにかく別行動。翌日、どのくらい面白かったか、どのくらいつまらなかったかを、競い合うことになっている。

昨日、佐久間さんに「どうするの？」と訊いたら、「韓国に行こうかな」、「茨城よりも何もないところ行きたい」、「レンタカー借りる手もあるな」とか、すごく楽しんでいる様子。新見さんは、朝電話したら、山口方面に向かっていますだって。いったいどこへ行くんだろう。

僕は何も考えてこなかったので、昨日、小倉フォークビレッジでPAをしてくれた岡本さんお薦めの嬉野温泉にした。伊万里、有田にも近いし（焼き物を持って帰るわけにいかないが）。ネットで調べると、案外と遠い。行き方が三通りくらいあったが、電車にした。列車の中で、初めてノートパソコンを開く。テキストに日記の下書き。独り旅も初めて、今回は初めてづくしだ。小倉↓博多↓肥前山口↓武雄、そこからバスで三十分。嬉野温泉、着きました。

嬉野温泉の観光案内所でちょっと愛想のない方と相談後、勧められた旅館へ。三時前だけどチェックインできるとのことだったので、のんびり、街を歩きながら着くと、「あら、もういらしたの。今、お風呂工事してて、トンカントンカン音がするから、ちょっと、街でもぶらぶらしてきたらどうかしら」「いや、疲れているからいいです。お風呂は夕方には入れるんでしょ」「ええ」「それならいいですよ。それと、『どこでも入浴優待券』で、他の旅館のお風呂に入れるって案内所で聞いたんですけど。先にそっちに入りますから」「そうですね。では、ご案内します」と二階へ。

窓を開けると、さわやかな風が入ってきて、気持ちよかった。しばらく、外の景色を写真に撮ったり（それほどの景色ではなかったが）、入れてもらったお茶を飲んだり（お茶は美味しかった。お茶が名物らしい）、ノートパソコンをいじったり、ごろっと横になっていると、たしかに、トンカントンカン音が聞こえてくる。厭な予感。

「そろそろ、お風呂に行かれた方がいいと思うんですけど。混むといけないので」「そうですね。案内所の写真で見た○○館の露天風呂に行こうかなと思うんですけど」「そうですね、近いですし。でも、あそこは、ふつうのお風呂ですよ。私は□□館のお茶風呂をお薦めしますけど。ここから、あの建物が見えるでしょ。お茶風呂はあそこ一軒だけですから。足湯があったところから橋を渡って」「そうですか。なら、そこにしようかな」

嬉野温泉は「日本三大美肌の湯」が謳い文句だ。うーん、なんとも言えず。夕飯は意外とまあまあだった。炊き込みご飯、天ぷら、お刺身（お刺身続きだな）。「お風呂、男湯は工事中だから、女風呂に入って下さい」「えっ？　いんですか」「えー、今日は女性のお客さんいませんから」。うわー、寂れた旅館。つげ義春と東海林さだおと僕を足して三で割った世界。

そのうち、隣の部屋から、図太くて（話の内容はわからないけれど）よく響く低音の男の声。どうしてお客さんが少ないのに、隣合わせなんでしょう。なかなか寝付けず。眠剤を服用し、誰もいない女風呂に再度入浴。これは、みんなに報告出来ないなと思いながら寝た。

七月七日（火）

佐賀駅に三時待ち合わせ。ホテルから、小雨降る中、今日の会場へ。浪漫座は元銀行だったところ。天井が高く、グランドピアノは優しくうっとりする音。初めて弾くBoston Piano。佐久間さんのこの場所はエレキを強烈に弾く雰囲気じゃないという判断で、激しい曲はやめることにした。佐賀に住んでいらっしゃるみやこさんから事前に美味しいお店（「おひさま」「春駒」）を紹介してもらってい て、お菓子もいただく。沖縄、久留米でお逢いしたミチロウさんの大ファンしずかさんも聴きに来てくれた。「数と波と虹と2009-07-07」の方も。ありがとう。

七月八日（水）

佐賀に続いて今日の大分も、僕と佐久間さんは初めて。途中、湯けむりのすごいところがあって、「あそこが湯布院かな？　あー死ぬまでに一度は行きたいなー。でも独りで行くところじゃないよね」「そうですねー」。

会場の入り時間まで余裕があったので、ホテルのロビーで三人でMacを広げる。佐久間さんが「iChatのやり方教えてあげるね」「えっ、どういうこと？」「テレビ電話みたいに、相手の顔を見ながら、会話が出来るの」「えー？　文字を打つんじゃなくて？　すごいことになっているんだね。教えて」「あっ駄目だ。.Mac（ドットマック）に入ってないんだもの。ビデオチャットが出来ないや。いやだな、貧乏人は」

その後、今度は音楽の授業。「たとえば、日記なんか悪口は書けないじゃない。浮かれた話は、ああそうかい良かったねと言われそうだし。暗いのは迷惑。説明文や理屈っぽいのは鬱陶しい。意味不明は書く意味がない。わかり切ったことは書く必要がない。となると日記に何を書いたらよいかわからなくなってしまうところがあって、それと歌詞が出来ないというのと僕はつながっているんだよね。あのことは歌ったし、このことも歌ったし。コード進行も同じ手は使いたくない。自分の好きなコード進行ってあるんだけど、新曲を作ろうとすると、あっこれはもう、一度使ったなと思うと、作れなくなっちゃう」

「いや、同じ内容でもいいんじゃないかな。好きだとか逢いたいとか、同じことを歌っても、違う相手なんだから。それと、同じコード進行を使ってもいいんじゃないかな。違うコード進行を探す方が難しいよ。ブルースなんか、みんな同じコードじゃない。それなのに、ものすごい数の歌がある。それでいいんじゃないかな」「あーそうか。毎日歯を磨くように、毎日同じことを繰り返しているんだものね。同じでいいのか。うーん、特別な発見がなくてもいいのか」

大分ねいろやにて「フィードバックは身体を通せ」九州ツアー最終。終わってから、「やればやるほど良くなっていくね」と佐久間さんに話しかけると、「うん、そうだけど、だんだん、テンポが遅くなっていく」「えっ、あっそう、気づかなかった」。新見さんは「決して悪くはないんですが、ゆっくり過ぎると、ピーンと張り詰めた緊張感がなくなりますよね」。みんな細かくて厳しい。

打ち上げで。オープニングアクトYa-chariさんのギターを弾く方から、質問があった。「あのシンセサイザーの音はどこから出ているんだろうと、早川さんの手元をずうっと見ていたら、早川さんは何も触っていない。やはり、佐久間さんが出しているんだと思ったんですけど、あれはどうなっているんですか？」「あれはギターシンセではなくて、ハーモナイザーなんです」と、僕には意味不明な会話が続く。

七月九日（木）

大分から羽田へ。新見さんは、楽器を積んで車移動。（あとで聞くところによると、新見さんは別府で温泉を三軒はしごし、大分からフェリーに乗船、神戸から東京に戻ったそうだ）。お疲れさま。僕は飛行機の中でもノートパソコンを開き、佐久間さんから手ほどきを受ける。手持ちのUSBメモリーまでいただき、至れり尽くせり。羽田に着くと佐久間さんはすぐGLAYのレコーディングスタジオへ直行。

僕は家でさっそく、MacとWindowsの画面を見比べる。僕のトップページに愕然とする。Macでは完全に文字化けしている。悲しい。今までずうっとこんな状態だったとは、まったく知らなかった。文字化けを直すには、表示→テキストエンコーディング→日本語（Shift JIS）を選択すればよいと佐久間さんから教わったが、毎回この操作をするのは面倒だ。

佐久間正英さんのホームページ、七月九日のComments欄に、「参りました」と書きこむと、親切な方がいらして、対策方法を教えてくれた。結局、僕のホームページの作り方が悪かったせいだ。指摘された通り、headとtitleの間にmeta http-equiv="Content-Type" content="text/html; charset=Shift_JIS"を全ページに入力したら、文字化けしなくなった。感激。

それにしても、WindowsとMacは、えらい違いだ。まず書体が違う。僕のホームページでいえば（フォントを指定していないからだと思うが）、Windowsでは書体が全部ゴシックだ。Macでは主に明朝体である。やはり、見慣れると、文章は明朝体の方がキレイだ。なおかつ、Macはゴシック体もキレイ。

これから、同時に使っていけば、どちらが使いやすいか、どちらが賢いか、はっきりするだろう。MacBookは（Windowsのノートパソコンもそうかも知れないが）少し暗いと、キーボードの裏からバックライトが光る。スリープ状態の時は本当にすやすや眠っているようにランプが点滅。磁気によるコネクタの接続など、さりげなく細かい配慮がある。第一印象、「Windowsは製品、Macは作品」という差があった。

ツアーを主催してくれたbigmamaの阪田健一さんから、メールが届いていた。

「昨日も遅くまでほんとに有難うございました。今回、bigmamaとしてはご一緒にステージに立つことは出来ませんでしたが、早川さん、佐久間さん、新見さんにはほんとに色んなものをいただきました。そして色んなことを教わりました。昨晩のねいろやさんでのステージ中、中盤あたりで涙がぼろぼろ出てきて、『こんな姿、AJIには見せられない』と一旦外に出て気持ちを落ち着かせてたりしてました。そして店内に戻るとAJIがぼろぼろになってました。

やはり、僕たちはみんな同じ気持ちなんです。宅嶋もベッドの上で、吉田も福岡で全く同じ気持ちだったと思います。お渡ししたCD、そんな早川さんが大好きな僕たちの歌が入ってます。是非、一度聴いてみて下さい。そして、宅嶋が早川さんへの思いをブログに書いてました。一度覗いてやって下さい。http://ta94ma.jugem.jp/　もういちど・・・本当に有難うございました。」

七月十二日（日）

ぴょんぴょん跳ね過ぎたせいか、腰が痛くて、「せっちゃん」のところへマッサージを受けに。すると「私最近、携帯で早川さんのブログ読むの楽しみにしているんですよ」「えー、携帯で読めるんですか？」「もう面白くてー。部屋探しの話とか、普段の早川さんそのままなんだもの。合コンの話も、女の子のことばっかり」「わー、ばれちゃってるんだ」

「書くときって、サーって書くんですか」「いや、下書きしてから。更新したあとも直すくらいで」「アンケート全部早川さんが打ち込んでいるんですか？」「うん、選ぶのは失礼だから、目がショボシヨボ」「そういうところはマメなんですね。女の子にマメにならなくちゃ」「そうだよね。エネルギー使うところ間違っているよな。今回はお休みにしよう」

「一日のアクセス数ってわかるんでしょ」「いや、僕の場合はわからない。初めからそうしてないの。今すごいらしいね、どのサイトから訪れたかがわかるシステムもあるらしいよ。ミクシィっていうのも足跡がつくでしょ。長所は短所でもあるよね」

七月十四日（火）
美容院で初めてパーマをかける。軽くかけたので違和感なし。機嫌よくなり、御成通りの食器屋さんに入り、家庭を持つわけでもないのに、コーヒー茶碗やガラス製のコップ数点求める。その後、自分のミスでMacと格闘。疲れたので、くわしく書けず。

七月十五日（水）
月曜日水橋君とリハーサルをやってから喉が痛く、治らないので病院へ。大好きな点滴を打ちに。川上未映子さんの小説「群像二〇〇九年八月号」掲載『ヘヴン』を読む。「従ってるだけじゃないんだよ。受け入れてるのよ」というセリフが頭から離れない。

七月二十一日（火）

風邪が治らず、ずっと寝込んでいた。本番でせき込んだらどうしようと心配したが、無事に歌えてホッとした。外苑前Z・imagineにて水橋春夫君と初めてのライブ。『赤色のワンピース』『君をさらって』『風月堂』『この道』『しだれ柳』『埋葬』『My R&R』など、選曲は水橋君。

決して昔の音を再現しようなんていうつもりはないのだが、『われた鏡の中から』などを演奏していると、当時が蘇ってくる。僕らは十八歳で出逢い十九歳で別れた。それぞれ別な道を歩んだが何も変わっていない。相変わらずわがまま、人からものを教わるのが苦手、すべて自己流だ。水橋君、また、やろうね。

七月二十九日（水）

好かれてもないのに好きなのはつらいものだ。何度も嫌いになろうとしたけれど僕は出来なかった。そのうち目が覚めるだろうけれど、恋を患っている間は、歌うしか精神の置き場はない。

七月三十日（木）

新宿から佐久間さんと飯田へ出発。僕のMacBook、僕の操作ミスと何かの不具合で新見さんのところに入院していたのだが、元気になって戻ってきた。良かったー。これでまた、わからないことは、佐久間さんに訊ける。機材と一緒の車の旅は楽しい。

飯田CANVASは初めて。開演前、マスターが楽屋に来て、「一番前に高校生が数人来ているので、ガツンとやって下さい」とニコニコ顔で言う。若い人に聴いてもらえるのは嬉しい。僕は上手にアップライト、佐久間さんに背を向けているので、アイコンタクトなし。佐久間さんがチューニングしていようがトラブっていようが、僕は僕のペースで歌ってしまう。一瞬、音が聞こえなくなったので、機材トラブルに気づき、しばしMC。

演奏半ば、一番前にいた高校生（男子女子五名ほど）が席を立ってしまった。「あれ、帰っちゃうんですか?」「えー、電車の時刻なので」。悲しい。そんなことなら、僕らが前座をやりたかった。もしまたこういう機会があったら、日曜日の早い時間からやるべきだと思った。

終演後、会場で打ち上げ。カナコちゃん、ミナさん、エミさん、ちよこさん、みんな可愛い。一緒に写真を撮ったりした。青年が佐久間さんに「聴いて下さい」とCDを渡していた。すると佐久間さん「今ここでかけて」と聴く。そして、二言三言会話を交わしたあと、急遽ギター講座。おそらく青年の接する態度が良かったのだろう。こんなことはめったにない。佐久間さんは自分のギターを取り出し、こうじゃなくて、こういうふうに弾くといいよと実演。音がまるで違う。佐久間さんの弾く音は明らかにロックだった。青年は真剣なまなざし。

打ち上げが終わり、店を出ると、青年はまだ店の入り口に坐っていた。ぼーっとしていたのだろうか、興奮していたのだろうか。「ライブのあとは佐久間正英ギター講座あり」というのどうかなと翌日提案したら、佐久間さん「高いよ。昨日のは何億円もするから。内藤さん請求書出しといて」だって。佐久間さんはご機嫌だ。

七月三十一日（金）
「フィードバックは身体を通せ」というツアータイトルは佐久間さんの命名だ。楽器の音、アンプを通して出す音は、そのままではなく、いったん自分の身体の中を通さないと、生きた音は出せないよという意味なのだと思う。

佐久間さんは演奏者に対し、こうやって弾いて下さいと注文を付けたことはないそうだ。感性は言って直るものではないからである。トラブルがあったり、困った人と出逢っても、厭なことがあっても、佐久間さんは文句を言わない。争わない。僕みたいに、あとで日記に書いて発散するようなこともしない。気分の悪いこと、気持ち悪いものはいっさい触れない。気持ちよいものだけに触れる。いやらしい。

オープニングアクトのミラーボールズの歌を佐久間さんと一緒に会場で聴いた。良かった。特に僕はこの日にやった一、二曲目が良かった。「二曲目、あれ、なんて歌っていたの」と作詞作曲の森真二さんに訊ねると、「♪いい匂いかがしてくれよ」（マルコポーロの大冒険）だった。いやらしいなー。

自分を棚に上げてだけど、数曲聴いていると、だんだん同じように聴こえてくる。あれは何が原因なのだろう。そんな話をしていたら、佐久間さんがヴォーカルの恵子さんに、「ちょっとやってみましょうか」と声をかけ、急遽（お店ではできないので）控室に移動し、佐久間さんと恵子さんの初体験ライブが始まった。佐久間さんはもちろん初めて聴く音楽、コード譜もない。ところが、音も間も、ぴたっと呼吸が合う。どうなっているんだろう。恵子さんの歌をさらに引き立たせる。「どうだった？」と恵子さんに訊くと、「すごく気持ちよかった」だって。あー、どうしましょう。

得三の店長森田さんも打ち上げに参加。「今日、ピアノを調律してくれた女性、かっこよかったなー」「あー、〇〇さんね。あの人はいい！」と評判らしい。『犬のように』の目隠しプレイの話をして盛り上がったあと、音楽の話も。

あっ、それと、ミラーボールズが良かったのは、北脇恵子さんの赤いほっぺと衣装が良かったんだ。「その服、どこで買ったの？」と訊くと、「自分で作ったんです」だって。白い襟、黒のワンピース、生地、そのラインの美しいこと。靴は黒のぺったんこ。それも好き。

「結局は、人柄のいい人がいい歌をうたうよね」と僕が言い出すと、「うーん、人柄が良くてもいい歌うたうとは限らないなー」と森田さん。佐久間さんも同意見。「だって、いい成績を残すスポーツ選手がいい性格とは限らないでしょ。だから、いい人といい音楽は別だよ」「たしかに、何かが欠けているからこそ、何かが優れているという場合はあるかも知れない。でも、文は人なりっていうじゃない、音も人なりであって。僕はその人を好きになれなければ、その人の音楽も好きになれないいな」「いや違う。現に性格が破綻している人がいい歌うたっているじゃない」と佐久間さんは僕を指差す。参ったなー。

八月一日（土）

一九六九年第一回中津川フォークジャンボリーに僕は出演していたらしいのだがあまり記憶がない。グループは解散していたのか寸前だったのか。中川イサトさんと即興で歌を作りステージで歌った記憶だけはある。それが人の手に渡り勝手にＣＤ化されたことは不快だが、そんな細か〜いことはもういいか。

野外ステージでの演奏は、これまで数回やったが、だいたい思い通りに行かないことが多かった。サウンドチェックをする時間がなかったり、思いもよらぬことが起きたり、音を出した瞬間、えーこんなはずではなかったみたいな感じで始まり、そのまま終わってしまうようなケースがよくあった。

しかし、今回の中津川の野外ステージは、気持ちよく歌えた。リハーサルも出来たし、本番の音量バランスも良かったし、土砂降りの雨は上がり、お客さんからはあたたかい拍手をいただき、スタッフの方々、ありがとう。

八月五日（水）
高円寺ShowBoatで「いつまでも少年少女であるように」（出演・石橋英子、秋山羊子、北村早樹子、早川義夫）。女性に囲まれてのライブ、楽しいお話をさせてもらった。北村早樹子さんとは二〇〇五年十一月にCD音源を通して知り合い、石橋英子さんとは二〇〇七年十二月に秋葉原クラブ・グッドマンで。秋山羊子さんとは最近、福岡bigmamaつながり。

リハーサル前、早樹子ちゃんとお話。「今日は、この間の話の続きをしたくて」「うんこの話、楽しいものね」「どこまで喋っていいものか、その限度がわからなくて」「英子お姉さん優しいから、何言っても怒らないと思うけど、うんこは小学生レベルの話なんです」「あっ、そうなのか。いやらしい話ではなくて、子供がうんちとかおしっこと言って喜ぶような、楳図かずおの世界みたいなね。やっとわかったー」

二〇〇八年十二月、東高円寺U.F.O.CLUBで、英子さんとアチコさんが出番前に「トイレ行かなくちゃ。うんこじゃなくておしっこだよ」って、みんなに聴こえるように言いながら、トイレに向かって行った時、普通そんなこと言うかと思って、僕はぽかんとしていたのだ。その日の乾杯の席で、早樹子ちゃんが突然、「私、英子さんのうんこだったら、両手で受けたいです」「わーうれしいわー」。という会話があったのだ。

さっそく控室で、「この間の話、素晴らしいなと思って」と僕が切り出すと、英子さん「坂本弘道さんは、うんこで『す』の字が書けるんですって」「ほー」「横の棒がむずかしいって言ってましたよ」「はー」。どうも僕はまだうんこに慣れてない。

「僕はうんこよりおしっこの方が好きなんですけど」。早樹子さん「英子お姉様の聖水を浴びたいんですよね」。「いいですねー。僕の歌で、『桜』という曲があるんですけど。あれは、大きな公園の真ん中に一本大きな樹があって、真夜中で誰もいなかったんですけど、その時、彼女がおしっこしたくなったと言って樹の下でするんです。自然なな行きで、僕は靴に飛び跳ねないようにという配慮もあって、おしっこを両手で受けたんですね。『♪桜の樹の下で　君を抱きしめたい』というのは、そこから生まれたんです」。

「たとえば、こういう控室の隣にトイレがあるでしょ。女の子がトイレに入り、普通は、音を消すためにジャーって水を流すでしょ。ところが、そういうことをしない女の子がいたのね。元気ですよっていう挨拶みたいに、おしっこの音が聞こえてきたの。その音が美しくてね。それを歌にしたくて。でも、おしっこという言葉を使うと、ばっちくなってしまうかコミックソングになってしまうでしょ。だから、『♪身体から流れる　さみしいメロディー』（あの娘が好きだから）になったの」「わー、キレイ」

ライブが終わって、客席に行くと、猫のよっちゃん（本名ヨセフ）を飼われているお嬢さんと奥様がいらした。初対面なのに初対面でない雰囲気。「よっちゃん、可愛いねー。お嬢さんがいなくなると、部屋の中で一時間もじいっと待っているんでしょ。何にも喋らないで。すごいねー」

お父さんは数学者で、これまで、音楽に感動するなんてなかったそうだが、たまたま僕の歌を聴いて、いいと思ってくれたらしく（嬉しいなー）、今日は奥様とお嬢さんが観に来てくれたのだ。でも僕にはちょっと不安がある。急にというか、あんまり好きになられると、何かの拍子に、せっかくのいい関係がくずれてしまうのではないかと。

僕の歌を好きになり、たとえば、応援してくれたり、いつも聴きに来てくれたり、あるいは、仕事として関わってくれた人がこれまでに何人かいた。けれど、何かのきっかけで、パタッと縁が切れてしまうケースがこれまでによくあったのだ。すべて僕の不徳といたすところだろう。佐久間さんから指摘されたように僕の性格は破綻しているからだ。けれど縁が切れるということは、離婚みたいなものであって、どちらか片方が悪いというわけではない。せっかく知り合い、せっかく分かり合えたのに、残念だなと思う。どうして、そうなってしまうのだろう。

しかし、よくよく考えてみれば、それは、しかたがないことなのだ。好きになるのも嫌いになるのも自由だ。離れるのも離れられるのも、そうならざるを得なかったのだ。そういう運命だったのだ。自然な出来事だったのだ。これからだってあるだろう。だから、ちっとも悲しいことではない。

人と人との関係で大切なのは、愛情とか、友情とか、親切とか、思いやりとか、そういうのではなくて、距離なのではないだろうか。いい関係というのは、ほどよい距離をお互いが保つということなのだと思う。

八月六日（木）

朝目覚めるとホテルの一室。昨日、打ち上げのあと僕は帰れず。何時ごろみんなと別れたのだろう、記憶にない。コーヒーを飲んでからヨドバシカメラへ。昨日発売のリコーGR DIGITAL IIIを手に取る。外観はIもIIもIIIも同じ。オリンパスペンE-P1パンケーキキットを買ったばかりなので、今日は見るだけ。店員さんに「SDカードを入れて撮ってもいいですか」と訊くと「いいですよ」。E-P1と同じ被写体を撮る。あとで家のパソコンで見比べると、GR-D IIIの画質の方が良い！ レンズの明るさだろうか（F1.9）。田中希美男さんもベタ褒め。でも我慢。今はE-P1が恋人。

アニエス・ベーで靴下を衝動買い。伊勢丹へ。コム・デ・ギャルソンで黒のレディースTシャツ、黒白ギンガムチェックレインコート（いったい誰に買っているのだろう）。メンズでは濃紺の長袖Yシャツ。満足。よほど昨日のライブが楽しかったのだろう。

八月十八日（火）

西荻窪サンジャックのマスター平林さんからの推薦で、アコーディオン奏者熊坂るつこさんと初めて共演した。実は、僕は勘違いしていて、るつこさんはコントラバスの熊坂義人さんとご夫婦だとばかり思っていたが、奥様はスパン子さんで、るつこさんは義人さんと七つ違いの妹さんであることをリハーサルのときに知った。まだ二十五歳とのこと。ひゃー。

音は音を出せばいいってもんじゃない。いい音はちゃんと息を吸っている。ここしかあり得ないというタイミングから、すうーっと入ってくる。その第一音、あるいはその音を出す一歩手前の息づかいが美しいかどうかですべてが決まってしまう。るつこさんの音がどのくらい素晴らしかったかは、アンケートの通りである。

るつこさんは演奏中、どのような表情で、どのように指を踊らせていたのか、僕は正面から見ていないので、わからないが、おそらく、アコーディオンを優しく包み、時には身体を激しく揺らし、目を閉じたりしていたのではないか。曲が終わると、キョトンとした感じで、どうでしたかというような顔を僕に向ける。その顔の可愛いこと。猫みたい。

たしか、今年の五月遠藤里美さんと共演した時、サンジャックのみちこさんのブログ（Latricieres

嵐のキッス 2009-05-18）の話題からだったと思うが、打ち上げの席で平林さんが、「一晩だけなら僕は許します」と宣言した。「えっ、一晩？　何回してもいんですか？」「はい、一晩だけなら。いやな奴はダメですよ。彼女が気に入って、僕もいいと思ったら、一晩だけ。二晩はだめ！」

平林さんは心が広い。器が大きい。腹が据わっている。これが愛というものだろうか。僕はだめだ。自分でも困ってしまうくらい嫉妬深い。かつて付き合っていた彼女に、「他の男に取られたくないから、マジックで体に『堕天使ロック　早川義夫』ってサインしちゃおうかな」と言って、笑わせたことがあったが、案外本気であった。

九月一日（火）

九月十一日（金）難波 BEARS で、「JOJO 広重と山本精一とスハラケイゾウの早川義夫大会」というライブがあることをインターネットで知った。出演者の JOJO 広重さん、山本精一さん、須原敬三さんとは、それぞれ、一、二度、お逢いしたことはあるのだが、お互いシャイ（？）なため、ちゃんと喋ったことがない。今回のライブも連絡はない。なくてかまわない。その距離感がいい。チャコのフライヤーを見つけた。なんだか、とても嬉しい。ありがとう！

九月四日（金）

九月一日、新宿 JAM で行われた裏窓企画「三羽の侍」（灰野敬二、工藤冬里、早川義夫）というライブに水橋春夫君と出演した。今回、灰野さんとのセッションはなし。前回（四月十二日）のライブ企画者福岡さんに、「どうして灰野さんと僕が結びついたのですか」と尋ねたところ、「自分は最初ジャックスを聴いていいなと思ったのですが、その時すでにジャックスは解散していて、そのあと灰野さんの音楽と出会ったんです。もし解散していなければ、ジャックスは灰野さんの音楽にたどり着いたのではないかと思ったんです」という答えだった。

その福岡さんに、どう思われるかわからないけれど、今の水橋君のギターの音を僕は聴いてもらいたかった。一九九二年に灰野さんは『マリアンヌ』をカバーしている。カバーなどという甘いものではない。これは灰野さん自身の音楽だ。

人はみなそれぞれ違う。どう解釈されようとかまわないが、ジャックスや僕の昔の歌は、暗く、どろどろとした、狂気じみた、情念を歌うといったふうなイメージに取られるふしが多々ある。たしかに、僕の見えない内面はそうかも知れないが、普段の僕は違う。

「誤解される人ほど美しい」（岡本太郎）が本当なら僕はかなり美しいことになってしまう。地下にもぐっていくような暗い場所より、明るくて広々とした静かな場所の方が断然好きだ。床や壁や机もゴキブリの保護色になるようなこげ茶色より、白っぽい色の方が好きなのである。昔、頻繁に通っていた新宿「風月堂」だって、うすーくクラシックがかかっていて、ケーキが置いてある、ごくごく普通の喫茶店だった。一見普通であるということが、一番素晴らしいと昔も今も思っている。

僕と灰野さんが唯一共通していることは（愛煙家の方には申し訳ないが）、たばこの煙が苦手なことである。そして、あの爆音からは想像できないだろうが、灰野さんはお酒も受け付けない。健康的だ。そういえば、遠藤ミチロウさんも頭脳警察のパンタさんもお酒を飲まない。意外である。みんな誤解しあっている。

九月八日（火）

「infinity Taste」というブログを最近知り、面白いなと思った。誰が作っているのかわからないが、僕の言葉を引用してくれたのを「ブログ検索」で知ったのがきっかけだ。

「人間は、他人のためにやっているという感情をもってやると、汚れてしまいますよ」（深澤直人著『デザインの輪郭』）といったような言葉のほかに、いったいどこから見つけて来るのだろうと思うステキな写真がいっぱいある。

頻繁に更新しているようで、すごい量だ。まだ全部に目を通していないが、二〇〇八年九月が始まりみたいで、最初の頁にJOJO広重さんと僕の言葉があり驚いた。

いいなと思う言葉は、そう思った人の心の中にすでにあった言葉なのであり、たまたま先に形に表されてしまっただけのことかも知れない。それを発見し、引用するのは、一種の創作でもある。

九月二十七日（日）
　昨日、下北沢でHONZIライブのリハーサル。坂本弘道さんのチェロを初めて間近で聴きすごさを知る。焼鳥てっちゃんでビール、菊の露。その後、五郎ちゃんと合流、ワイン。飲み過ぎ、ワイシャツ紛失、またも失敗。朝、横浜スカイスパのリクライニングシートで目が覚める。

九月二十九日（火）
　吉祥寺スターパインズカフェ「HONZI LOVE CONNECTION 2」。佐久間正英さんと熊坂るつこさんは初顔合わせ。リハーサルを終え、三人で讃岐うどんを食べた後、佐久間さんはヨドバシカメラへ。るつこさんは「カラオケ屋でアコーディオンの練習しようかな」と言う。「えっ、そんな必要ないよ」と佐久間さんと僕は驚く。
「じゃ、喫茶店に行きたい」と言うので同行。るつこさんは友達に教わった手書きの地図を見ながら「井の頭公園の方かなー」「俺、井の頭公園行ったことない。デイトしたことないから」「ここが、イセヤ」「あっ、初めて知った」。公園の中をぐるり、結局、目的の喫茶店は見つからず、古本屋に寄り会場に戻る。戻ると合同リハが始まっていた。

るつこさんと佐久間さんとの初めての三人編成の演奏は、佐久間さんの日記通り、るつこさんは素晴らしかった。別れ際、お兄さんの熊坂義人さんから「妹をよろしくー」「はーい、結婚しまーす」「弟になっちゃうじゃないですか！」

九月三十日（水）

西荻窪サンジャックにて「愛は伝染する」ツアー初日。微妙な緊張感。なぜかものすごい汗をかいた。連弾中、鈴木亜紀さんの腕に僕の濡れた腕がふれてしまう場合があるので、申し訳ない気持ちになる。

柴草玲さんが聴きにきてくれた。終わってから「どうだった？」と訊くと「面白しろ過ぎた」と笑ってくれた。

ホテルに戻りパソコンをチェックしたら、佐久間さんの日記（2009.9.30）が更新されてあり、るつこさんの音について書かれてあった。

アコーディオンの音がアコーディオンに聴こえない。いや、紛れもなくアコーディオンなのだけど、音が〝音符〟や〝楽音〟では無く、打ち返す〝波〟の様にしか感じられない。時に激しく打ち寄せ、時に静かに引いて行く。僕のギターも早川さんの歌も、その波の上にゆったりと自由に漂っていられる。（中略）

何が起きているのだろう、と彼女の手元を冷静に見た。何も特殊な動きなどしていないのに、その間にまた波が打ち寄せてくる。しばらくしてその〝波〟は彼女の身体全体から発せられているのだと気づく。（中略）
あれは『官能的』と言う表現以外には思いつかない感覚だった。そして同様に自分では決して使わない言葉『快楽的』な時間だった。何十年も音楽家として生きて来て、初めての経験をした。るつこさん、特殊な才能なのだと思う。本当に素晴らしい音楽家だけが持つことのできる何か超越した特殊なモノ。練習でも生半可な経験をしても決して得ることのできない感性。HONZIがそうであったように。
また一人素晴らしい音楽家と出会えた幸いな夜。

この日記、るつこさんが読んだら、すごく喜ぶだろうなと思い、思わず「楽器で楽器を表現しているうちはだめだよね」とコメント欄に投稿した。

十月一日（木）
羽田から石垣島へ。空港に元桜坂劇場の須田さんとすけあくろの今村さんが迎えにきてくれた。八重山そばを食べる。楽天屋にチェックイン。楽天屋のロビーにいたら、唐紙を隔てた隣の部屋から、ギターと電子ピアノの素晴らしい音が聴こえてきた。ご主人に訊くと「高校生の息子が練習している」とのこと。すけあくろのご主人の話によれば、あまりにレベルが高いので、バンドを組む仲間がいないらしい。

十月二日（金）

竹富島へ。小浜荘に泊まる。海へ行くが泳げず。海水も台風の影響でキレイではなく、ビールにカレーを食べて、宿へ戻る。

十月三日（土）

楽天屋ロビーで、須田さんと五目並べをやる。何年ぶりだろう。夕飯を食べてから、矢野絢子さんのライブをすけあくろに見に行く。「♪ゼンマイ仕掛けの金魚」が良かった。

十月四日（日）

石垣島すけあくろでライブ。終わってから泡盛とお寿司。ご機嫌になり、打ち上げでも歌う。

十月五日（月）

石垣島から那覇へ。ＦＭタイフーン「田村邦子のマジカルミステリーツアー」に出演。夕食は栄町のべんり屋さんで餃子。ご主人は相変わらず太っ腹で、「これ食べてみて」と美味しいのを出してくれる。

十月六日（火）
　桜坂劇場で手配してくれた僕の宿泊先は、四階建てのビルの屋上、違法建築っぽい犬小屋みたいなところだった。一晩寝て火事が心配になった。もし火事になったら、自分だけ気づかず、焼け死ぬような気がした。室外機の音もうるさいし、台風で小屋ごと飛ばされるのではないかとも思った。次の日、別な民宿に移った。

　桜坂劇場PANAでのライブは、本屋の平台を片付けて、電子ピアノをセッティング。FM沖縄の竹内新悟さんがPAを手伝いにきてくれた。昨日、餃子屋さんで知り合った方も、どんな歌かも知らないのに聴きに来てくれた。打ち上げの後、SAKURAのラーメンを食べたかったが、時間が遅すぎ、屋台のラーメン屋さんへ。醤油ラーメンはまあまあだったが、塩を頼んだ将太さんと味噌を頼んだ須田さんが口々に「やっちゃった！」「やっちゃった！」を連発。

十月七日（水）
　台風で海が荒れているため、離島には行かず、沖縄美ら海水族館へ行った。

十月八日（木）
　那覇から宮崎日南へ。鈴木亜紀さんが「ギンザ・エスプリ・カフェ」でナビゲーターを務めた時の社長、泉眞躬さん宅にお世話になる。ステキな家具、食器。美味しいご飯。いいお風呂。貧困旅行でなくなる。

十月九日（金）

　お腹が冷え、僕だけ昼寝。いろんなことが頭をよぎる。高校時代、演劇の先生から教わったこと、「議論を交わすより猥談の方がよっぽどためになる」。Aの立場に立てばAが正しく、Bの立場に立てばBが正しい。人の欠点は気付くけど自分の欠点は気付かない。売れるものは売れる理由があり、売れないものは売れない理由がある。好かれる人は好かれる理由があり、嫌われる人は嫌われる理由がある。

十月十日（土）

　海岸で昼食。日南海岸で泳ぐ。波けっこう荒し。泉さんもあとから来て一緒に泳ぐ。今日は、泉さんの奥様まり子さんの誕生日。夕食のあと、チーズケーキとワインで乾杯。泉さんはギターを持ち出し得意のカントリーミュージックを歌い、余興でまり子さんと『サルビアの花』を歌ってくれた。

十月十一日（日）

　泉さんの車で宮崎市内まで送ってもらう。レンタカーを借りて鹿児島へ。ライブ会場に行く前に、田中麻記子さんの個展を見に行く。高台にあるMizuho Oshiroギャラリーの喫茶室からはくっきりと桜島が見えた。今日は鹿児島IPANEMAでライブ。リハーサル後、パスタ、ワイン三杯。

十月十二日（月）
鹿児島から宮崎延岡へ。深夜三時三十分到着。TAMの田村さん宅へ宿泊。田村さんは店を一人できりもりしているので大変だ。TAMにてツアー最終。なんとか無事に終えることが出来た。ツアーのご褒美にこのあと三人で別府温泉に行くことを田村さんに伝えると「いいなー、僕も行きたいなー」とやるせなかった。

十月十三日（火）
大きな荷物を宅配便で自宅に送り、亜紀さんが運転する車で別府温泉へ。バスで鉄輪温泉へ。地獄蒸しで作ったゆでたまごを食べる。今回の旅に、トランプを持って行こうとしたら、「亜紀ちゃんにバカにされるわよ」とうちのが言うので持って来なかった。
「もし僕がトランプ持って来たらバカにする？」と訊いたら、「ちょっとね」という返事。須田さんもトランプといえば、七並べしかしたことがないという。世代が違うと、遊ぶものが違う。昔、旅館などによくあった卓球台も今はない。そこで、旅館でトランプを借り、「うすのろまぬけ」と「セブンブリッジ」をやった。ルールを僕が説明すると、みんな「セブンブリッジ」にはまった。

十月十四日（水）

別府鉄輪温泉から明礬温泉へ。途中、雑貨屋さんシャビーシックに立ち寄る。たまたま流れていたBGM《ラ・グラース エグランティーヌ》の五曲目『The Treasure』に聴き惚れる。岡本屋旅館には「クロちゃん」という猫がいた。青磁色の露天風呂と地獄蒸しプリン。

十月十五日（木）

別府立寄り湯、竹瓦温泉と駅前高等温泉に入る。山猫軒でいわむらかずお作「14匹のトランプ」を求め、ステキなお店アホロートルでセブンブリッジをしながら、最後の食事。

亜紀さん、お疲れさまでした。須田英治さん（元桜坂劇場スタッフ、現在・帽子職人）、沖縄から九州まで付き合っていただき、ありがとう！

十月十七日（土）

青山月見ル君想フでライブ。（出演・矢野絢子＋嶋崎史香、宝美、早川義夫＋遠藤里美）

十月十八日（日）

鎌倉海浜公園で鎌人いち場があり、「お散歩がてら　遊びに来てくださ〜い。」というメールをともこさんからもらい、出かけたのだが、人ごみの中で急に元気がなくなり、出店している葉子さんにも声をかけられず帰宅。旅の疲れだろうか。

「風の人生指南書」というブログを時々見ている。「誰でも、あなたも常に人に迷惑をかけて生きて相手が笑顔になるように思いをぶつける。賢者は、いることに気付くこと」「嫌なことはあなたを成長させる」「凡人は、ただ思いをぶつける」など、日々反省あるのみ。

十一月十八日（水）

笑いと感動とHしか興味がないため、しばらく日記を更新出来なかった。書くとすれば、誤解、後悔、愚かさ、悲しみだけだからだ。それこそ書くべきことだが、書けないのは元気がないから。

夕飯、キャベツを切りマルちゃんの焼そばを作った。テレビで『4分間のピアニスト』をやっていたので（前に映画館で観たが）泣きながら食べた。一人暮らし作戦の夢をまだ捨ててないので、最近は洗い物やゴミも片付けている。

十一月二十四日（火）

たしかに、僕は最近、新曲は出来ていない。書けない理由は書けるが、それはどうでもいい。言い訳に聞こえるかも知れないが、数年前に作った曲を今歌っても僕は新鮮に歌える。その歌の歌詞とメロディを借りて、今の心境を歌えるからだ。

かつて作った曲を歌って思い出に浸るつもりもない。言葉を変えてもメロディを変えても言いたいことはただひとつなのだ。

十一月二十五日（水）
池袋鈴ん小屋にて、ミラーボールズとひととせを迎え「いい匂いかがしてくれよ」ライブ。どんな感じだったかは、佐久間正英さんが日記（2009.11.25）に、正確かつさわやかに書いてくれたので、何の補足もなし。昨日は佐久間さんが司会進行をやった。上手なのでびっくり。これからは、佐久間さんにMCをやってもらいたい。佐久間さんは文章もいい。自然体だ。結局は性格かな。
終演後、aoiさんに「どうだった？」と訊いたら、熊坂るつこさんのアコーディオンについて「内臓みたいで色っぽかった」と答えたのには参った。

十二月一日（火）
今日から、佐久間正英さんとマネージャー新見さんとツアー。お互い細か〜い性格なのに、それを隠して大らかに振る舞う。「神は細部に宿る」というから、細かくなくちゃ音楽は作れないのだけど、その細かさを見せつけたり、押し付けたりはしない。仮に奇妙な人と出会っても、あるいは仲間が失礼なことを言っても失敗しても、怒らない。こだわらない。許す。

しかし、男同士毎日顔を突き合わせていると、鬱陶しくなるかも知れないので、途中一日別行動の日がある。これが僕にとっては難題だ。さてどこへ行こう。一人で豪華な食事をとっても美味しくないだろうし、侘しいのもつらいし。

新神戸駅で新見さんと合流。旧グッケンハイム邸へ。塩屋駅の踏切を渡り、階段を少し登ったところ。素晴らしい洋館。海が見え、庭があり、グランドピアノもある。いい雰囲気。共催の塩屋音楽会が力を入れてくれたのだろう、東京よりお客さんが多い。お客さんもあったかい。

ライブ前に美味しいカレーをいただく。打ち上げでは、ワインを飲み、実は僕はその前から、ちょっと別なお酒を飲んでいたので、酔いが回る。朝、目覚めたら、ここはどこだろうと、しばらくわからず。新宿ワシントンホテルでもないし、あれー、昨日何をしたのか、ライブをしたことも忘れている。

だんだん、記憶がよみがえってきた。旧グッケンハイム邸の二階の部屋に泊めてもらったのだ。なんて快適な朝。離れのお風呂にも入れさせてもらい。森本夫妻にはお世話になった。至れり尽くせりなんだけど、さりげない親切。いい距離感。見習わなくては。ご主人は「三田村管打団？」というブラスバンドでトランペットを担当している。

朝、コーヒーをいただき、昨日の話題になった。僕は記憶がないため、何か失礼があったのではないかと気になる。佐久間さんの話によると、るつこさんに電話をかけたそうだ。それも真夜中。その電話をみんなに回して、最後にリハーサル時間の確認をしていたという。たしかに、リハーサルの確認をしていたことだけは覚えているのだが、他に何を喋ったかが何にも思い出せない。

打ち上げが終わって、もう寝るという時に、「俺、るつこさんに電話したかな?」とみんなに尋ね、そのあとも、二階に上がり、佐久間さんに「俺、るつこさんに電話した?」と同じことを尋ねたらしい。すると、佐久間さんは「してないよ。した方がいいよ」「いや、したした。でも何を喋ったのだろう。ホントに電話したかな?」「してない、してない」「いやいや、したした」。それが、延々に続いたそうだ。ループ状態。

車の中では、新見さんから口真似までされた。「今、佐久間さんに変わるねー。とか言ってさ」。「えー、うそー。そんな甘ったれた声で? 気持ち悪いよ。その真似やめて」「るつこさん迷惑していたから、謝っておきましたよ」

十二月二日(水)

笠岡カフェ・ド萌にてライブ。旅館は大きめの檜お風呂。夕飯も朝食も、萌でご馳走になる。なんだか、今回はすべてあったかツアーだ。昨日は、打ち上げで飲み過ぎて、まだ酔いが残っているため、今日はまったく飲まずにステージに立つ。うーん、ちょっと緊張。困ったものだ。調律をしてもらって万全だったのだが、本番になって、一箇所、音の鳴らないキーが見つかり、あわてる。佐久間さんだって、機材のトラブルがあっても、人に気付かれぬように頑張っているのだから、そんなことは言い訳にならない。

どういう緊張かというと、僕の場合は、メロディを弾く右手が間違って違う個所を弾いてしまうのではないかという不安に襲われる。一歩踏み外すと落っこちてしまうような、綱渡り状態。歌の世界に集中していれば、多少の間違いがあっても気にならないのだが、別なことに気をとられると駄目だ。もっともっと練習をしなくてはいけない。小さい時からピアノを習ったわけではないから、音符が身体に沁み込んでいない。おー、なんて見苦しい言い訳。

十二月三日（木）

萌にて朝食をいただき、宇部へ移動。ザンクロブルース。演奏途中、トラブル。電子ピアノの電源が落ちて、鳴らなくなってしまった。すぐに、回復したが、モニタースピーカーの音量が小さくなってしまい、会場には、ちゃんと、バランスよく聞こえているのだろうかと不安になりつつ歌う。しかし、昨日よりは、落ち着いて歌えた。

福岡から「猫のよっちゃんご夫妻」が観にきてくれた。「写真撮りましょうよ」と、恥ずかしがる奥様の手を握ったら、（女性と手を握るのが久しぶりなせいか）手が離れなくなってしまった。

十二月四日（金）

朝、新山口で解散。それぞれ別行動。新見さんは車で湯田温泉。やけにニコニコ。よっぽど僕らと別れるのが嬉しいらしい。佐久間さんは倉敷。僕は尾道へ。前日ネットから宿に予約を入れ、準備万端。一人旅向きの和風旅館は、二つあったのだが、料金の高い方はすでに満室。安い方へ。そこが失敗。

「ほのぼのした温泉である。そして、お客さんに評判なのが料理。」と案内に書かれてあったのだが、いざ行ってみると、温泉は良かったが、全体に愛想なし。佐久間さんの旅日記（2009.12.5）と比べると、情けない。これで、前回に続き○勝二敗。

しかし、新尾道の駅員さんに教えてもらった東珍康（トンチンカン）のラーメンは久しぶりに美味しかった。

十二月五日（土）

ロープウェイで尾道の展望台まで行くつもりだったが、あいにく運休。近くの喫茶店「こもん」にてコーヒー。ステキなお店だった。時間があるので、お寺でも行こうと思ったが、急に雨が降ってきたため、ぐるめマップに載っていた、ドビンちゃんに逢いたくて、アーケード商店街を歩いた。若い観光客が多い。商店街も活気があり、道を訊ねてもみんな優しい。

ドビンちゃんは、「おのみち・ぐるめマップ」によると、「ドビンは一九九九年頃から商店街などに出没しはじめた犬です。ドビンは飼い主に引っ越しの際、置いて行かれてしまいましたが、彼女は飼い主ではなく、尾道で暮らす事を選んだといわれています」と記されていた。

あっ！　ドビンちゃんがいた。お店の前で横たわっている。もう十七歳（人間でいえば百歳）。そばには、ドビンちゃんへの寄せ書きノートや、昔からの写真集が置いてある。地元の人や観光客から愛されているのだ。

福山でみんなと合流。今日のライブ会場ポレポレへ。店主は手島さん、お手伝いは赤色のワンピースを着たきみこさん。リハーサル中、ガール椿の方たちとご対面。ヴォーカル立木庸平さん、ギター矢野雄平さん、ベース越智とも子さん、ドラム采岡宏保さん。打ち上げで、佐久間さんがガール椿に「アカペラ、良かったね」と話しかけた。同意見。僕もそう思った。

そして、なんと佐久間さんが「一つだけ忠告。ベースの音、大き過ぎ。ベースは聴こえないくらいがいいの。ベースが聴こえてくるようなバンドはまだ素人」。「ほー。よく昔、オーディオなんか、低音が響くといい音のように勘違いする傾向があったけれど、違うんだ」「そう、日本のバンドがだめなのはそこ。欧米は違う」。あとで、佐久間さんと二人きりになって。「ベースの女の子ショックだったろうね。みんな自分の音を出したがるから」「でも、あのバンドの中ではベースが一番上手だよ」

十二月六日（日）

広島ヲルガン座。建物、内装、ステージもいい感じ。落ち着ける。店長兼アコーディオン奏者ゴトウイズミさんのセンスだろうか。気持ち良く歌えた。福山、広島ツアーを企画してくれたTHANK YOU MUSICの吉田さん、ありがとう！

十二月九日（水）
「会ってみると、早川さんはただのスケベなおじさんでした」という感想をよく聞く。そのたびに、ほんのちょっと、ガクッとくる。たしかに、僕はただのおじいさんで、なおかつスケベだ。ゆえに、何の間違いもないし正しいのだけれど、ただのおじさんやただの若者から言われることがどうも腑に落ちない。力説するわけではないけれど、日常と非日常の違いがあるから面白いのであって、普段から「いかにも」は魅力がないと思う。佐久間さんの日記（2009.11.25）にも書かれてあった。「そのギャップに本物のアーティスト性を感じてしまう」（あっ、これは、るつこさんに対してだった）。それにしても佐久間さんは、「ただのおじさん」って言われないなー。背も高いし、男前だし、優しいし、お金持ちだし、しょうがないか。

十二月十二日（土）
昨日は、西荻窪サンジャックにて、熊坂るつこさんと「花のような一瞬♪」ライブ。佐久間正英さんがるつこさんの演奏を客席から観たいというので、ならば飛び入りで数曲参加するのはどうかしらと話がはずみ実現。二部の頭、僕も初めてるつこさんの演奏姿を正面から観た。凄い。

さて、iPhoneを購入し心はウキウキなのだが、まだ電話しか使えていない。あとはさっぱり。いったいどうなるかしら。友だちもいないから、そんなにあわてることはないのだが。

十二月二十三日（水）

幡ケ谷36°5にて、くつしたさんとライブ。熊坂るつこさんも参加。36°5は駅からあまりにすぐなので僕は通り越してしまった。店主ののぶさんと宇海さん（815）、くにさんが暖かく迎えてくれる。

リハーサルを終え、近くの中華料理屋さんで、先日に引き続きiPhoneの使い方を佐久間正英さんから教えてもらう。これで万全。産経新聞も読める。大辞林の文字の美しさ（ヒラギノ明朝体、縦書き）に惚れぼれ。

くつしたさんの「♪もうこの顔いらない、この声いらない……」にほろりと来た。打ち上げで、そんな話をしたら「うちの亭主もその歌で惚れたんですよ」とおっしゃっていた。くつしたさんありがとう。

十二月二十五日（金）

今日は裏窓企画「喫茶サルビア」、工藤冬里さん率いるマヘル・シャラル・ハシュ・バズと新宿JAMで競演。最後にセッションをやりましょうと事前に曲目の提案もあった。僕らのリハーサルが終わり（逆リハといって、本番とは逆の順番からやっていく）、順番は違うけど、次にセッション用のリハーサルを始めるのかと思ったら、工藤さんから「準備が出来ていなくて、早川さんはまだ歌わなくていいです。自分たちの演奏がちゃんと整ってからでないと……」と言われた。マヘル・シャラル・ハシュ・バズは大人数なので、譜面は渡されていたようだが、おそらく今日初めてみんなと合わせるのだろう。

マヘル・シャラル・ハシュ・バズの音は、どう例えたらいいのだろう。前衛というのだろうか、分野はわからない。ふにゃーっとした、頼りないような、これでいいのでしょうかというような、子守唄のような、ところが突如ドラムとかギターが感極まった思いのたけをぶつけるといった感じである。『屋上』『知らないでしょう』を工藤さんが優しく歌う。『サルビアの花』はドラムの人が前に出てきて、かなり感情を込めて歌っていた。

その後、僕が呼ばれてリハーサル。「もう少しテンポアップしましょうか?」と訊くと、「いや、ゆっくりであればあるほどいいですから」と工藤さん。「ああそうですか。もう一回通しでやってみますか?」「いや、何度もやるとかえってよくないので」。了解。さて本番。

すると、出番が先のマヘル・シャラル・ハシュ・バズがその三曲を歌っている。あれー?

さっきのは、てっきり仮歌（かりうた・本番で歌う人の代わりに、手間を取らせてはいけないという意味で別な人が歌う意味）かと思っていたら、そうではなかったのだ。何を歌っても自由だから、それでもいいのだが。最後に一緒にやる曲をマヘル・シャラル・ハシュ・バズも独自に歌うとは知らなかった。結局、お客さんはバージョンが違うけれど同じ曲を二度聴いたことになる。構成上それがかえって面白いことだったのかどうかはよくわからない。お客さんが満足してくれれば問題はないのだが。

終演後、メンバーの方から「僕にも娘がいまして、今は事情があって逢えないんです。別れた妻の連れ子で血はつながっていないんです。ですから、早川さんの『パパ』という曲に、じーんと来ました」と正座して言われた。純粋に歌を受け止めてもらえたようで嬉しかった。工藤さんからは、前回の湯のみに引き続き、今回は漬物を入れるような焼き物をいただいた。みんないい人たちだ。

二〇一〇年

西早稲田の猫

一月一日（金）
熊坂るつこさんのお兄さん義人さんから「妹をよろしくー」と言われ、僕が先に「はーい、結婚しまーす」と（二〇〇九年九月二十九日）宣言したにも関わらず、佐久間正英さんは「あなたのアコーディオン無しでは生きて行けません！」とプロポーズしてさらっていってしまいました。今年も寂しい年になりそうです。

「世の中には悲しい、苦しい経験が役に立つ職業が二つある。ジャーナリストと芸術的な仕事だ」（鳥越俊太郎「毎日新聞 2009.12.27」）

一月九日（土）
群馬県太田市今井酒造「喫茶室サロンかぜくら」にてライブ。鈴木亜紀さんと佐久間正英さんとの初デュオ『タブー』が色っぽかった。企画の須永徹さんありがとうございました。抹茶シフォンケーキ美味しゅうございました。アンケートもありがとうございました。

一月十日（日）
前橋市 Cool Fool にてライブ。一年前もここで。今回も熱かった。アンコール六曲。

一月十一日（月）

軽井沢、僕は初めて。音楽ロッジゆうげん荘にてライブ。浅間山の雪景色がキレイだった。佐久間正英さんちの別荘に寄る。最近は忙しくて行かれないので、売りに出しているそうだ。お買い得みたい（？）

終演後、車だと遅くなってしまう恐れがあったので、軽井沢駅まで新見さんに送ってもらい、新幹線大宮経由湘南新宿ラインで帰ることにした。駅前の翠天楼で佐久間さんと食事。注文したあと、佐久間さんが駅まで（あとであわてぬよう）僕の切符の分まで買いに行ってくれた。なんて優しいんでしょう。まるでデイトしているみたい。

一月十八日（月）

年に一度の健診（去年はさぼった）。身長一六五、四センチ（二年前の失敗を踏まえ背筋を伸ばす）。体重は六十キロ。「お腹回り図ります。おへそ出してね」「引っ込めるんですか？」「いや、普通にして下さい」「八十二センチ」。

採血、随分採るなー。写真に収めたかったが、怖そうな女性だったので、カメラ出せず。心電図。肺のレントゲン。お小水、やけに黄色い。透明に近い方が好みなんだけど。いったん診察待ち。待っている間、病院にあった『週刊新潮』連載「オモロマンティック☆ボム！」（川上未映子）を読む。面白い。僕だけかも知れないが、小説の世界にはなかなか入って行けず、こういうエッセイの方が読みやすい。それはどの作家にも言えて昔からそうだ。読解力の違いだろうか。

次はエコー検査。暗い部屋で、女医さんにヌルヌルの液体を塗られ、優しく「息を大きく吸って、はい止めて」と言われていると、妙な気分になる。「失礼します」とズボンを少し下げられ、「お小水を取ったあとだから正確にはわからないけど、膀胱も前立腺も異常ないです」「おしっこのキレが時々悪いのは歳のせいですかね」「残尿感があるとか、寝ている間おしっこに何度も起きるとか」「それはないです」「ならば平気です」

院長が画像を見て「腎臓、肝臓、異常なし。胆嚢ポリープも二ミリですから、様子を見るだけでいいでしょう。膀胱、前立腺異常なし。適度な運動をして下さい」。良かったー。胃がん検診は市の集団検診なので今回はパス。大腸がん検診は来年にしよう。二年前、先生に三年に一度見ればいいでしょうと言われたので気にしていない。

一月二十一日（木）

NHKホールにて、佐久間正英さんと熊坂るつこさんと三人で『サルビアの花』を収録。空き時間に、渋谷アップルストアーに寄る。MAGARET HOWELLでお茶とケーキ、僕はホットワイン。るつこさんもTwitterを始める。僕はさっぱりわからず。

本番終わって佐久間さん曰く、「リハーサルの方が歌よかったね」「えっ、力み過ぎた？」「いや、そうじゃなくて、ちょっとリズムが」「あらま」

一月二十三日（土）

柴草玲さんと西荻窪サンジャックでライブ。共演は二〇〇四年十月以来。アンコールで柴草さんは『批評家は何を生み出しているのでしょうか』を歌い、僕は柴草さんの『川辺』の一部分を歌わせてもらった。キレイな曲なので易しそうに思えたのだが、コードを教えてもらいびっくり。ところどころ「G♯分のA」「E分のD」「D分のA」など、ベース音が和音の音ではない。単純なコードしか弾けない僕としては必死。でもアンケートの半分に、デュエット「♪これからも好きでいます」（川辺）が良かったと書かれてあり、ほっとした。

一月二十九日（金）

東高円寺U.F.O.CLUB（ドウオカタケシプレゼンツ）にて佐久間正英さんとライブ。楽屋で見汐麻衣さんと再会。二〇〇六年八月梅田シャングリ・ラでHONZIとのライブを企画してくれた方だ。後藤まりこさん、道下慎介さん、朝生愛さんとは初めてお逢いした。朝生さんのゆったりとした曲は心地良かったし、まりこさんのお洋服、可愛かったなー。女の子と写真を撮って一見楽しそうですが、歌い終わったあと、必ず寂しさが襲ってきます。

二月六日（土）

横須賀Younger Than Yesterdayにて、佐久間正英さん、熊坂るつこさんとライブ。元映画館だったところで、大きなスクリーンを背に、ステージは広く、天井も高く、音響も照明も（とくに凝るとかそういうことではなくて）バッチリ。気持ち良く歌えた。スタッフの方々ありがとうございました。この日は、テレビカメラが入り、のちにCS放送されるみたいです（？）。

二月八日（月）

佐久間さんからTwitterをiPhoneに入れてもらったのだけど、今一つ面白さと操作がわからず。僕には向かないなと思い、しばらく開かなかった。しかし、iPhone自体はちょっと楽しい。（Safari、ipodをはじめ、アプリがいろいろ。ボイスメモ、手書きメモ、大辞林などを活用）

二月十六日（火）

朝七時、家を出て電車に乗る。まるで、ツアーにでも出かける気分。鍵を受け取ったあと、次々と荷物が来る。冷蔵庫、洗濯機、電子レンジ、食卓、ベッド、食器棚、照明器具、掃除機。自宅からは段ボール四箱とピアノ。電化製品や家具など、さんざん迷い選んだのだが、中には大きさや色など、間違ったかなというものもある。でも、すべていいことにしよう。細かいことにはこだわらない、竹をスパッと割ったような性格だから。

午前一時まで営業しているスーパーが二軒ある。配達してくれる店もある。頼もしい。しかし一人分の食材を買うのはむずかしい。欲しくても、たぶん余ってしまうだろうなと考え込んでしまう。献立が決まらないまま、なんとなく適当にそろえる。とにかく生まれて初めての独り暮らしだ。どうなるのだろう。掃除、洗濯、料理、ゴミの分別、したことないことばかりだ。とりあえず、今日は黒ビールでひとり乾杯。

未映子様

お手紙ありがとう。今、西早稲田から書いています。今日、引っ越しました。やっと、独り暮らしの始まりです。これから、どうなるかわかりませんが、今のところ、旅行気分です。前に気に入った池尻大橋のマンションと同じように、やはり、地下になってしまいました。一階や四階の部屋も見せてもらったのですが、なぜか、外の景色が見えない地下が落ち着くのです。少し大きめのテラスがあるので、昼間、明かりは入ってきます。真っ暗な地下は駄目ですが、明るい地下が好きなことがわかりました。

部屋にあるのは、ピアノ、食卓、ベッド。あー、冷蔵庫、食器棚、掃除機も。あまり、所帯じみたくないのですが。これで、曲が出来れば、申し分ありません。でもこのところ、詞が全然浮かんできません。あのことは歌った、このことは歌ったという感じで。困ったものです。未映子さんが華々しく、地道に活躍されていると、嬉しいです。メールありがとう。早川義夫

二月十七日（水）

IKEAの組み立ての人が来る。依頼して良かった。最近は説明書を読んでもさっぱりわからない。説明書を読まないせいもあるが、いまだにインターホンの使い方がよくわからない。夕飯は、とんかつを食べた。美味しい。安い。早稲田は学生の街だからだ。早稲田界隈にラーメン屋さんは百軒あるそうだ。

二月十八日（木）
昼間は、道路から部屋の中は全然見えないが、さすがに夜は、部屋に電気が点いていると丸見えだ。池袋西武無印良品へカーテンを探しに行った。一番シンプルな綿平織生成を求める。

二月十九日（金）
指が痛い。引っ越しの荷物をほどいたり、器具を取り付けたり、食品のパッケージをあけたり、慣れないことをずうっとしていたからだろう。冷えたせいもあるかも知れない。爪に力が入らない。プラと紙を分別するのに夢中になり、神経質になってしまった。右手人差し指と親指の先が、カチカチになっている。ぐーっと強く押したら、爪の先から血が出た。

夕飯、スンドゥブという韓国料理を初めて食べた。美味しい。なーんだ、一人で外食できるじゃないか。それも食べたことのないものを。ビールでも飲みたい気分になったが酒類はない。ふと気づいた。ここは学生の街なんだ。店の中は酒もタバコもなしである。（＊後日気づいたが店内禁煙で酒類

はあった）

二月二十日（土）

今のところ快適である。やっていけそうな気がする。調子に乗り、足りないものを買いそろえたくなる。ヘルメットみたいな恥ずかしいデザインの炊飯器と、役に立つサラダスピナー。

あと予想しなかったこと。地下なので、ソフトバンクの携帯は窓際でしか通じない。昔の彼女から、「よしおさんもdocomoのらくらくホンにしたら」とメールが入っていた。

二月二十一日（日）

少し風邪気味だ。部屋がえらく乾燥していることに気づく。加湿器を注文。うーん、机も欲しくなる。無印に寄って机を注文し、今日は鎌倉へ戻ろうと電話をしたら、「えー、帰ってくるの？　何もないわよ。じゃ、ご飯炊いて豚の生姜焼きと鯵の干物にするから。先に寝ちゃうかも知れない」「いや、しいこが寂しいと思ってさー」「そんなことないわよ。風邪気味なら、まだそっちにいれば」「じゃそうするわ」

二月二十二日（月）

ここがもし気に入らなかったら、もうマンション探しはやめるつもりだった。ところが、ピンとくるところがあったのだ。去年（二〇〇九年六月一日付日記）の部屋と同じようなところだ。ちょっと大きなテラス（窓先空地）があるので、地下でも結構明るい。

今日は、日本茶カフェ&和雑貨の店で、ごま汁粉をいただく。湯のみ茶碗もいいのがあった。

〇〇さま

NHK、見てくれてありがとう。僕は見そこないました。今、テレビのない家（部屋）にいます。生まれてこのかた独り暮らしをしたことがないため、どんなものか一度だけ経験してみたかったのです。普通なら、若いうちにするものでしょうが、僕の場合は二十歳で結婚をし、二十三歳でおじいさんになりたくなり、四十五歳で歌いだし、六十二歳になってから、意味もなく、独身のふりをするわけですから、まさに、人生を逆に歩いているようです。

見つけた場所は、学生さんの多い街で、食べ物屋さんがいっぱいあり、シャレてもなく、寂れてもなく、映画館がひとつだけある街です。暮らしやすいか、楽しいかどうかは、さっぱりわかりません。とりあえず、体験してみようというわけです。僕は外国にも行ったことがなく、一人旅もしたことがなく、こうして、住んだことのない街に住むというのは、僕にとっては、旅に出ているような感じです。楽しいような、ほんの少し心細いような。

掃除、洗濯、料理、ゴミの分別など、これまで僕はいっさいして来なかったので、プラと紙を分けているだけで神経を使います。父親似のため、一人での外食は得意ではなく、家で食べるのが一番落ち着きます。だから、少しずつ料理を作ろうと思っています。

五郎ちゃんと佐久間さんからは、「独り暮らし、寂しいよー」と言われましたが、今のところ（まだ一週間しか経っていませんが）、あくまでも今のところですが、案外一人というのは心地良く、静かで（まだエレベーター内で他の住民と出会ったことがない）、自由で（これまでも自由でしたが）快適というか、この寂しさ加減が僕には似合っているような気もします。

夜中一時まで営業しているスーパーが近くに二軒あり、おそうざいの他に、炊飯器に入った白米と玄米まで売っていて、びっくりしました。それにつられ、僕も炊飯器を購入しましたが、まだ炊いていません。ホントは、創作活動をするのが目的です。しかし、頑張っても出来なければ仕方ありません。出来なければ出来ないのが正しいわけで。

鎌倉にも帰ります。その時は、ご連絡します。と言いながら、また、しなかったりして。相変わらず、付き合いが悪くてごめんなさい。△△ちゃんにもよろしくお伝えください。笑顔があれば、商売繁盛ですよって。早川義夫

二〇一〇年　三〇九

三月一日（月）

GoroNakagawa:「早川さん、独り暮らし始めたんですね。おめでとうございます。これからはもう薔薇色の人生ですよ。曲はいっぱい出来、女の子が泊りにきて、愛の地下室で朝まで愛し合う。うらやましい限りです。今度早稲田か高田馬場あたりで飲みましょう。よかった、よかった。」

三月五日（金）

引っ越しの疲れのせいか、歯が痛む。今日は久しぶりに仕事。日経の堤さんと原稿の打ち合わせ、書けるかどうか不安だが頑張るしかない。

二本目はCS放送のインタビュー。先日の横須賀ライブの映像だけでいいと思うのだが、番組上インタビューが必要とのこと。僕の話などどちっとも面白くないのに。

三本目は、四月にデリシャスウィートスとライブをやるのだが、その宣伝を兼ねて対談。初めてデリシャスウィートスのチャーマァさんと、ギターのベンジャミンさんとお逢いする。とても感じの良い方たちで当日が楽しみ。対談を終えて、新宿JAMの前で記念撮影。

三月七日（日）

かつて娘に、「……こうした方がいいんじゃないの」と言ったら、「干渉しないでよ！」と怒鳴られたことがあった。それまで結構キツイ冗談を言い合い仲は良かったのだが、それ以来（仲が悪くなったわけではないが）一定の距離が生まれた。今朝変な夢を見て目が覚め、瞑想するはずが反省会になってしまい、そんなことを思い出した。

独り暮らしは気が楽で静かだ。部屋から窓先空地を見るとまるで独房のように感じる。電車に乗ればすぐ繁華街に出られるが人混みは苦手だ。海や山や川が懐かしくもあるがしばらくはここにいよう。

三月十三日（土）

わかり合いたかった人とわかり合えなかった寂しさに比べれば、独りでいることなどちっとも寂しくない。

三月十九日（金）

地下室から一カ月ぶりに地上へ出る。大宮駅は初めてなので早めに出発。待合室で待っていたら、「仙台は晴天で思ったより暖かい」と新見さんからメール。佐久間さんと同じ車両に乗るはずなのに、発車五秒前になっても佐久間さんが来ない。あわてて電話をしようとしたら、ゆうゆうとやってきた。いつもそうなのだが、男同士うっとうしくならないよう、少し離れて坐る。

会場はせんだいメディアテーク七階スタジオシアター。ものすごい立派な建物。図書館もあり、広々としている。市民が自由に勉強会やサークル活動などで有効に使っている感じ。多くの方が出入りしているのに、天井が高いせいだろうか、全然騒がしくない。静かなのだ。

主催の仙台ローズの方たちが手作りで、客席からステージ、音響、照明までを作ってゆく。大変な作業だ。おかげで初日とは思えないほどリラックスして歌えた。最後は、世末さんとちょこさんがヴォーカルで参加。リクエストは『マリアンヌ』と『ロール・オーバー・ゆらのすけ』。『ロール・オーバー…』が選曲されるとは思わなかった。久しぶりに歌う。

今回初めて歌った曲がある。ある女性から「カバー集などは出されませんか?」と五曲ほど提案され、その中に一曲いいなと思うものがあった。それは四十年ほど前、野坂昭如さんが歌っていた『黒の舟唄』(一九七一年)だ。YouTubeで検索するといろんな方が歌っていて、桑田佳佑さんのバージョンを参考にさせてもらった。

自分でコードを取ったのだが、今一つ不明瞭なところがあり、佐久間正英さんの力を借りた。すると、びっくりしたことに、大分違っていた。音楽を職業にしている人との違いをまざまざと感じた。僕の耳には聴こえない微妙な音が専門家にはちゃんと聴こえるのだ。恐れ入った。

三月二十日(土)

仙台から十和田へ移動。ライブ会場はハミングバードⅡ。ホテルはすぐそばのスーパーホテル十和田。ここがなかなか良かった。天然温泉に入って、出番までちょっと横になっていたら、いつの間にか熟睡。電話でも起きず、部屋のベルを鳴らされ、びっくりして飛び起きる。夢うつつのまま会場へ。

一呼吸置いてスタート。無事に全二十四曲。佐久間正英さんの「♪泣いても笑っても　僕らはひとり」のコーラスがいい感じ。『I LOVE HONZI』では、涙を浮かべていらっしゃる方がいて、僕ももらい泣き。この曲を歌う時、いつもHONZIがそばに来て僕を支えてくれるように感じる。佐久間さんのギターもまるでHONZIが弾いているのではないかというような音を出す。

仙台から続けて来られた方、宿泊して来られた方、みんなありがとうございます。打ち上げはハミングバードⅡで馬刺しとバラ焼きをご馳走になる。

三月二十一日（日）

十和田から帰宅。洗濯。ピアノ。お風呂。さて夕飯は何にしよう。メニューが全然浮かばない。外食する気はないのでスーパーへ。セロリ、パセリ、かいわれ大根、コーヒーゼリー、スゴイダイズなど。ここのスーパーはレジ打ちと同時に必ずビニール袋に入れてくれる人とそうでない人がいる。自分で入れるのと店員さんに入れてもらうのとは大違い。顔を覚えたのでその人目当てにかごを出す。

三月二十七日（土）

夕方、買物に行く途中、道端で車椅子を押している女性の怒鳴り声が聴こえてきた。何を言っているのかはわからないが、車椅子の老人男性の耳元で怒鳴りながら、頬のあたりをひっぱたいている。男性は無抵抗。そのまま押して過ぎ去っていくのかと思ったら、怒りが収まらないらしく、押しては立ち止り、怒っている。

二人を追い越し、曲がり角の見えない位置で立ち聞きすると、「なんでもかんでもミキサーにかけて食べてたんじゃや、私だって美味しくないんだよ！　あんただって美味しくないでしょ！」と叫び、思いっきりひっぱたく。女性はヒステリー状態だ。思わず「やめなさいよ」と止めたかったが、責任を取れることではないので何も言えなかった。親子なのか、どういう関係なのかわからない。ミキサーの話を道端でするくらいだから、よっぽど、たまりたまっているものがあるのだろう。

前を通り過ぎて行く時、男性の顔がちらっと見えた。恐怖でおののいているのか、じっと耐えているのか、遠くを見つめているような目はうつろ、無表情である。食品を買うつもりだったが、食欲がなくなってしまい、何も買わずじまいだった。将来の自分のことのようにも思えて、胸が痛くなり気が重くなった。

三月二十八日（日）

西荻窪サンジャックで、Catsup（熊坂るつこ＋熊坂義人）さんと共演。コントラバスの義人さんとは初顔合わせ。楽器は手先ではなく、身体で弾くのだ。重低音が気持ち良い。

四月三日（土）

映画『パンドラの匣』と『ヴィヨンの妻～桜桃とタンポポ～』を観に行った。『ヴィヨンの妻～桜桃とタンポポ～』は、松たかこさんの最後のセリフ「人非人でもいいじゃないですか。生きていさえすればいいのよ」を思わずメモ。

『パンドラの匣』は、洞口依子さん、川上未映子さんが出演するので楽しみにしていた。未映子さんは映画初出演とは思えないほど存在感があった。マア坊役の仲里依紗さんが可愛かった。

早稲田松竹はいい。場内はキレイだし、支配人（？）が毎回、入口に立ち、お客さんに（儀礼的な口調ではなく）お礼をしている。映画が好きで、映画を観に来る人がホントに好きでなければああは出来ない。

四月四日（日）

仕事部屋と称し独り暮らししても、どのくらいの間隔で鎌倉に戻るのか見当もつかなかった。週に半々ぐらいかなと予想したが、実際に引っ越してみると（二ヶ月経つが）意外と快適で、あれから鎌倉に戻ったのは、荷物を取りに一回きりで、他の荷物はうちのが東京に来るついでに、二度ほど持ってきてもらっただけだ。

「宅急便で送ればいいでしょ」「駄目」「どうして」「だって昔二人で、姿見や電子ピアノ運んだことあるじゃないか」「いまどきあんな大きな荷物持ち歩いている人いないわよ」「あっ、ギター持ってきてもらいたいんだ」「冗談じゃないわよ」

四月九日（金）

昔、貧しい妻と映画『無能の人』を観に行った時、デパートでお弁当を買い、映画館の休憩所で食べるつもりが、途中入場出来ないことを初めて知り、しかたなく、渋谷の雑居ビルのエスカレーターの脇に、デザインとして置かれてあった石に坐って（あれは休憩所ではない）、ワンカップ大関を飲みながらお弁当を食べた。恥ずかしかったー。妻は平気。

それから、お母さんの日大病院のお見舞いの帰り、食堂に入らず、お茶の水駅前の公衆便所とブランコしかないような小さな公園で、お稲荷さんとのり巻きを食べた。

四月十日（土）

国立地球屋にて佐久間正英さんと熊坂るつこさんとライブ。二〇〇七年一月二十日、ここで初めて『I LOVE HONZI』をHONZIと演奏した。リハーサルの最後に、「昨日完成したんだけど、今日この曲をやろうと思って」と歌詞コードを見せた。HONZIは照れもせず、何も言わず、僕も何も訊かず、まるで自分のことではないように、曲を理解し演奏してくれた。

四月十一日（日）

新宿JAMの石塚さん企画、デリシャスウィートスとライブ。みんな明るくて、礼儀正しく、優しくて、躍動感にあふれていた。お客さんも素晴らしかった。やはり、お客さんの顔が見えるのがいい。『パパ』で涙を浮かべたり、『猫のミータン』でニコニコしてくれると、歌に集中出来る。セッションは『堕天使ロック』『この世で一番キレイなもの』。ベンジャミンさんの「♪なぜに僕は歌を歌うのだろう」にじんと来た。

ただ一点失敗したのは、最前列の端で延々と写真を撮り続けていた人が最後まで気になってしまい、ピアノのコードが一瞬わからなくなり空白になってしまった。

打ち上げも楽しかった。デリシャスウィートスは素晴らしかったです。

四月十八日（日）

横浜市本牧ゴールデンカップで佐久間正英さんとライブ。ステージと客席との配置が今までとちょっと違うので、あれ、どっち向いて歌えばいいかなと迷ったが、いざ演奏し出すと不思議に落ち着いて歌えた。歴史あるライブハウス、多くの方たちの魂が支えてくれたのかしら。目の前に一人、目をつむりながら、うっとりと聴いてくれている男性がいた。伝わっているんだと思うと、俄然気持ち良く歌える。

四月十九日（月）

久しぶりの鎌倉。朝、「ご飯くださーい」というお隣りの外猫ちゃんの鳴き声で目が覚める。昼は病院へ薬をもらいに、二時間ぐらい待たされた。bowlsで遅い昼食、ワインと釜揚げシラス丼、同伴者は鮭とイクラの親子丼。食べ終わったのが五時ぐらいだったので、「夕飯は野菜の天ぷらとお蕎麦を食べたいな」と言ったら途端に機嫌が悪くなった。が、文句を言いながらも作ってくれた。

四月二十九日（木）

食事を終えると、すぐに洗い物をする。食洗機は付いているのだが、食器は一人分だし、鍋やフライパンは洗えないから、結局、手洗いの方が早いし、確実な感じがする。ゴム手袋を使うようになって、こんなに便利なものはないと思った。水は冷たくないし、油のべとべとにも触れないし。

しかし、独り暮らしもいいことばかりではない。今日、フライパン用の透明なふたを買ってきたのだが、注意書きのシールをはがしたら、糊がべっとりと残って、いくらこすっても取れない。どうしてまあ、こういう糊を使うかねーと、腹立たしく思いながら、こすり続けやっと取れたと思ったら、今度は取っ手の裏側がどういうわけか汚れているのに気づいた。

潔癖症ではないのだが、何か許せない感じがしてきて、ねじを取り外し、丸くて薄いステンレス部分をスポンジでゴシゴシこすり始めた瞬間、右手薬指をスパッと切ってしまった。ゴム手袋をし忘れた。指もあきれてすぐに血が出ない。そのうち、じわりと血が滲み出て来た。包丁は怖くて、いつも気をつけているのだが、思わぬところに落とし穴があった。

四月三十日（金）

そういえば、昨日だったか一昨日だったたか、アボガドをレモンみたいなつもりで、包丁で切ったら、固いのなんのって、包丁が折れるんじゃないかと思った。真っ二つに切ったら、中に茶色の、あれは種か。緑の部分もまだ固くて、どうしてよいかわからず、ラップして冷蔵庫に隠してしまった。

五月一日（土）

携帯をどこに置いたか、薬を飲んだかどうか、これは喋ったことか、歳をとるとすっかり忘れてしまう。しかしそんなことは人生にとってどうでもよいこと。あの娘が好きだったかどうかだけはちゃんと憶えている。山形、福島行ってきまーす。

五月二日（日）

山形高畠ワイナリー スプリングフェスタ2010に熊坂るつこさんと出演。子供が走り回っても、時々、宴会をしている方たちの笑い声が聴こえてきても、じっくり聴いてくれている方たちが何人も目に入って落ち着いて歌えた。高畠ワイン奥山社長、仕切ってくれた早坂さん、ありがとうございました。ワイン美味しかったです。

五月三日（月）

福島MATCHBOXにてライブ。熊坂るつこ作詞・早川義夫作曲『君がいない』を歌った。

五月九日（土）

「鎌倉売って、どこかに引っ越そうか！」

「何言ってんの、鎌倉は私の家よ」

「えっ？」

「引っ越したいなら、あなただけ出て行きなさいよ。自宅部分は私名義で、よしおさんは貸家部分。あなたはその借金がまだ残っているの。私は返し終わったけど」

本屋時代からお金のことは全部任せていたからまったく知らなかった。今回の西早稲田でまた借金してしまった。

「これだけ買いそろえたのに、どうして女がいないの？」

「自分でも不思議なんだよ」

「ああ、性格が悪いからね」

あとがき

「日記、読んでくれよ」「もう何回も読まされたわよ」「面白かったでしょ」「それより『あとがき』面白いこと書けよ〜！」「どう書いたらよいかわからないんだよ。自分で宣伝するのはおかしいしさ」

これまで日記を付ける習慣はなかったが、ホームページを作って、生まれて初めて日記を書き始めた。こんなに続けられるとは思わなかった。うぬぼれかも知れないが、きっとどこかで、誰かが「あっ、同じ気持ち」なんて感じてくれているのではないかと思えたことが支えになった。

本来、日常で伝えられなかった思いを歌にするのが歌手の仕事なのに、歌を作るよりも、日記を書くことに時間と精力を費やしてしまった。しかし、音楽の形式をとらなくとも、音楽になりうるものはあると僕は思っている。

人付き合いは苦手なのに、素晴らしい仲間に出逢えて僕は恵まれた。良き友と懐かしき恋人に感謝です。「本を作りましょう」と声をかけてくれた新見知明さんにはお世話になった。装幀の仲條正義さんありがとうございました。

二〇一〇年七月　早川義夫

本書は、早川義夫公式サイト二〇〇四年五月から二〇一〇年五月までの日記に加筆訂正したものです。

早川義夫（はやかわ・よしお）
1947年、東京生まれ。元歌手、元書店主、再び歌手。著書に『ラブ・ゼネレーション』（1972年・自由国民社）、『ぼくは本屋のおやじさん』（1982年・晶文社）、『たましいの場所』（2002年・晶文社）。主なアルバムに《この世で一番キレイなもの》、《歌は歌のないところから聴こえてくる》、《言う者は知らず、知る者は言わず》、《いい人はいいね、Ces Chiens Live》《I LOVE HONZI》などがある。
早川義夫公式サイト http://www15.ocn.ne.jp/~h440

日常で歌うことが何よりもステキ

2010年9月10日初版発行

著者　早川義夫

編集　新見知明
発行者　豊髙隆三
発行所　株式会社アイノア
東京都中央区京橋3-6-6　エクスアートビル3階
電話03-3561-8751
印刷所　凸版印刷株式会社

ISBN978-4-88169-185-4 C0095
Printed in Japan
JASRAC 出 1009427-001